W0323972

Philippe Ségur

SEULEMENT L'AMOUR

ROMAN

Buchet-Chastel

TEXTE INTÉGRAL

ISBN 978-2-7578-0267-0
(ISBN 2-283-02133-2, 1re publication)

© Buchet-Chastel, un département de Meta-Éditions, 2006

Le Code de la propriété intellectuelle interdit les copies ou reproductions destinées à une utilisation collective. Toute représentation ou reproduction intégrale ou partielle faite par quelque procédé que ce soit, sans le consentement de l'auteur ou de ses ayants cause, est illicite et constitue une contrefaçon sanctionnée par les articles L.335-2 et suivants du Code de la propriété intellectuelle.

« Quand tu m'appelleras, je ne viendrai plus
de façon aussi matérielle qu'à cheval
ou par le train. Il faudra que tu écoutes
en toi-même, et tu remarqueras alors
que je suis en toi. »

Hermann Hesse, *Demian*.

PREMIÈRE PARTIE

L'épouse tombée du ciel

Trois rangs au-dessus

Il était éperdument amoureux de sa femme. Une femme douce et délicieuse. Belle comme le jour. L'image de la femme éternelle. La femme dont vous rêveriez d'être aimé.

Il l'a quittée le jour de leur mariage.

Il n'y a rien à comprendre à cela. C'était pourtant elle et personne d'autre. Ils étaient faits pour se rencontrer. Il l'a su dès qu'il l'a vue. Des grands yeux serpentine, des cheveux acajou éclatants, un nez fin presque pointu, et ce grain de beauté ravageur au coin de l'œil droit. Un coup de poinçon dans le cœur. Quand elle souriait, il avait envie de mourir ou d'y mordre. Du reste, c'était ce que pensaient la plupart des autres hommes. Eux aussi se disaient qu'ils étaient faits pour la rencontrer. Sauf que cette année-là, c'était lui qui était assis sur les bancs de la Fac de médecine, trois rangs au-dessus d'elle.

Elle portait des jeans, des bottines en cuir et une veste jacquard bleu turquoise. Elle rayonnait, nimbée de grâce. Elle suivait attentivement les cours. Il ne la quittait pas des yeux.

Il avait dix-huit ans. Sa vie affective était un désastre. Les femmes le terrorisaient. Lorsqu'il plaisait, il était incapable de s'en rendre compte. Il les croyait hostiles. Elles le toisaient avec des yeux rieurs. Avec des yeux rieurs, c'était épouvantable.

Lors du dernier réveillon, il s'était chargé de l'animation musicale. C'était un bon connaisseur de rock au sens large du terme. Il était né au début des années soixante et le fait que ce genre musical soit presque contemporain de sa vie le fascinait. Ce soir-là, sa culture en la matière et son imposante collection de disques présentèrent à ses yeux un avantage inestimable. Elles lui valurent la responsabilité des platines. Le seul moyen d'être tranquille et de ne pas être obligé de danser.

Il avait donc passé la première partie de la nuit monté en lampe sur une chaise à côté de la sono. Dès que quelqu'un offrait de le remplacer, il se fendait d'un large sourire. Il montrait du doigt le casque stéréo sur ses oreilles pour signifier qu'il n'entendait pas, puis il se détournait et se mettait à classer ses albums d'un air absorbé.

Seule une fille brune ne s'était pas laissé refouler. Assez jolie d'ailleurs. Elle s'était accrochée comme une huître. Elle avait pris une chaise et s'était installée à côté de lui. Elle lui tapait sur l'épaule, lui posait des quantités de questions en parlant très fort pour couvrir le bruit. Il avait commencé à avoir des sueurs froides. Elle paraissait fascinée par la sono, passionnée par sa collection de disques. À tous les coups, elle voulait lui prendre sa place.

Elle demandait : oh, qu'est-ce que c'est, ce groupe ? Et celui-là ? Ça parle de quoi leurs chansons ? Il se servait un verre de whisky coca. Puis un autre. Puis un autre. Ça brûlait atrocement l'œsophage. Ses joues s'étaient mises aussitôt à flamber. Il répondait par quelques borborygmes. Et il remettait ses écouteurs. Cependant la jolie brune ne le tenait pas quitte. Elle était vraiment mordue de musique. Elle lui tapait sur l'épaule. Elle insistait : oui, mais ça parle de quoi ? Il se resservait un verre de whisky coca. Puis un autre. Puis un autre. Ça désherbait jusqu'au fond de l'estomac.

Il faisait une dernière tentative pour noyer le poisson.

Pour le carboniser à l'acide sulfurique.

Mais elle revenait à la charge. Elle le dévisageait d'un air intéressé. D'un air intéressé et intense. Une mélomane, se disait-il. Un cas exceptionnel d'hystérie musicale. Et il fallait que ça tombe sur lui. Il allait devoir lutter jusqu'au petit jour pour conserver sa place à côté de la sono. Il essayait de ne pas la regarder. Son regard sautillait sur les meubles. Il misait tout sur le whisky coca. Encore un autre. Encore un autre. Un vrai lance-flammes.

Évidemment, la joute s'était terminée comme elle finit toujours dans ces cas-là. Ils étaient montés dans une chambre.

Il avait grimpé les escaliers le premier. Il avait repéré une pièce accueillante. Il s'était allongé sur un lit douillet et avait attendu. Elle était arrivée peu après. Elle avait frappé à la porte. Il n'avait pas ouvert.

Il avait fermé à clef pour ne pas être dérangé. Il voulait juste attendre un peu que ça passe. Elle avait tambouriné à plusieurs reprises en l'appelant par son prénom. Il n'avait pas bougé. Marre de ses questions idiotes. Elle pouvait prendre sa place devant les platines, c'était bien ce qu'elle voulait, non ? Bon, à présent, qu'elle se débrouille, qu'elle aille poursuivre ses études ailleurs.

Il avait eu un hoquet (puis un autre) (puis un autre). Tout chavirait autour de lui. La houle lui soulevait l'estomac. C'était la première fois qu'il buvait du whisky coca.

Il avait sombré dans un sommeil lourd et sans rêves. Lorsqu'il s'était réveillé à l'aube, son crâne était une caverne froide. Des neandertals en avaient gravé les parois au silex. Dans la maison, il n'y avait plus personne. Il avait rassemblé ses affaires et il était parti.

Il n'avait plus jamais entendu parler de la musicologue.

Ses conquêtes féminines étaient toutes du même ordre. C'étaient des rencontres qui n'avaient pas lieu. La seule femme avec laquelle il avait eu une ébauche de relation, toute platonique et désordonnée, l'avait fait horriblement souffrir. Elle lui accordait des rendez-vous de dix minutes, lui faisait admirer des photos de ses anciens fiancés, partait en vacances avec un autre. Tout cela en lui parlant avec conviction de passion et d'amour.

Sur le sujet, il était devenu imbattable. Il pouvait en disserter pendant des heures. Incollable sur la théorie, d'une ignorance crasse en pratique. La seule idée de s'adresser à une inconnue pour tenter de la séduire le transformait en ectoplasme. Frôler une jolie fille dans un autobus le faisait s'évanouir. Et quand une caissière de supermarché lui rendait la monnaie, l'effleurement de ses doigts le plongeait dans une extase érotique qui le laissait sans force pour le reste de la journée.

L'été de ses dix-huit ans, deux mois avant de s'engager dans ses études médicales, il s'était ressaisi. Seul à quatre heures du matin sur une plage de la Méditerranée, il avait exposé son problème aux étoiles. « Deneb, avait-il dit. Il serait temps de faire quelque chose. »

Deneb est l'étoile majeure de la constellation du Cygne. Elle se trouve à quatre cent soixante-cinq années-lumière de la Terre. « Je ne t'ai pas demandé beaucoup jusqu'à aujourd'hui, il me semble. »

Deneb est son étoile-source, son étoile-volonté. Il a toujours eu conscience de la nécessité d'entretenir les meilleurs rapports avec elle. Et jusqu'à ce jour, il n'a pas eu à s'en plaindre. Elle lui a donné tout ce qu'il a demandé.

« Deneb, je veux *la* rencontrer. Je veux la rencontrer *maintenant*. Aide-moi, s'il te plaît. » Il avait répété ces mots des dizaines de fois dans un état de grande concentration, les yeux fixés sans ciller sur le firmament étoilé.

Et deux mois plus tard, elle était là.

Trois rangs au-dessous de lui.

Dans l'amphithéâtre de première année, à la Faculté de médecine René Descartes à Paris. Il contemplait le losange de ses paupières, ses cils soyeux, la forme pleine de sa poitrine. Il contemplait cette fille aux cheveux de feu, cette fille lumineuse que lui donnait Deneb et qui était pour lui. Elle allait devenir sa femme, le grand amour de sa vie. C'était un cadeau inouï, inespéré. Un présent des étoiles. Il la regardait sans savoir. Sans savoir qu'il allait la conquérir un après-midi froid de novembre et la perdre quelques années plus tard.

Il s'appelait Hippolyte.

Elle s'appelait Mado.

Sa tzarine miraculeuse. Sa fée d'opium.

Il l'a quittée le jour de leur mariage. Elle portait des escarpins vernis et une robe fleurie d'un rose pâle. Une robe légère et courte dont le volant descendait à mi-cuisse. C'est un détail qui ne s'oublie pas. D'ailleurs, rien ne s'oublie. Rien ne se perd. Il l'a quittée le jour de leur mariage.

Son épouse venue du ciel.

Il ne l'a pas vue depuis vingt ans.

Asclépios

Il voulait devenir médecin, parce qu'il ne faisait pas confiance aux toubibs. Chaque fois que l'un d'eux lui établissait une ordonnance, il passait des heures à déchiffrer les notices des médicaments. Il n'y comprenait rien, c'était une épreuve au-delà de ses forces.

Comment accorder sa foi à quelqu'un qui vous demande d'avaler les yeux fermés matin, midi et soir deux cent cinquante milligrammes d'acide niflumique, de stéarate de magnésium et de dioxyde de titane ? La seule mention du dioxyde de titane le rendait deux fois plus malade. Il avait l'impression qu'il allait devenir fluorescent. Au départ, tout ce qu'il voulait, c'était cesser d'avoir mal à la gorge (ou aux dents) (ou aux sinus) (ou aux bronches). D'ailleurs, c'était bien là le problème. Quel que soit son souci, les toubibs s'arrangeaient toujours pour le bourrer jusqu'aux oreilles de dioxyde de titane.

Le dioxyde de titane envahissait tous les médicaments. À croire que les usines de retraitement de déchets nucléaires affichaient complet et qu'Hippolyte avait été élu pour contribuer tout seul à l'effort de recyclage national.

On avait beau lui expliquer que le dioxyde de titane était un colorant utilisé pour l'enveloppe des gélules au même titre que l'amidon ou le talc, il ne pouvait se défaire de l'idée qu'on cherchait à le gruger (mot qui dans son esprit équivalait à « empoisonner »). Sinon pourquoi ne pas dire tout simplement qu'il y avait du blanc, du rouge ou du bleu dedans ? Il pensait que les termes compliqués n'étaient jamais employés au hasard. Il pensait que, quand on dit « dioxyde de titane » au lieu de « blanc », ça cache forcément quelque chose. Tout de même, *dioxyde de titane*, c'était suffisamment parlant comme ça, non ?

Il avait donc décidé d'apprendre le jargon médical.

Il ne voulait pas finir grugé dans d'atroces souffrances.

La lecture des effets indésirables sur les notices confortait son impression. Il consultait un médecin pour un rhume et il se retrouvait menacé de nausées, vomissements, lésions cutanées, asthme, choc allergique, hémorragie, ulcère duodénal, perforation de l'estomac, asphyxie, mutations biologiques, crises de panique, attaque psychotique irréversible. En général, il n'en achevait jamais la lecture. À « lésions cutanées », il commençait à se gratter sur tout le corps et la notice finissait à la poubelle avec la boîte du médicament.

Il se précipitait chez un herboriste.

Il se prescrivait une infusion de saule blanc.

Un anti-inflammatoire naturel dont la couleur était affichée sans fourberie sur la boîte. Une bonne vieille tisane qui ne lui promettait pas le pneumothorax ou l'internement psychiatrique.

Depuis longtemps, sa conviction était faite : le monde médical était un univers opaque et dangereux. Une jungle dans laquelle seuls les plus malins avaient une chance de survivre.

Et il était malin.

Au lycée, il apprenait le latin et le grec.

Autrefois, quand un médecin lui annonçait : « Jeune homme, vous avez une salpingite », son regard se troublait. Il se mettait à trembler. Puis il s'effondrait, accroché au pantalon du praticien, le mouillant de ses larmes, le suppliant de lui dire la vérité et combien de temps il lui restait. Terrorisé à l'idée de perdre la vie.

Désormais, quand le toubib disait « salpingite », il le fixait droit dans les yeux d'un air tranquille. Sa respiration était contrôlée. Il ôtait négligemment une poussière sur son pantalon. Il faisait : « Ah ah, oui, salpingite. Du grec *salpigx, salpiggos*. Autrement dit, la trompe, hein ? »

Il refaisait le pli de son pantalon d'un mouvement nerveux. Salpingite, il avait lu un vague article là-dessus dans un magazine. Ses souvenirs étaient un peu confus. Ça avait un rapport avec les organes génitaux, il lui semblait.

Soudain, il éprouvait une violente douleur dans la verge. Alors, son regard se troublait. Il se mettait à trembler. Puis il s'effondrait, accroché au pantalon du praticien, le mouillant de ses larmes, le suppliant de lui dire la vérité et combien de temps il lui restait. Terrorisé à l'idée de perdre sa trompe.

Bon, il n'était pas encore assez malin. Pas assez malin pour se débrouiller seul dans la jungle. Surtout sans sa trompe. Mais il comptait faire des progrès. Il comptait bien se battre. Déjà, l'étude du grec lui avait permis de faire une découverte sensationnelle. Il était prédestiné.

Il s'appelait Hippolyte.

Hippolyte, chez les Grecs, était le fils de Thésée. Un jeune homme splendide et pur (exactement comme lui), plein d'indifférence pour les femmes (tout pareil), n'ayant que mépris pour ceux qui succombent aux pièges du cœur (comment peut-on être si bête). Conséquence inévitable, les femmes s'acharnaient à sa perte (elles n'avaient pas changé depuis). Par dépit, Aphrodite, déesse de l'amour, avait fait surgir un monstre devant le char qu'il conduisait. Ses chevaux effrayés s'étaient emballés, avaient renversé l'attelage et mortellement blessé leur conducteur.

C'était donc l'amour qui avait tué Hippolyte. Il avait eu raison de se méfier. Par chance, Asclépios, le dieu guérisseur, était intervenu. Il l'avait ressuscité et rendu immortel.

Immortel, donc à jamais protégé des femmes.

Cela faisait beaucoup de coïncidences.

Bien sûr, il n'était pas encore immortel et ses amis, qui trouvaient son prénom ridicule, préféraient l'appeler Hippo (de nos jours, plus personne ne s'intéressait au grec). Il aimait malgré tout se raconter cette histoire. Il pressentait qu'elle avait quelque chose à voir avec sa destinée. Il avait lui aussi décidé de se placer sous la protection d'Asclépios et avait opté pour des études de médecine. L'anatomie, la physiologie, la génétique, la psychologie, la pathologie, n'auraient plus de secrets pour lui. Il allait devenir un monstre de culture médicale.

La prochaine fois qu'un toubib lui annoncerait : « Jeune homme, vous avez une salpingite », il glousserait d'un petit rire entendu. Il s'époussetterait l'épaule, il enlèverait un fil disgracieux sur sa veste. Il répondrait avec une moue : je suppose, docteur, que vous évoquez – arrêtez-moi si je me trompe – une bête inflammation de la trompe d'Eustache, ce canal qui relie la partie antérieure de la caisse du tympan au rhinopharynx ?

Les jours où il serait d'humeur badine, il ajouterait : la trompe d'Eustache, à ne pas confondre avec la trompe de Fallope, hein, docteur ? Ce truc situé dans l'utérus sans lequel les femmes sont complètement inaptes à se débrouiller dans la jungle, ah ah. Et le toubib comprendrait qu'il aurait affaire à un jeune confrère et ils se taperaient dans le dos en riant comme des bossus.

Et ça, ce ne serait que la première année d'études. Parce que dès la seconde, il passerait la vitesse supérieure. Il proposerait un codiagnostic, lequel mènerait inévitablement à une co-ordonnance. Une salpingite ? dirait-il. Je ne suis pas contre. Mais j'espère que vous n'allez pas me proposer une solution invasive, cher confrère, j'y suis parfaitement opposé ! Et quant à votre dioxyde de titane, vous savez ce que vous pouvez en faire ! J'ai encore vu une de ses victimes sur la table de dissection ce matin. Pas beau à voir, ah ah, grugé jusqu'à l'os !

Ils riraient encore un bon coup tous les deux.

Après quoi, ils trinqueraient avec leurs verres de tisane.

Une infusion de saule blanc sans sucre ni miel. Asclépios n'aurait pas fait mieux. Voilà pourquoi il s'était inscrit en Fac de médecine. Pour se soigner lui-même. Pour devenir immortel. Et accessoirement pour se protéger des femmes.

Bien sûr, il ne pouvait se douter que cela ne se passerait pas comme prévu et qu'il rencontrerait Mado. Rien ne lui permettait d'imaginer qu'il allait connaître cette expérience surnaturelle qui consiste à ressusciter par la faveur d'une femme. Qui consiste à mourir pour renaître.

À moins que ce ne soit l'inverse.

Poltergeist

Une rencontre amoureuse, quand elle se produit de plein fouet, cause presque toujours des dégâts. Quelquefois même, une vie ne suffit pas pour s'en remettre. Après elle, il faudrait un plan Marshall et le soutien des États-Unis pour retrouver une vie affective normale.

Mado et Hippo, par exemple. Leur relation tout entière était placée sous le signe du choc.

Choc de la rencontre. Choc de la séparation.

Leurs destins ne s'étaient-ils pas noués lors de la projection de *Poltergeist*, un film à sensations sur les esprits frappeurs ? Une bonne vieille histoire de maison hantée bourrée d'effets spéciaux. On y voyait des fantômes pris d'une subite frénésie de rangement. Ils se mettaient à claquer les portes, à ouvrir les placards, à vider les tiroirs, à déplacer les meubles à la grande terreur des nouveaux habitants qui trouvaient, eux, que le ménage était assez bien fait comme ça.

Depuis quelques jours, Hippo avait réussi à établir le contact avec Mado. L'estomac vrillé, il lui avait demandé de lui prêter quelques cours auxquels il n'avait pu assister. En première année de médecine, avec un concours sans pitié à la sortie, ce ne sont pas des pratiques courantes. En général, on se fait plutôt voler ses notes dès qu'on a le dos tourné. Mais elle lui avait rendu service sans hésitation.

Ils avaient fait les présentations. « Hippolyte Sicher, avait-il dit. Fils d'Hubert et d'Élisabeth Sicher. Je suis musulman. » La peur lui donnait de l'audace. « Je suis musulman, mais j'ai des doutes », avait-il ajouté. Elle l'observait d'un œil amusé. « Accepterais-tu de sortir au cinéma avec un jeune musulman en pleine crise de foi ? » Cela l'avait fait rire. D'un éclat clair et flûté, qui la rendait irrésistible. Et elle avait dit oui.

Elle avait dit oui.

C'était le 8 novembre. Le film de Tobe Hooper était médiocre. Ça soulevait beaucoup de poussière et de bruit. C'était tout Hollywood qui chantait. C'était sans importance. Ils ne le savaient pas encore, mais dans quelque temps ils allaient chanter beaucoup plus fort l'un et l'autre.

La seule question qui taraudait Hippo était de savoir comment poser sa main sur celle de Mado sans qu'elle se mette à appeler au secours. Il ne lui venait pas à l'esprit qu'elle avait pu accepter son invitation, parce qu'il ne lui était pas indifférent. Il lui semblait qu'il prenait un risque démesuré comme de tenter un braquage à la Banque de France ou une prise d'otages dans un régiment de parachutistes. Il était candidat à la catastrophe. Il était candidat à l'apocalypse.

Mûr pour une exécution capitale.

Son cœur battait si fort dans ses oreilles qu'il ne percevait plus la bande sonore du film. Il ne suivait pas davantage l'intrigue. Il ne voyait que des formes colorées qui bougeaient sur l'écran. Les *poltergeist* s'en donnaient à cœur joie. Ils cognaient les placards, ils claquaient les portes, ils faisaient valser les meubles. Ils rangeaient et rangeaient. Les habitants de la maison criaient à qui mieux mieux, horrifiés par la tournure que prenaient les événements. Ils se faisaient une autre idée de leur décoration intérieure.

Hippo ne cherchait pas à comprendre l'histoire. Il n'entendait qu'une pulsation sourde et accélérée, celle de son cœur qui battait à ses tempes. Dans la pénombre, il sentait la présence de Mado près de lui. Jeune et inconnue, jeune et désirable. Son bras était posé juste à côté du sien sur l'accoudoir. Leurs mains étaient proches, si proches l'une de l'autre. Il ne pouvait bouger la sienne.

Et le temps passait. Le temps passait. Sa chance allait tourner, disparaître à jamais. La séance bientôt se terminerait, il faudrait quitter la salle et ce serait fini. Il savait qu'il ne saurait être question de l'inviter une seconde fois. Il savait qu'un autre sans doute le ferait à sa place. Il savait tout cela, mais il était incapable de faire un mouvement, rongé par la peur, la mort dans l'âme.

Son bras était lourd et refusait de lui répondre.

Oh seigneur. Il voyait déjà ce qui allait se passer. Ils allaient sortir du cinéma et il lui faudrait meubler la conversation pour s'en tirer la tête haute. Il situerait le débat sur un plan strictement intellectuel, bien sûr, pour justifier son manque de cran. Cependant il le ferait avec une vigueur typiquement masculine, histoire de montrer ce qu'il faisait de ses colossales réserves de testostérone.

« Nom de Dieu, dirait-il. J'enrage ! Ce navet m'a échauffé les sangs ! » Il ferait de grands gestes pour montrer qu'il ne plaisantait pas. Qu'il vivait littéralement le septième art, que c'était pour lui une question de vie ou de mort.

« User de recettes aussi éculées pour séduire les foules ! Après Fritz Lang, après Murnau ! Oh ces facilités ! Oh je refuse de me laisser convaincre ! Ma violence ne connaît plus de bornes ! » Il deviendrait tout rouge et il s'emporterait. Il lui demanderait pardon d'avoir gâché son après-midi avec ce spectacle indigeste et souterrain, indigne d'elle. Alors elle comprendrait qu'il n'était pas comme les autres. Elle verrait qu'elle avait affaire à quelqu'un d'exceptionnel, très différent des garçons de son âge.

Et il deviendrait son meilleur ami. Un pur esprit auquel elle pourrait tout confier : ses rencontres, ses espoirs et surtout ses amours. Cela ne faisait pas un pli. Cette conclusion était inéluctable. Il ne pouvait bouger son bras, ce film idiot touchait à sa fin et il était désespéré.

Un éclair passa sur l'écran. Le seul des effets spéciaux de cette grosse production hollywoodienne qui atteignît jamais la surface émoussée de sa conscience. Il ne sait plus ce que cela venait faire dans l'histoire. Peut-être un *poltergeist* avait-il grillé une ampoule en déplaçant une lampe ou inversé par mégarde les polarités du four à micro-ondes, il n'eut pas le temps d'y réfléchir. Il n'y vit en aucune manière ce que cela devait signifier dans l'esprit des scénaristes. Il y vit la manifestation percutante et protectrice de Deneb.

Deneb qui venait se rappeler à lui.

Deneb, son étoile, son miroitement de soleil.

L'effet fut immédiat. Sa réaction eut lieu sans le secours de sa pensée. Sa main se leva et se posa sur celle de Mado qui ne la retira pas. Il sentit ses doigts longs et fins emprisonnés sous sa paume. Sa chaleur se communiquant à lui. Leurs deux vies qui soudain se touchaient.

C'est ainsi qu'a débuté leur histoire. Quelques minutes plus tard, ils étaient dehors, étonnés et silencieux, la main dans la main, écoutant religieusement le choc amoureux de leurs pensées. Ils avaient le pressentiment sans doute de ce qui était en train de se produire. Ignorants cependant tout le bien et le mal qu'ils allaient se faire l'un à l'autre.

Mado et Hippo. Hippo et Mado. Ils allèrent boire un verre au Carafon. Ils n'avaient pas soif. Ils parlaient peu, se regardant.

Ce n'est qu'au moment de se séparer que leurs lèvres se décidèrent à s'unir. La bouche de l'un sur la bouche de l'autre. Langues et souffles mêlés.

Hippo et Mado. Mado et Hippo.

Poltergeist, elle et lui. Esprits frappeurs dès le début.

Fleurs coupées

Le jour de son mariage, il ne sait pas ce qui lui a pris. Ce jour funeste demeure brouillé dans son esprit comme tous ceux qui ont suivi. Il n'en garde qu'une mémoire trouble, noyée dans une sensation de malaise indéfinissable. Il se revoit, se réveillant à l'aube au milieu d'un cauchemar de nausée et de fièvre. Il ne pouvait plus vivre cette journée. Il ne pouvait pas participer à cette fête ni continuer quoi que ce soit qui ressemblât à sa vie antérieure. Sa tête lui faisait mal. Sa tête. Il ne savait pas.

Quelque chose s'était produit.

Il a envoyé un télégramme à Mado. Il lui demandait trois jours. Trois jours de vide. Trois jours de silence. Il fallait tout annuler. Remettre la cérémonie à plus tard. Il devait savoir où il en était. Elle l'a appelé dans la demi-heure. Elle était chez ses parents, lui chez les siens. Ils procédaient aux derniers préparatifs. Le rendez-vous était fixé à la mairie à quatorze heures. Il était neuf heures trente. Certains des invités étaient arrivés la veille. Le restaurant était retenu pour le soir.

Elle ne comprenait pas, ne le croyait pas. Elle pleurait. « Tu ne peux pas faire ça ! Tu ne peux pas faire ça ! » Elle criait. Il ne voulait pas la voir, il ne voulait voir personne. Sa tête lui faisait mal. Sa tête tournait. Il balbutiait. Il ne savait pas. Pourquoi avait-il si mal à la tête ?

Elle est venue chez lui. Elle portait une robe légère et fleurie d'un rose pâle. Son visage était défait. C'est en la voyant que ses parents ont compris qu'il y avait un problème. Son père vérifiait le bon fonctionnement de son appareil photo. Sa mère s'apprêtait à sortir pour se faire coiffer. Hippo était resté dans sa chambre depuis le début de la matinée.

Elle est entrée dans la maison, bouleversée. Leur explication n'a pas été longue. Il était hébété, incapable d'enchaîner deux pensées cohérentes. Il avait si mal à la tête. Si mal. Il demandait trois jours. Trois jours seulement. Il fallait qu'il... Il devait savoir si... Tout se mêlait. Le beau visage de Mado, son cauchemar et sa fièvre. Tout n'était que déchirure, écrasement et gâchis.

Son cerveau se décomposait.

Leur amour se décomposait.

Il était arrivé quelque chose, il ne savait plus de quoi il s'agissait. Il voyait Mado pleurer derrière un voile de brume. « Hippo, tu es fou, tu es fou ! » gémissait-elle. Elle passait ses bras autour de son cou, sa tempe collée contre la sienne. Il sentait ses larmes rouler sur ses joues à lui. Il voyait qu'elle souffrait, mais il était anesthésié par sa propre douleur. Il restait là, immobile et absent. Ivre et sec dans un froid dévorant.

Et c'est de cette manière, sans rien saisir, sans rien connaître de ce qu'il accomplissait qu'il a pu tout détruire. Ses parents d'abord effarés, puis furieux, ont fini par s'inquiéter de sa stupeur. Ils ont appelé un médecin.

Il a coupé court à toute auscultation.

Il leur a dit qu'il avait besoin de prendre l'air. Il est sorti dans la rue, les laissant espérer un prompt retour à la raison. Il a fait quelques pas au-dehors. Les trottoirs penchaient dangereusement vers l'abîme. Les murs des maisons hurlaient. Partout, les voitures en furie vrombissaient et maculaient l'espace de leurs bouches édentées.

Le vertige l'a pris. Il a manqué s'évanouir. Il est monté dans un taxi. Sa tête ne le contenait plus. Elle voulait éclater, percée de mille aiguilles. Il s'est fait conduire à la gare. Il a grimpé dans un train. Il a sombré dans une langueur comateuse et n'a repris conscience que trois heures plus tard dans une ville qu'il ne connaissait pas.

Tout était fini. Anéanti.

Plus rien jamais. Comme avant jamais.

Non, plus rien. Son crâne l'élançait. Sa pensée titubait en lui, malheureuse et docile. Il s'est dirigé vers un bureau de poste. Il a écrit un texte bref à ses parents pour leur dire de ne pas s'inquiéter. Il allait rentrer dans quelques jours. Il n'était pas malade. Il allait entamer sa septième année de médecine, ils pouvaient lui faire confiance. C'était juste qu'il... juste qu'il... Il ne trouvait pas ses mots. Il ne pouvait pas le dire. Il ne savait pas ce que c'était.

Juste qu'il... juste qu'il...

Il a abrégé par une signature rapide cette lettre absurde qui démentait ce qu'elle prétendait affirmer. Il s'est rendu chez un fleuriste. Il a passé commande d'un bouquet qui devait être livré à Mado le lendemain. Il y a ajouté un court billet. Dans son égarement, il lui a laissé croire que tout allait s'arranger. Qu'ils allaient se retrouver et que leur existence reprendrait comme avant. Mais ces fleurs coupées, ces fleurs sans vie, sectionnaient aussi la sienne et tout ce qui le rattachait à la femme qu'il aimait.

« Aie confiance, je vais revenir, Mado », lui avait-il écrit.

Il ne savait plus ce qu'il disait.

Deneb

Durant les vingt ans qui suivirent, la vie d'Hippolyte Sicher se déroula comme dans un rêve éveillé. Ce fait mérite d'être mentionné, parce qu'il explique sans doute les événements qui devaient survenir plus tard.

Il était rentré chez ses parents huit jours après avoir fui ses noces. À son retour, son univers était en ruine. L'irréparable avait été commis. Il était persuadé qu'il ne pouvait plus revenir en arrière. La situation réservait pourtant d'autres possibilités : la contrition, l'amnésie, une nouvelle demande en mariage, il suffisait d'un peu d'imagination. En l'occurrence, il en était dépourvu.

Il était convaincu que toute innocence était morte et que leur histoire était terminée. Mado tenta de le revoir. Elle lui téléphona, lui écrivit des lettres qui trahissaient l'espoir et l'attente. Il ne répondit pas.

Il était absent de lui-même. Il se désintéressait des questions matérielles. Ses parents durent s'occuper des conséquences de l'annulation du mariage. Ils déménagèrent le petit appartement où il vivait avec Mado depuis deux ans. Ils récupérèrent quelques objets, quelques meubles, sa chaîne Bang et Olufsen et sa collection de disques. Ils laissèrent à Mado le soin de restituer ou de garder les cadeaux qui leur avaient été livrés. Il ne sut jamais ce qu'il en était advenu. À ses yeux, plus rien n'avait d'importance.

À l'automne, il commença son internat. Mado avait choisi de devenir généraliste, il préparait une spécialité. L'organisation des stages et de leur emploi du temps fit qu'ils ne se rencontrèrent jamais. Deux ans et demi plus tard, il vit sur le tableau d'affichage qu'elle avait soutenu sa thèse de médecine. Il en conclut qu'elle avait terminé ses études.

Ce fut une période misérable et sombre. En apparence, son existence se poursuivait comme si de rien n'était. Il suivait les cours, il sortait. Il revit ses anciens amis, il fit quelques rencontres. Pendant les vacances, il partait s'aérer à la campagne, du côté de Sablé-sur-Sarthe. Une campagne dessinée au compas et à l'équerre, saturée d'eau et de chlorophylle. C'était merveilleux de vivre à l'unisson de la nature. Oh comme on se sentait vivre. N'est-ce pas qu'on se sentait vivre ? Il n'éprouvait plus rien. Toute cette flotte, cette herbe verte.

Sa sensibilité et sa joie étaient mortes. Il était un fantôme, le spectre éteint de sa vie qui vaquait.

Il pensait peu à Mado.

Il n'y avait que du vide en lui.

Il finit par voir un toubib. Celui-ci écoutait en hochant la tête l'histoire qu'il lui débitait d'une voix atone. Il lui faisait avaler des pilules. Cela dura des mois. Des pilules roses et bleues. Il les prenait sans rechigner. Du chlorhydrate d'amineptine. Deux cents milligrammes par jour en deux prises. Il ne voyait pas la différence. Il supposait que sans elles, ça aurait pu être pire. Même l'absorption de dioxyde de titane ne lui faisait plus ni chaud ni froid.

Peut-être que c'était ça, l'immortalité ?

Un an jour pour jour après sa rupture, sa mère mourut d'une leuco-encéphalite. Une maladie neurologique rare qui détruisit progressivement toutes ses fonctions cérébrales et motrices. Les signes précurseurs étaient apparus peu avant qu'il quitte Mado. Sa mère se sentait inexplicablement fatiguée. Elle avait des absences, des maux de tête, des vertiges. Les douze mois suivants, sa déchéance physique fut une lente et inexorable descente à laquelle son père et lui assistèrent, impuissants.

D'une certaine façon, sa disparition le libéra.

Il se remit à vivre. Le destin de sa mère décida de sa carrière. Il s'orienta vers la neuropsychiatrie. Il recommença à vouloir quelque chose pour lui-même.

C'est à ce moment qu'il se souvint de Deneb.

Il l'avait tout à fait oubliée à cette époque. Un soir, il contemplait les étoiles. Cela ne lui était pas arrivé depuis longtemps. En regardant vers le nord-est, il la repéra dans la constellation du Cygne. « Salut, Deneb. Tu es là. » Elle était bien visible dans le ciel. Il se rappela comment il fallait faire pour entrer en communication avec elle. Il suffisait de vouloir intensément quelque chose, avec une qualité spéciale d'attention et de lui abandonner ensuite son désir.

Elle faisait le reste. Cela se réalisait toujours.

Il n'y avait là rien de magique. Deneb n'était jamais que l'image de *sa* source. Une projection de sa matrice mentale. Il pensait souvent que son cerveau était une centrale électrique. Les échanges magnétiques et chimiques qui s'y produisaient étaient de même nature que ceux qui soutenaient l'univers. Hippo l'avait découvert bien avant d'entrer dans son premier labo de recherche. Il l'avait trouvé sans le savoir à la fin de son adolescence lorsqu'il invoquait Deneb et lui demandait son aide.

À travers elle, il avait réinventé une technique connue des hommes depuis des millénaires. Seulement, il ne parlait pas de prière. Il ne parlait pas de méditation.

Dieu était mort. Moisi dans les églises.

La conscience et ses zones intermédiaires étaient la nouvelle aventure. Les portes d'accès à la physique du monde. Projeter sa volonté dans l'ordre universel au point de le modifier n'était jamais qu'une façon de s'abandonner dans les choses. Une forme subtile d'abnégation.

Le désastre de son mariage avait fait naître en lui une détermination étrange. Il était capable de poursuivre un objectif avec obstination et, en même temps, si paradoxal que cela puisse paraître, il n'attendait plus rien de sa vie. Son vouloir était une épée qu'aucun bras ne guidait. Elle atteignait d'autant plus sûrement sa cible.

En compagnie de Deneb, son existence fut ainsi une succession de victoires. Rien ne lui fut refusé de ce qu'il pouvait souhaiter. Chaque année, l'été venant, il fixait son étoile avec force et désespoir. « Deneb, il lui disait. Deneb ! » Tous ses muscles étaient relâchés, mais la tension de son esprit était surhumaine, insoutenable. « Deneb ! » Il n'était que sa pensée au bord de la rupture, au seuil de l'évanouissement. Il pouvait mourir sur-le-champ. Et il mourait d'une certaine façon. Il lâchait tout et il mourait.

« Deneb, je veux réussir. »

Il était devenu neuropsychiatre. Il travaillait dans le service de neurologie du professeur Salinas à l'hôpital Cochin où il avait accompli son internat.

« Deneb, je veux réussir. »

Il était consultant externe du *National Board of Health* à Stockholm et régulièrement invité au *National Institute of Neurological Disorders and Stroke* à Bethesda, USA.

« Deneb, je veux réussir. »

Il donnait des conférences, il avait publié un livre. Un ouvrage de vulgarisation sur le cas de Sarah Weissmater, une patiente atteinte de la démence de Pick à l'âge de vingt-trois ans. Il lui avait valu une notoriété enviable auprès du grand public. On en avait parlé dans les journaux.

« Deneb, je veux réussir. »

Il avait d'excellents amis. De jolies femmes l'avaient aimé. Il possédait une Aston Martin, un bel appartement rue Gay-Lussac, une imposante maison de famille à Sablé, à quelques kilomètres du Mans. L'argent n'était pas un problème pour lui.

Oh Deneb ! Deneb !

Le temps avait couru et le corollaire de ses succès, de ses triomphes apparents, avait été de souffrir mille morts, de passer dans un brouillard, d'avoir été arraché à la vie.

Il était une ombre aux entrailles glacées.

Était-ce là tout ton amour pour lui, poussière d'étoile ? Était-ce là tout le bien que tu lui souhaitais ? Pourquoi fallait-il que son destin lui ait été si sauvagement soustrait ? Pourquoi fallait-il qu'il se jetât ainsi dans l'abîme ? Tu n'avais rien fait pour le sauver, Deneb, rien, et maintenant c'était une ombre. Vois ce que tu avais fait de lui. Vois ce que tu avais fait de toi-même !

Apparition

C'est au mois de janvier qu'Hippolyte Sicher a fait, par accident, sa première expérience de remontée dans le temps. Il ne s'agissait encore que d'une incursion intuitive et de courte durée. Elle devait pourtant modifier à jamais le cours de son existence.

Il avait été convié à prononcer une conférence à Saint-Cloud. Il ne s'y était pas rendu depuis des années. C'était la ville où habitait Mado. En y allant, il pensait à elle avec une pointe au cœur, mais aussi avec cette qualité particulière d'anesthésie du souvenir qui ne l'avait plus quitté depuis leur rupture.

Il n'avait pas de véritable appréhension. Une rencontre lui paraissait impossible. Des années plus tôt, il avait appris que Mado s'était mariée. Pour elle, la page était tournée. Il était inconcevable qu'elle puisse souhaiter le revoir. Avant de partir, il avait juste avalé un petit verre de whisky.

En principe, il s'interdisait l'alcool. Ce n'était pas qu'il détestait en boire. Il adorait la sensation de chaleur et la légèreté aérienne qu'une bonne lampée communiquait à son organisme. Cependant, c'était un poison qui vous tuait aussi sûrement que de l'arsenic. Il se rappelait encore la nuit épouvantable qu'il avait passée lors du réveillon de ses dix-sept ans. Donc jamais d'alcool.

Ce jour-là, il avait fait une exception. Il s'en était servi une modeste rasade (et même une autre) (et même une autre). C'est dire s'il se sentait tranquille.

La conférence se déroula dans d'excellentes conditions. La salle était chaleureuse, les organisateurs accueillants, le public intéressé. Il avait de grosses plaques rouges sur les joues, mais avec l'éclairage artificiel, cela ne se remarquait pas.

Il parla des troubles de la parole et de la géographie du cerveau. Il décrivit plusieurs cas cliniques assez spectaculaires. En particulier, celui d'Alfred H. qu'il traitait actuellement à Cochin, un ancien juriste d'une cinquantaine d'années atteint d'une aphasie de Wernicke. En apparence, ce patient s'exprimait de manière fluide et posée. Or, son discours, bien que sophistiqué, se révélait incroyablement vide de sens. Tout en ayant gardé une maîtrise formelle du langage, cet homme ne pouvait plus se faire comprendre de ses interlocuteurs.

Le public apprécia la description de cette pathologie rare. À condition de demeurer anecdotiques, les désordres de l'esprit passionnent toujours les foules. Et Hippolyte Sicher savait choisir ses histoires.

Il fut applaudi avec enthousiasme.

C'était un samedi soir. Le débat avec l'auditoire se termina fort tard. Lorsqu'il quitta la salle, il passa dans un couloir où quelques personnes s'attardaient à regarder sur de grands panneaux la programmation des prochaines conférences : « Samedi 26 janvier : Ombres et lumières dans le tunnel sous la Manche », « Samedi 2 février : Génocide rwandais et responsabilité de l'Occident », « Samedi 9 février : Sexualité de la marmotte. »

Le visage d'une femme retint son attention. Une femme élégante, au nez droit, aux lèvres fermes, aux cheveux bruns et brillants. Il ne pouvait lui donner d'âge. Au moment où il la remarqua, elle le fixa avec insistance. Il resta figé, la pensée en suspens.

C'était la mère de Mado.

Sa stupéfaction fut de courte durée. Ils eurent un même mouvement spontané qui le surprit. Ils s'avancèrent l'un vers l'autre et s'embrassèrent comme de vieux amis. « Hippolyte ! s'exclama-t-elle avec un grand sourire. Cela fait si longtemps ! »

Il ne savait que dire. Des années auparavant, il s'était détourné de cette femme et de sa famille d'une manière brutale et honteuse. Il n'avait pas pris la peine de la revoir, de lui fournir d'explications. Et à présent, il se trouvait devant elle et elle acceptait de lui parler. Quelle contenance adoptait-on dans ces cas-là ? Il cherchait à mobiliser ses pensées, mais son crâne restait vide.

« Vous savez, Hippolyte, lui dit-elle avec douceur, j'ai écouté votre conférence et j'ai lu votre livre... J'ai essayé de vous comprendre... »

Elle avait essayé de le comprendre. Et elle y était arrivée. Elle le comprenait bien que son comportement ait été inacceptable. Elle le comprenait avec humanité, avec compassion. Elle l'acceptait tel qu'il était.

Tel qu'il ne s'était jamais accepté lui-même.

Une douleur foudroyante lui traversa la poitrine.

Il la regardait. Quel âge pouvait-elle avoir ? Elle ne lui semblait guère différente de l'époque où il l'avait connue. Elle était alors au milieu de sa quarantaine. Elle devait maintenant approcher des soixante-dix ans et en paraissait vingt de moins. Cette femme restait donc éternellement jeune ? Bizarre tout de même qu'il soit le seul à vieillir comme ça. Il se sentait si abîmé, si mal en point.

« Et vos parents ? » lui demanda-t-elle. Elle souriait toujours. Néanmoins, son sourire se nuançait d'une plus grande tendresse. Elle savait que la réponse à cette question ne pouvait pas être heureuse. « Je n'ai plus ma mère, lui répondit-il. Je n'ai plus ma mère depuis longtemps. »

Elle le regarda d'une manière extraordinaire. Son sourire ne disparaissait pas et irradiait à présent ses yeux d'une lumière apaisante. « Eh oui, Hippolyte, eh oui. Votre chère maman... Votre chère maman est partie. Ça a beaucoup compté aussi, n'est-ce pas, dans toute cette affaire ? »

Il acquiesça, mais il ne voyait pas de quoi elle voulait parler. Il éprouva le besoin de changer de sujet.

« Et Mado, comment va-t-elle ? »

Elle lui donna des nouvelles de Mado.

Et tandis qu'il écoutait parler d'elle pour la première fois depuis vingt ans, il lui revint subitement que cette salle de conférences était située à deux pas de chez elle. De la maison de ses parents où il avait passé tant d'heures et de jours. Au numéro 16 de la rue Du Maurier. Il revoyait le parcours exact pour y parvenir, ce chemin emprunté des centaines de fois. L'angle des trottoirs, la disposition des réverbères, l'alignement des pavillons. Le portillon et la porte d'entrée. La lumière allumée dans la cuisine. Et dedans, Mado qui l'attendait.

Il suffisait de pas grand-chose, quelques pas, et il y serait, comme avant. Cela paraissait d'une facilité déconcertante. Quelques pas à peine et tout reviendrait. Il lui semblait que la vie était restée là telle qu'il l'avait laissée. Peut-être existait-il un ailleurs heureux où rien ne bougeait ? Peut-être était-ce lui et lui seul qui avait choisi le couloir sans repos de la dégradation et de la mort ?

La salle de conférences peu à peu se vidait. Les derniers auditeurs poussaient les portes et s'égaillaient dans la nuit.

Il écoutait parler de Mado.

De Mado de maintenant et de toujours.

Il avait le sentiment qu'elle était à côté, dans la rue, et qu'elle allait surgir d'un instant à l'autre. Mado de ses vingt ans. Mado de sa jeunesse. Et lui aussi, il avait vingt ans. Il n'était plus Hippolyte Sicher, neuropsychiatre reconnu, un homme fait. Il était un jeune homme timide écoutant la mère de sa fiancée avec une foi sereine dans l'avenir. Le fait que cette foi-là soit à jamais perdue pour lui n'était plus qu'un événement lointain, dans un futur incertain qu'il n'atteindrait jamais.

Une phrase lui traversa l'esprit. Un haïku japonais que lui avait fait lire sa secrétaire : *La fleur du cerisier remonte sur la branche*. Il se sentait protégé du devenir, indifférent à ce qui pouvait arriver. Une bulle de temps s'était ouverte, lui permettait d'y entrer et de s'y reposer un moment. Rien n'était changé, rien ne pouvait être changé. Et rien ne le serait jamais.

Leur conversation prit fin. « J'ai été contente de vous revoir », lui dit la mère de Mado en partant. Elle continuait de lui sourire avec bienveillance. Il la regarda s'éloigner et demeura seul dans le hall du centre de conférences.

Dehors, la nuit était noire. Il monta dans un taxi. Une onde de douceur se diffusait dans sa poitrine. Il venait de goûter à nouveau et par surprise à l'un de ses derniers moments d'innocence. Mais à mesure qu'il s'éloignait de Saint-Cloud, cette ville où il avait abandonné sa jeunesse, un sentiment obscur commençait à l'envahir. Une angoisse sourde qui pointait dans son cœur.

Lorsqu'il fut rendu rue Gay-Lussac, lorsqu'il ouvrit la porte de son appartement, il vit le salon, les canapés en cuir noir, la bibliothèque aux montants chromés, le bar pivotant, le Kandinsky accroché au mur. Il vit l'écran du téléviseur, sa collection de disques, le tapis aux couleurs de Matisse, les piles de livres reliés qui attendaient d'être rangés.

Il laissa tomber ses clefs.

Il ne savait plus où il était. Que lui était-il arrivé ? Vingt années s'étaient écoulées. Vingt ! C'était énorme et ce n'était rien. Qu'avait-il vécu pendant ce temps ? Il avait tout laissé s'échapper. Son passé n'avait survécu en lui que comme souvenirs fugaces, douleurs fulgurantes, rêves violents qui le laissaient exténué et exsangue, les yeux lourds au petit matin. Cependant il ne s'en souvenait pas réellement. Sa vie avec Mado ne lui apparaissait plus que voilée par un filtre opaque. Il avait pensé à elle chaque jour de toutes ces années et elle lui avait affreusement manqué, mais en dépit de tout, il comprenait qu'il n'avait jamais pu l'évoquer qu'à travers le mirage d'une conscience floue et à demi éteinte.

Il considérait cet appartement où il vivait et il avait soudain l'impression de se réveiller d'un songe creux. Un songe qui avait duré vingt ans. Hier il était avec Mado, hier il l'avait quittée. Oui, tout lui revenait. Mado retrouvait dans son esprit une force de présence explosive. Sa promise, son épouse tombée du ciel. C'était elle et seulement elle.

Mais il était trop tard.

La bulle du temps venait de se refermer.

Something to do

Le lendemain était un dimanche. Hippolyte Sicher avait eu une nuit courte, hachée par des rêves nostalgiques et douloureux. Ses yeux lui faisaient mal. Sa peau tirait vers le bas le masque de son visage. Il n'avait pas faim. Il se contenta de boire un grand verre d'eau additionnée de soixante-dix gouttes de *Ribes nigrum* bourgeons en macérat glycériné (une préparation homéopathique destinée à renforcer ses défenses immunitaires, il en faisait deux cures par an à titre préventif).

Il passa les premières heures de la journée à tenter de retrouver ses impressions de la veille. Elles lui revenaient, mais ce n'étaient plus que des souvenirs. Une collection de notes qu'il disséquait à froid. Il ne s'agissait plus de ces sensations chaudes, irrésistibles et vivantes qui l'avaient bouleversé quand il parlait à la mère de Mado. Toute la matinée, il essaya en vain de les ranimer. Il ne ramenait que des images mortes, de banales réminiscences sans grand contenu émotionnel ni caractère de réalité immédiate.

Vers midi, il changea de méthode.

Il chercha non plus à retrouver les sensations précises que cette rencontre avait fait surgir du passé, mais à évoquer d'autres souvenirs qu'il avait enfouis. Sans doute sa mémoire avait-elle été débloquée par ses émotions récentes, car les détails affluèrent en masse.

Il fut surpris de leur précision. Il n'était pas revenu sur certains d'entre eux depuis vingt ans. La couleur de la tapisserie et des rideaux dans la chambre de Mado, les titres des livres qui étaient posés sur ses étagères, la disposition des meubles, leur couleur, leur style, le nombre exact de bibelots et leur place dans la pièce. Plus largement, la maison de ses parents, sa topographie, les plantes vertes dans la salle de bains et le salon, la cannelure des cache-pots, l'escalier en colimaçon, le bois foncé de la rampe, l'ottomane au velours blond, le miroir ancien dans l'entrée et les abat-jour en toile écrue qui allumaient le soir des soleils d'automne dans tout le logis.

Ces images l'étonnèrent, car il ne pensait pas en avoir conservé la trace. Pourtant, elles ne lui suffirent pas. Ce n'étaient que des clichés, des cartes postales. Il n'y avait rien de vivant dans ce qu'il faisait remonter à la surface. Rien qui ressemblât à ce qu'il avait éprouvé la veille. Pourquoi ne pouvait-il le répéter à loisir ?

Au début de l'après-midi, il n'avait toujours pas déjeuné. Il éprouvait une grande lassitude et se laissait envahir par un profond sentiment de tristesse. Son attitude n'avait aucun sens. De la complaisance envers soi-même, rien de plus. Il en aurait bien touché quelques mots à Deneb. Hélas, c'était l'hiver et Deneb en cette saison ne se laissait pas apercevoir.

Du reste, quelle importance ? Il y avait une explication physiologique à ce qui lui était arrivé. Sous le coup d'une forte émotion, le lobe frontal de son cerveau avait dû libérer une dose massive de neuromédiateurs, ces substances chimiques qui assurent la transmission de l'influx nerveux. C'est à une surproduction de sérotonine qu'il devait ce joli voyage dans sa mémoire. Il avait vécu une expérience hallucinatoire provoquée accidentellement par une drogue naturelle et c'était tout. Il ne fallait pas compter la renouveler.

Pour le reste, le passé était mort.

Mado était devenue une autre femme.

Une autre femme dans une autre vie.

Il fit quelques pas dans le salon. Il contourna la table basse et s'approcha de la bibliothèque. Il parcourut machinalement du regard ses livres, puis ses disques. L'un d'eux l'arrêta. C'était *Some Great Reward*, un vieux Depeche Mode qu'il écoutait avec Mado du temps où ils étaient ensemble. Cet album provoquait alors en lui une sensation dépressive aussi fascinante qu'inexplicable. À l'époque, il le possédait en version vinyle. Il l'avait racheté depuis en Compact Disc par souci de conservation. Il n'avait jamais eu la force de le réécouter.

Il le sortit de l'étagère. Sur la pochette, un couple de jeunes mariés se tenaient par la main, les yeux dans les yeux, devant une usine. Il regarda leurs silhouettes innocentes et fragiles devant l'énormité glaciale du décor industriel. L'avenir semblait sur le point de s'effondrer sur eux.

« Le monde et ses signes, pensa-t-il. Ses signes partout, pour chacun d'entre nous. » Il se dit que, dès l'achat de ce disque, cette photographie avait fonctionné pour lui comme un écho de son destin. Un écho qui lui était parvenu avant qu'il se réalise.

Il ne nourrissait aucun phantasme à ce sujet. Il se défendait de toute superstition et se contentait de penser que si cet album l'avait tant touché autrefois, c'était parce qu'il exprimait une inquiétude qu'il portait déjà en lui. Mais il y avait aussi dans cette sympathie musicale la reconnaissance intuitive d'un événement qui devait survenir par la suite.

Il examina cette question avec attention, en tournant et retournant le disque entre ses doigts. Oui, c'était l'émotion musicale qui avait rendu synchrones des laps de temps successifs et lui avait fait confusément percevoir l'avenir. Il ne s'agissait en aucun cas de pensée rationnelle.

Il ouvrit le boîtier. Le CD était neuf.

Il le posa dans le tiroir de chargement de la platine. Le tiroir glissa dans son logement. Il déclencha la lecture en mode aléatoire et il s'allongea sur l'un des canapés.

Les premiers morceaux le laissèrent indifférent. Il tentait de retrouver des images, des moments, des scènes de sa vie passée. Les syncopes de la musique et les ritournelles minimalistes interféraient avec ses pensées et l'empêchaient de se concentrer. Au bout d'un moment, une série d'associations d'idées l'éloigna de sa jeunesse. Il était confortablement enfoncé dans le cuir moelleux du canapé, tous ses muscles relâchés. Il s'abandonnait à sa rêverie.

Il en fut tiré par un titre dont les premières boucles synthétiques déclenchèrent immédiatement en lui un creusement violent, comme une aspiration dans le vide de ses entrailles. Un titre hypnotique dont la tension dramatique l'avait toujours troublé. La voix vibrante du chanteur demandait : *My little girl won't you come with me ?*

Hippolyte tressaillit de tout son corps. Il sentit son cœur se contracter. *Come with me*, gémissait la voix et son estomac devint d'une dureté minérale. Tout en lui se crispait, s'étiolait, fondait, fuyait, s'échappait, comme un vent fou sortant de tous côtés par les fissures et les failles d'une maison. La voix suppliait : *And tell me...* Tout s'en allait, s'évaporait, son esprit aspiré, ses pensées nettoyées, son corps insensible, inexistant. Mort.

La voix attaqua le refrain, ajoutant à la supplication une urgence insoutenable. C'était une phrase, répétée quatre fois sous forme de question. *Is there someting to do ?* Son intensité lui fit l'effet d'un électrochoc.

À la quatrième répétition, ses oreilles se mirent à siffler. Sa vue s'obscurcit. Tout s'évanouit brutalement.

C'est alors que cela survint.

Banc de sable

Il émerge des flots. L'eau claire ruisselle sur son torse nu. Il éprouve une sensation de fraîcheur bienfaisante. Le soleil brille fort, il n'en sent pas la morsure. Ses épaules lui paraissent légères, aimantées par le ciel. La mer est festonnée d'écume. Des vaguelettes caressent sa taille, le poussent doucement vers la plage. Il entend des cris et des rires. Les baigneurs sont à une soixantaine de mètres. Les ondes sonores glissent sur la surface, mêlées au clapotis, portant loin des accents étouffés de gaieté collective.

Il est aux Saintes-Maries-de-la-Mer.

C'est le mois d'août. Il a dix-neuf ans.

Son buste se soulève au rythme des vagues, ses pieds reposent sur le sable. Celui-ci est compact et couvert de ridules. Il en distingue les arabesques à travers la masse transparente de l'eau. Il sent les grains se tasser sous la plante de ses pieds, se mouler dans l'espace entre ses orteils. Des milliers de quartz se compriment et s'échappent sur sa peau dans un massage lascif et râpeux.

Avoir dix-neuf ans ne le surprend pas.

À un autre moment, il en a quarante-quatre. Mais à cet instant précis, il en a dix-neuf et cela lui semble naturel. Ce qui l'étonne, c'est la qualité de ses sensations. Sa faculté de perception est comme décuplée.

Chaque information reçue de ses sens est un puits dans lequel il descend à l'infini. Toute la réalité s'imprime à sa conscience avec une richesse de nuances insoupçonnable. Chaque détail absorbe l'éternité. Chaque seconde contient l'univers.

Il observe autour de lui. Il se tient sur un haut-fond sablonneux à distance du rivage. Il a dépassé les balises jaunes qui délimitent la zone de baignade surveillée. Vers le large, les lèvres de la mer scintillent au soleil. Un véliplanchiste file sur leurs ourlets avec la complicité d'une brise hésitante. Il le suit des yeux un moment. Sous son pied droit, un petit coquillage s'incruste dans sa chair. Il sent nettement le renflement de sa coque, les stries hélicoïdales de son pavillon, la dentelure de sa corolle.

Il y a aussi cette impression étrange de penser deux fois.

Des idées surgissent, comme « quel merveilleux après-midi » ou « il y a quelque chose de dur sous mon pied ». Il demeure toutefois en retrait de ces pensées. Il sait qu'il en est l'auteur. Pourtant, elles semblent avoir déjà eu lieu. Il les entend comme un poste de radio en sourdine.

Il se dit : « Je vais plonger pour voir ce que c'est. »

Il plonge. Sous l'eau, les distances sont difficiles à évaluer. Le fond est trouble. C'est un bouillon épais, traversé de rais de lumière depuis la surface. Il ressent une légère brûlure sur les yeux. La pression fait bourdonner ses oreilles. Il fouille le sable de la main. Ses cheveux ondulent, effleurent son front. Une bulle d'air s'échappe de sa bouche et glisse sur sa joue avant de disparaître.

Il trouve ce qu'il cherchait. D'un coup de pied, il se propulse vers le haut. Il émerge des vagues dans une gerbe d'eau et reprend son souffle. Des éclaboussures retombent, telles des gouttes de pluie venues moucheter la mer.

Il regarde sa prise.

« Un bivalve blanc, nacré. »

Il sait qu'il dit cela, il s'écoute dire cela. Mais celui qui le dit ne sait pas qu'un autre lui-même est en train de l'écouter. Il tourne et retourne le coquillage dans sa main. Il en caresse les rainures du bout des doigts. Il est luisant et virginal. C'est un très beau coquillage.

Il va se passer quelque chose.

Il sent qu'il va se passer quelque chose.

Une pensée soudain le traverse : « Je vais le porter à Mado. » C'est comme une déflagration. Mado. Comment a-t-il pu oublier ? L'été de ses dix-neuf ans, elle est là, bien sûr, aux Saintes-Maries-de-la-Mer avec lui. Ils séjournent une semaine en Camargue. Ce sont leurs premières vacances. Il ne sait pas quel jour ils sont, mais elle doit être sur la plage, à quelques dizaines de mètres de lui. Il se souvient du maillot qu'elle s'est acheté avant de partir : un deux-pièces noir à fines rayures horizontales rouges.

Il ne va pas tarder à la revoir.

Cette certitude met son esprit en déroute. Son tumulte intérieur est indescriptible. Le reste de sa personne n'en tire pas les conséquences. Son cœur bat à un rythme régulier. Son corps demeure détendu, agréablement bercé par le clapotis des flots. Il sent avec plaisir la fraîcheur de l'eau qui enveloppe ses jambes, la chaleur du soleil qui rayonne sur son dos. Il est à l'aise, indifférent à l'incroyable nouvelle de la présence de Mado.

« Blanc comme le lac de ses yeux », dit une voix en lui.

La voix ajoute : « Un coquillage pareil, ça ne se jette pas. »

Et il referme ses doigts sur l'éventail calcaire. Il se met à marcher vers la grève. Ses gestes sont assurés.

Les flots opposent une résistance lourde à ses mouvements. Il doit lever haut les genoux pour avancer. Sur la plage, il distingue les taches colorées des parasols, des serviettes de bain et la cahute blanche des secouristes qui se détache sur le vert profond des arbres derrière le front de mer. Une demi-douzaine de cerfs-volants flottent dans le ciel.

Il va revoir Mado.

Quelques secondes de marche, quelques brasses et il sera près d'elle. Il s'entend fredonner une rengaine de Devo, un groupe américain à la mode. Il remarque que sa voix est un ton moins grave qu'elle ne le sera vingt ans plus tard. Elle chante : « *Peek-a-boo ! I can see you ! And I know what you do !* »

Le niveau de l'eau monte, atteint son sternum. Il va bientôt quitter le banc de sable. Il faudra nager sur plusieurs mètres avant d'avoir à nouveau pied. Il fera quelques pas sur le rivage. Et Mado sera là. Il s'entend chanter d'une voix joyeuse : « *So put your hands on your face...* » Il tient fermement le coquillage dans son poing. Sa voix continue : « *And cover up your eyes...* » Sa voix monte : « *Don't look until I signal !* »

Une douleur atroce lui traverse le pied droit.

Une douleur monstrueuse et brutale qui envahit tout le champ de sa conscience.

Il se plie en deux pour se saisir la cheville et bascule dans l'eau la tête la première. Une pointe de fer ou un tesson de bouteille a dû lui transpercer la plante du pied, passer à travers l'os et ressortir de l'autre côté. Il n'ose pas y toucher. Il a peur du sang, de la chair déchiquetée. Il se tord sous les vagues, les deux mains serrées en étau autour de sa cheville comme si elles pouvaient empêcher la souffrance de monter.

Il boit une tasse. Puis une autre. Sa gorge prend feu. Ses poumons explosent. Il y a cette pensée : « Je vais mourir. »

Il tente de remonter, mais il a quitté le banc de sable et se trouve au-dessus d'une zone de dépression. Il n'a plus pied. Il pousse avec sa jambe valide pour sortir la tête de l'eau. Il ne peut lâcher sa cheville. La douleur rayonne jusqu'au genou.

« Je vais mourir. » Son visage émerge un instant. Il aspire l'air avec un cri rauque. Il sent une brûlure dans sa poitrine. De l'eau est entrée dans ses alvéoles pulmonaires. Il crache de toutes ses forces. « Non, je ne veux pas ! »

À quelques mètres de lui, il voit la combinaison isotherme d'un véliplanchiste, noire et luisante comme une peau de pingouin. L'homme est de dos et ne l'aperçoit pas. Il voit aussi sur la plage la chaise haute du maître nageur, ses montants en fer-blanc, ses accoudoirs, son échelle fixe. Elle est vide. Personne ne paraît le remarquer.

Il se débat pour rester en surface. Son poids l'attire vers le fond. Il a encore le temps d'inspirer une fois, deux fois. Et il disparaît sous les flots.

Mémoire vive

Le Kandinsky sur le mur réapparut le premier, puis le reste du mobilier et de l'appartement. Le disque de Depeche Mode tournait toujours sur la platine. Hippolyte était allongé sur le canapé en cuir, les jambes flasques, les bras mollement étendus le long de son corps. Il avait quarante-quatre ans. C'était un dimanche de janvier comme un autre, en début d'après-midi.

Il se redressa et s'assit en se massant la nuque. Que s'était-il produit ? Son esprit s'était absenté quelques minutes. Quelques minutes l'été de ses dix-neuf ans. Et il y était retourné pour de bon. Comment une telle chose était-elle possible ?

Il ouvrit une boîte en bois peint posée sur la table basse. Il saisit un paquet de cigarettes à l'eucalyptus et en alluma une. Il tira longuement sur le filtre en regardant le papier rougir et se consumer. Une odeur grasse se répandit dans la pièce. Il avait renoncé au tabac depuis dix ans. Il ne consommait plus que des ersatz garantis sans nicotine ni goudron. Il pouvait ainsi continuer à fumer sans avoir l'esprit traversé de la vision culpabilisante de ses poumons calcinés, rabougris et fripés comme de grosses grappes de raisins secs. Il rejeta la fumée par les narines.

Évidemment, c'était immonde.

Mais on ne pouvait pas tout avoir.

Il revint à ses dix-neuf ans. Il se souvenait très bien de cet épisode aux Saintes-Maries-de-la-Mer. Ce jour-là, il avait regagné la grève en apnée. La douleur rendait son pied droit inutilisable et il lui était impossible de se maintenir en surface. Il avait nagé sur le côté comme un poisson malade. Sa jambe traînait derrière lui, lancinante, contractée, telle une branche de bois mort. Il remontait de temps en temps pour respirer.

Des pensées mélodramatiques défilaient dans son esprit. Il se voyait rampant sur le rivage, dents serrées, laissant sur son chemin une traînée de sang du plus bel effet. Il voyait les yeux des plagistes horrifiés et le visage de Mado en larmes. Il voyait l'arrivée de l'hélicoptère, le masque à oxygène, la course folle dans les couloirs de l'hôpital sur un lit à roulettes. Puis l'opération de chirurgie reconstructrice, sa convalescence, l'admiration des infirmières et son retour triomphal à Paris sous les vivats de sa famille.

Ces idées revigorantes l'avaient aidé à rejoindre la plage. Là, il avait été presque déçu de constater qu'il n'avait sous la plante du pied qu'une petite fente d'un demi-centimètre. Le sang suintait faiblement quand on pressait les lèvres de la plaie. La douleur cependant demeurait terrible. Elle lui cisaillait la chair jusqu'à l'os.

Peut-être le tesson de bouteille avait-il disparu à l'intérieur et s'était-il incrusté dans l'une des sept lames de son squelette tarsien ? Peut-être ses ostéoblastes étaient-ils atteints en cet endroit, écrabouillés, pulvérisés et détruits ? Se pouvait-il qu'après un tel massacre, ses cellules osseuses ne soient plus capables de se reconstruire et qu'il développe une saleté de myélome ?

Depuis qu'il avait réussi son concours de première année de médecine, il lui venait toutes sortes d'idées affreuses. Bénis soient les ignorants ! Le commun n'imaginait pas dans quel enfer le savoir médical faisait vivre les spécialistes !

Il se tenait le pied à deux mains. Une plaie d'un demi-centimètre, d'accord, cependant les ravages à l'intérieur devaient être considérables. L'équivalent d'une balle dum-dum, une perforation anodine vue de l'extérieur, mais dedans de la ratatouille même pas bonne à congeler. Il faudrait une radiographie ou un scanner pour mesurer l'étendue des dégâts. Il voyait d'ici le tableau. De toute cette charpie naîtrait un gisement de métastases qui allaient foutre le camp dans tout son corps. Oh nom de Dieu, à tous les coups, c'était une ostéolyse ! Un début de cancer osseux, maintenant il en était sûr, ce que ça pouvait faire mal !

Le maître nageur fut d'un avis différent. « Une vive, avait-il dit. Un poisson. Vous avez marché sur une vive. Elles se cachent dans le sable. » La douleur venait moins de la plaie que du venin injecté par les épines de l'animal, une arme déloyale qu'il portait sur ses nageoires dorsales. Il n'y avait qu'un moyen de la faire passer, c'était un petit footing pour accélérer la circulation sanguine et diluer le poison.

Hippo n'avait pas attendu la fin du conseil.

Il avait planté là Mado et le maître nageur et il s'était mis à courir comme un fondu sur la plage.

Au début, ça faisait mal, puis de moins en moins. Il ne fléchissait pas. Il sautait par-dessus les baigneurs allongés sur leurs serviettes, il traversait des parties de beach-volley en bousculant les joueurs, il écrasait des châteaux de sable, provoquait nombre de hurlements et de traumatismes infantiles. Rien ne l'arrêtait. Il voulait guérir. Il le voulait absolument.

Il avait fini par ralentir l'allure. Ses yeux lui sortaient de la tête, de grosses veines saillaient sur ses tempes. Un bruit de tambour résonnait dans sa poitrine. Il s'était mis à marcher en expirant lentement (il ne s'agissait pas non plus de faire une thrombose coronarienne).

Un moment après, Mado était arrivée loin derrière en lui adressant de grands signes. Il s'était arrêté pour l'attendre. « Ça va ? » avait-elle demandé. Mais oui, ça va, en pleine forme ! Il était radieux. Il ne se sentait jamais aussi fort, aussi immortel, pour tout dire aussi Hippolyte que quand il venait d'échapper à un tesson de bouteille ou à un myélome malin ou à une thrombose coronarienne (ou aux trois réunis).

« Tu es sûr que ça va ? avait-elle insisté. Tu ne veux pas t'allonger un moment ? » M'allonger un moment ? Qu'est-ce qui te fait croire que j'ai besoin de m'allonger un moment ? « C'est le maître nageur, avait-elle répondu. Il a dit que les piqûres de vive peuvent parfois provoquer de petites bouffées délirantes. » Ah ah. Une bouffée délirante ? « Oui, il m'a conseillé de ne pas te laisser seul. » Ce maître nageur ? Il t'a vraiment dit ça ? « Il me l'a dit, oui, et comme tu ne fais jamais de footing... » Cette brute t'a dit que je pouvais avoir une bouffée délirante ? « Oui, et comme tu ne fais jamais de sport... » Ah ah, c'est trop drôle ! Ce paquet de muscles ! Ah ah !

Allons récupérer nos serviettes.

Ils avaient mis plus d'une heure pour retrouver leurs affaires. Sept kilomètres en trente minutes de galopade, un exploit pareil, c'était dingue !

Hippolyte écrasa le mégot de sa cigarette à l'eucalyptus dans un cendrier. Une certitude s'était ancrée en lui. Ce qu'il avait vu, entendu, senti pendant ces quelques minutes d'absence collait parfaitement avec ses souvenirs conscients. Il venait de vivre une expérience à laquelle les hommes rêvent depuis toujours, la réalisation d'un désir aussi ancien que la nostalgie.

Il était remonté dans le temps.

Cela n'avait rien à voir avec une réminiscence ordinaire. Ses sensations avaient été trop précises et trop riches pour qu'il pût s'agir d'une illusion mentale. Non, ce n'était pas ce qu'on désigne habituellement par le terme de « souvenir ». Il était *physiquement* revenu en arrière. Il n'avait aucun doute à ce sujet. Et c'était arrivé à l'écoute d'une chanson. Une émotion musicale, ajoutée à la fatigue peut-être et au choc reçu la veille, avait suffi à le projeter dans le passé.

Il était ébloui par les impressions qu'il en avait ramenées.

Il regardait sans les voir les livres alignés sur les étagères. L'appartement était silencieux. Le disque s'était arrêté. Il se passa la main dans les cheveux. Il n'avait aucune idée de ce que tout cela pouvait signifier et il n'avait pas envie de le savoir. Pour l'aspect clinique de la chose, on verrait plus tard. À cet instant, il avait mieux à faire.

Il saisit la télécommande de la platine. Il sélectionna le titre du disque qui avait tout déclenché et il en programma une lecture en boucle. Puis il s'allongea sur le canapé et se laissa aller.

Oui, en ce qui concernait les explications, on verrait plus tard. Pour le moment, une seule chose comptait.

Il voulait revoir Mado.

Light My Fire

Une boutique de luxe. Des meubles vitrines un peu partout, des boiseries, de lourdes tentures. Une moquette épaisse recouvre le sol. C'est une maroquinerie. Des malles, des sets de voyage, des sacs, des valises de tous formats sont disposés sur des tapis de feutre, des tables, des présentoirs, des structures cubiques. Des produits griffés exclusivement. Une forte odeur de cuir neuf et de cirage flotte dans l'air. Il s'y mêle une légère fragrance féminine, du Chanel n° 5 selon toute probabilité. Des éclairages halogènes indirects accentuent le côté chaleureux et confortable de la pièce.

Il entend de la musique. Ce sont les premières mesures de *Light My Fire* des Doors. Une intro rapide et virevoltante comme le début d'une messe de Bach. Il reconnaît aussitôt l'orgue et le jeu liturgique de Ray Manzarek. Cela fait longtemps qu'il ne l'a pas écouté. Un morceau envoûtant, exceptionnel. Le volume sonore est tout de même un peu fort. Ce n'est pas très discret pour un magasin de cette tenue.

Il se tient devant la vitrine principale. Il jette un regard à une sacoche à soufflets. Une sorte de trousse de médecin à l'ancienne, en cuir cousu, équipée d'un double fermoir à boucle et frappée du sigle LV. Son coup d'œil, il le sent, est plein de mépris. Il y a beaucoup de zéros sur l'étiquette. Il s'entend pester : « Serais mieux boulevard Saint-Michel, à parler d'Hugo Pratt avec le libraire. »

Il pense aussi : « Encore un après-midi de foutu. » Et il ajoute : « Heureusement, il y a les Doors. »

La voix profonde de Jim Morrison vient d'attaquer les premiers couplets. Ah c'est autre chose que la maroquinerie. Beaucoup plus important pour son élévation spirituelle. Quel type, ce lézard, tout de même. Une vie brève, mais quel apport dans l'histoire de la musique. Une pépite, un monument psychédélique. Oh, ce phrasé lancinant et cette Fender Keyboard Bass en contrepoint du clavier principal ! Il voue à ce groupe une immense admiration. D'ailleurs, il ne supporte pas qu'on le critique en sa présence. Il se fâche très vite dès qu'on émet la moindre réserve. Tous ses amis sont au courant : les Doors sont inattaquables.

Soudain, il se sent tiré par la manche. Il se retourne et reçoit sur les yeux un souffle frais et joyeux. Une petite claque visuelle.

Mado est là qui lui sourit.

Dieu du ciel, quelle lumière ! Les appliques halogènes deviennent plus pâles. La perspective de la salle se distend, se creuse, s'étire dans une torsion de tout le décor. Son regard fond vertigineusement vers elle tandis que son corps s'affaisse. Va-t-il tomber à la renverse ? Non, il ne vacille pas. C'est à l'intérieur que ça se passe.

Il avait oublié combien elle était faite pour ses yeux. Il la contemple. Une herse de soleil sur les épaules, elle darde sur lui sa double flamme verte. Sa bouche adorable laisse apparaître ses jolies dents. Elle porte un jean délavé et un tee-shirt blanc tout simple sur lequel est écrit « Emmanuelle ». Elle ne sait pas quelle émotion elle suscite en lui.

Il se dit : « Je vais fondre en larmes. » Mais il ne fond pas en larmes. Il se dit : « Je vais m'évanouir. » Mais il ne s'évanouit pas. Il se dit : « Bon, alors un infarctus. » Mais son cœur ne lâche pas.

Il fait le bilan : production lacrymale nulle, symptôme de collapsus zéro. Pas même une petite arythmie ? Pas même une extrasystole ? Ses jambes ne flageolent pas, il déglutit normalement. La sudation est inexistante. Alors quoi ? Rien. Aucune manifestation de bienvenue, aucun geste un peu spectaculaire. Il la regarde, dégagé et tranquille, les mains dans les poches, en fredonnant l'air de *Light My Fire*.

Il est en dessous de tout.

Prestation scénique lamentable. Mélodramatiquement nul. Il voudrait au moins lui dire quelque chose. Que c'est bon de la revoir. Que ça fait si longtemps. Qu'il aime bien son tee-shirt « Emmanuelle ». Hélas, Hippo semble s'en foutre éperdument. *Come on, baby, light my fire*. Il accompagne Jim Morrison dans le refrain avec une totale désinvolture. Il chante sans vergogne comme s'il s'était attendu à la voir.

Il n'aurait pas été différent s'il l'avait accompagnée dans cette boutique. Cette idée provoque un déclic dans son esprit. Il se souvient qu'il y a deux personnes en lui. C'est la condition de son voyage dans le temps. D'un côté, il y a Hippo, étudiant en médecine, petit ami de Mado et conducteur actuel de son corps. D'un autre côté, il y a Hippolyte, le même, mais âgé de quarante-quatre ans, simple passager, transfuge en lui-même, privé de tout moyen d'action.

Et le premier ignore tout de la présence de l'autre.

Il est en train de subir un après-midi de shopping, ce qui ne lui plaît pas beaucoup. Une pensée prend forme : « Je ne me ferai plus avoir. Dernière fois que j'accepte cette corvée. »

Mado lui dit quelque chose en souriant. Ses lèvres ondulent, font des « o » et des vagues. C'est tout à fait délicieux. Elle a vraiment une jolie bouche. Cependant il n'entend rien. Pour être précis, il n'entend que Jim Morrison qui chante à plein tube. Mais de la bouche de Mado : néant. Le son est coupé. Rien d'audible ne lui parvient. Des « o » et des vagues, et c'est tout.

Il porte ses mains à ses oreilles.

Il en retire deux objets durs.

La musique s'éteint d'un coup. Elle est remplacée par un brouhaha aérien et feutré. Des chuchotis de clients, des amabilités de vendeurs. La clochette de la porte du magasin qui tintinnabule, des bruits assourdis de moteurs venus de la rue. Il regarde ses mains. Elles tiennent des écouteurs. La bande magnétique des Doors tourne comme une toupie dans un walkman attaché à sa taille.

« Hein ? Qu'est-ce que tu dis ? » demande-t-il.

Il remarque qu'il y a une nuance d'agacement dans sa voix. Ça le scandalise un peu. Il pourrait être plus aimable avec Mado, tout de même ! Il ne l'a pas vue depuis vingt ans, il ne s'agirait pas de l'oublier !

Mado ne paraît pas lui en tenir rigueur. Elle lui montre un article sur un présentoir. « Qu'est-ce que tu penses du sac à main besace ? Il n'est pas mal, tu ne trouves pas ? »

Oh sa voix ! Il avait oublié le son de sa voix. Ce timbre à la fois doux et incisif, ce ton chantant, sa façon bien à elle d'appuyer sur la terminaison des mots. Il la retrouve dans toute sa familiarité. C'est un monde d'impressions qui émerge avec elle des flots de l'inconscience. Oh sa voix, sa voix ! Cette fois, il va s'évanouir !

Il va rouler par terre comme un gros bébé.

Un gros bébé atteint d'un infarctus.

À sa stupéfaction, il jette un coup d'œil dédaigneux vers le sac et s'entend grommeler : « Mouais, pas mal. » Et les écouteurs reviennent lui boucher les oreilles.

Il est médusé. Il ne l'a pas vue depuis une éternité et tout ce qu'il trouve à lui dire, c'est « mouais, pas mal ». Tout ce qu'il trouve à faire, c'est donner un signal de fin de conversation en s'enfonçant deux bouts de plastique dans les conduits auditifs. Au lieu de la supplier de répéter ses derniers mots. Sac à main besace ? Tu as dit « sac à main besace » ? Oh comme c'est beau ! Comme c'est merveilleux ! Tu peux le dire encore ? Tu peux le faire plus lentement ? Sac-à-main-be-sa-ce ! Oh encore ! Quel délice ! Comme j'aime quand tu fais ça ! C'est si bon ! Sac à main be, oh !

Mais cette andouille d'Hippo préfère ses écouteurs. Les bruits d'ambiance de la boutique sont recouverts par la musique. Toute possibilité d'échange avec Mado s'évanouit.

Hippolyte a beaucoup moins de plaisir à entendre Jim Morrison maintenant. Il préfère de loin la voix sublime de Mado. Il aimerait mieux se délecter de ses harmoniques plutôt que subir ces notes de piano stupides qui montent et qui descendent avec ce type qui n'arrête pas de demander du feu. Comme s'il ne pouvait pas s'acheter un briquet une bonne fois pour toutes !

Par chance, tout n'a pas l'air perdu. Mado veut ajouter quelque chose. Elle fait à nouveau des vagues et des « o ». (Quelle jolie bouche, vraiment.)

Il retire les écouteurs. Il s'entend dire : « Qu'est-ce qu'il y a encore ? » Ce coup-ci, pas de doute, c'est de l'exaspération. Il est consterné. Pardonne-lui, Mado. Ce n'est pas ce qu'il a voulu dire. Tu sais, il est jeune, ça lui passera. Attends seulement vingt ans et tu verras.

Mado paraît avoir l'habitude. Elle ne se démonte pas. Ses yeux lancent une petite flamme verte. Verte et languide. Elle murmure : « J'hésite avec l'autre modèle là-bas. » Elle susurre : « Il est moins petit. » Elle soupire : « Mais il est plus cher... » Il a un mouvement d'humeur. Il rétorque : « Tu n'as qu'à faire comme tu veux, ça m'est égal. » Et les écouteurs reviennent se visser dans ses oreilles. Et tout ce qu'il y a d'humain dans le monde disparaît. Et *Light My Fire* retentit deux fois plus fort.

Ce coup-ci, Hippolyte n'en peut plus. Qu'on lui donne du feu, à ce type ! Qu'on lui offre un chalumeau ou quelque chose ! Lui, tout ce qu'il demande, c'est de se coucher aux pieds de Mado et de l'écouter parler de sacs à main pendant des heures !

Cependant ce n'est pas ce qui se produit.

Hippo se détourne d'elle, il revient à la vitrine et se concentre sur l'écoute de la musique. Le dépit d'Hippolyte est immense. Il ne la voit plus. Qu'est-ce que ça peut lui faire d'examiner sous toutes les coutures des maroquins sur un présentoir ? Comme s'il ne pouvait garder Mado dans son champ de vision tout en écoutant cette fichue cassette !

Il tente un mouvement. Impossible d'accomplir un geste. Ce n'est pas lui qui décide. Il voudrait se consacrer à elle et il adule un walkman. Il voudrait la contempler et il lui tourne le dos. Il se déçoit énormément. Il n'est qu'une brute rustique. Un innocent de vingt ans.

Et l'autre pyromane qui demande du feu,
qui continue de gueuler !
Ah qu'on ne lui parle plus des Doors !

Un million de poussières

Dans les jours qui suivirent, Hippolyte Sicher ne fut pas immédiatement en mesure de maîtriser le pouvoir qu'il venait de se découvrir. Il retrouvait Mado dès qu'il avait une minute, c'était une pure splendeur. Au cours de ses incursions, il repassait par les mêmes événements, il éprouvait les mêmes sensations, il suivait les mêmes pensées. Mais il n'avait aucune prise sur le phénomène. Il ne choisissait pas le moment qu'il allait revivre. Seul le facteur déclenchant dépendait de lui : l'écoute d'un certain morceau de musique – et nul autre – le plongeait dans un état second.

Il s'était donc procuré un lecteur MP3.

Un engin numérique nettement plus compact que le walkman qu'il avait possédé autrefois. Il l'emportait partout avec lui. En particulier à l'hôpital.

Le premier jour, il avait hésité à s'en servir. Il ignorait ce qui se passait pendant ses absences. Était-il endormi ? Demeurait-il inerte ? S'évaporait-il dans l'espace comme le héros de *La Machine à explorer le temps ?* Il ne savait pas davantage quelle était la durée exacte de ses disparitions. Le fameux dimanche où cela avait commencé, il avait mis le disque en lecture automatique vers quinze heures. Il n'avait repris conscience que vers sept heures du soir, l'estomac tiraillé par de douloureuses crampes d'estomac.

La nuit était tombée. La platine laser rejouait le même titre inlassablement. Il se sentait dispos, rajeuni et joyeux. Il avait réchauffé un peu de moussaka. Avec quelques tranches de pain aux noix, cela avait été un régal.

Son voyage l'avait exalté. Il avait passé plusieurs jours en compagnie de Mado. Au début, le contexte et ses propres réactions l'avaient surpris. Puis cet épisode déconcertant avait été suivi d'une semaine de promenades estivales dans les rues de Paris : le jardin du Luxembourg, les librairies du Quartier latin, main dans la main, elle et lui. Des journées insouciantes et heureuses. Il en était revenu gonflé à bloc.

En temps réel, l'expérience avait duré quatre heures ou un peu moins, car il avait le sentiment d'avoir dormi sur la fin.

Mais que signifiait le temps réel ?

À l'hôpital, le lendemain, il avait posé le lecteur MP3 sur son bureau. Il avait demandé à Sylvia, sa secrétaire, de le lui acheter pendant la pause de midi. Une blonde un peu fade, mais délicate et fine, aux longues jambes et au visage très doux. Ils couchaient ensemble depuis six mois. Elle ne pouvait rien lui refuser.

L'après-midi était réservé aux consultations. Les patients défilaient. À quinze heures trente, il en avait déjà vu une demi-douzaine. L'appareil était dans son axe de vision, entre un coupe-papier et un dictaphone, au milieu d'un fatras de livres et de documents médicaux. Le boîtier, d'un bleu métallisé, était protégé par un film transparent. Il avait téléchargé le morceau de Depeche Mode sur son ordinateur avant de recevoir le premier malade. Il se disait qu'il finirait par l'utiliser tôt ou tard. Cependant il préférait attendre.

Il y avait une différence entre se propulser à travers le temps depuis son domicile et le faire depuis son lieu de travail. Il lui semblait que les risques n'étaient pas les mêmes.

À seize heures, il n'y tint plus.

Il appela Sylvia à l'interphone et lui demanda de faire attendre le patient suivant. Sans plus réfléchir, il saisit le lecteur, enfonça les écouteurs dans ses oreilles et sélectionna le morceau.

Il se retrouve dans une boîte de nuit presque vide. Mado l'accompagne. Ils attendent le début d'un concert, mais le public n'est pas au rendez-vous. Les musiciens finissent par descendre dans la salle avec des mines patibulaires. Le spectacle est annulé. On leur rembourse leurs billets. Ils partent en voiture avec l'intention d'aller prendre un verre au Carafon. Hippo tient le volant. Sur le chemin, un type leur coupe la route à toute allure à bord d'un bolide customisé, manquant de provoquer un accident. Hippo à cette époque a le sang chaud. Il le double et lui fait comprendre par un geste évocateur qu'il n'approuve pas sa manière de conduire.

Le type se met à les poursuivre. Il leur colle au train, pare-chocs contre pare-chocs, de façon menaçante. Hippo arrête son véhicule. D'accord, il s'est laissé emporter, il a eu tort. Maintenant on va régler ce différend entre personnes civilisées. S'en remettre aux vertus pacificatrices du dialogue.

Le type se rue hors de sa voiture. Un colosse de deux mètres, gabarit pilier de rugby. Le genre à cogner d'abord, à dialoguer ensuite. Déjà il pose sa main sur sa portière pour l'ouvrir. Hippo voit son autre poing, énorme et contracté, comme suspendu dans l'espace. Il n'a pas eu le temps d'enlever sa ceinture. C'est Mado qui lui sauve la mise. Elle prend un air scandalisé et demande si elle rêve ou s'ils ont l'intention de se battre ?

Le type est désarçonné. Tilulip-Tilulip ! Il regarde d'un air borné son gros poing gonflé de colère, puis les yeux de Mado qui crépitent. Tilulip-Tilulip ! Il marmonne quelques insultes pour la forme, regrimpe dans sa fusée et repart en faisant crisser ses pneus sur l'asphalte.

Tilulip-Tilulip !

La sonnerie du téléphone ramena Hippolyte à lui. Il regarda sa montre. Son séjour dans le passé avait duré environ une heure trente. Il ne s'était pourtant écoulé que quatre minutes.

Il décrocha, encore tout illuminé par la vision de Mado. C'était Krist Kavaselic, qui l'appelait sur la ligne directe. Krist était physicien. Il était né à Belgrade à la fin des années soixante, avait mené des études brillantes qui n'auraient pas dû lui laisser espérer mieux qu'une bourse de l'Académie des sciences soviétique et un séjour de formation doctorale à Moscou. La guerre civile avait été sa chance. Il avait fui la Yougoslavie dès le déclenchement du conflit fin 1990. Il avait poursuivi ses études à Cambridge, puis en France où Hippolyte l'avait soutenu à ses débuts. Il occupait un emploi de chargé de recherche à l'Institut des sciences de l'environnement global à Paris. Son obsession était de trouver une solution au réchauffement de la planète.

« Hippolyte, c'est un grand moment pour l'histoire de l'humanité ! J'ai le remède à tous nos problèmes !

– À tous nos problèmes, tu m'étourdis !

– Écoute un peu : des avions volant à treize kilomètres d'altitude appuyés par des canons basés sur l'équateur, bombardant le ciel de poussière d'aluminium et de soufre...

– Laisse-moi deviner : la Bible, *Apocalypse*, premier chapitre ?

– Attends ! J'ai fait mes calculs, il suffirait d'un million de tonnes de poussières larguées dans la stratosphère pour faire chuter l'ensoleillement terrestre de un pour cent. *Predivan !* De un pour cent, tu te rends compte !

– Impressionnant, en effet. Mais dis-moi, tu envisages un traitement spécifique pour les scorpions ou ta méthode suffit-elle, à elle seule, à éradiquer toute vie sur la Terre ?

– Homme de peu de foi ! Tu es comme mes collègues, tu n'as pas confiance dans les vertus imaginatives de la science. Le Pinatubo, tu connais ?

– Ce volcan qui est entré en éruption aux Philippines, il y a quelques années ?

– Des cendres dispersées sur des millions de kilomètres carrés. Elles ont obscurci le ciel pendant des semaines...

– Et alors ?

– Et alors, une chute de 0,4 % de la température terrestre. Qu'est-ce que tu dis de ça ? »

Hippolyte n'en disait rien. Il avait une grande sympathie pour l'enthousiasme, la passion de chercheur et les projets fantasques de Krist Kavaselic. Mais du point de vue de la rigueur scientifique, il le trouvait un peu limite, un peu *heroic fantasy*. Intellectuellement, il se sentait aux antipodes, davantage attiré par la *hard science*, la recherche fondamentale, les mathématiques pures. S'il n'avait pas fait médecine, il se serait orienté vers la physique quantique. Il se considérait comme un esprit froid. Froid et rationnel.

Néanmoins, il n'avait pas envie d'en discuter.

Il souhaitait abréger la conversation.

Pour le moment, il voulait juste voyager dans le temps.

Lorsqu'il raccrocha, il lui fallut d'abord expédier les clients qui stagnaient dans la salle d'attente : un alcoolique, un syndrome de Tourette, trois hypocondriaques et deux dépressifs congénitaux. Il demanda ensuite à Sylvia d'annuler sa participation au *staff* médical prévu à dix-neuf heures. Il prétexta un dossier à préparer pour un symposium de médecine psychiatrique le mois prochain. « Je ne veux être dérangé sous aucun prétexte. Pense à basculer la ligne sur le standard avant de partir, s'il te plaît. »

Et il s'envoya un petit coup de Depeche Mode.

Il sombra aussitôt dans un ailleurs rayonnant.

Supplément de vie

Hippolyte Sicher ne s'était jamais aperçu jusqu'alors à quel point sa vie était pauvre en sensations. Perceptions atténuées, compréhension faible, vigilance morte. Comme la plupart des gens, il occupait très peu l'instant présent. De seconde en seconde, sa pensée indocile le pulvérisait hors de lui-même.

Il recevait un patient et une verrue sur son nez lui rappelait une prof de français avec laquelle il n'avait pas réglé tous ses comptes (« travaille en dilettante », avait-elle écrit, il y a trente ans, sur son bulletin scolaire) (à lui, l'auteur d'un best-seller sur le cas de Sarah Weissmater, frappée d'une démence de Pick à l'âge de vingt-trois ans !) (un livre vendu à deux cent cinquante mille exemplaires !) (certains enseignants dépassaient tout de même les bornes !).

Il auscultait un malade et tandis qu'il posait le diagnostic (Alzheimer précoce, échéance fatale à cinq ans), il se demandait pourquoi il avait cette douleur lancinante sous la rotule (pourvu que ce ne soit pas une tendinite) (un processus inflammatoire qui allait l'empoisonner pendant des semaines) (comment donc avait-il pu se blesser sans s'en rendre compte ?).

Quelquefois même, quand il faisait l'amour avec Sylvia et qu'il donnait de grands coups de genou sur le bois de son lit, il lui arrivait de penser à tout autre chose, par exemple à ses malades (surtout à l'Alzheimer précoce, un cas qui l'avait bouleversé) (c'était vraiment affreux d'être frappé si jeune) (il n'arrivait pas à se le sortir de la tête).

Bref, c'était un homme comme les autres.

Il manquait un peu d'attention.

Dans le voyage temporel, il en allait tout autrement. La réalité lui paraissait saturée d'une joie brillante, d'une fabuleuse nouveauté. À chaque instant, sa présence au monde se révélait avec une force singulière dans le fourmillement prodigieux, unique et périssable de l'univers.

Lors de sa quatrième échappée, il se sentit emporté dans un tournoiement de souvenirs. Il passait d'un épisode fugitif à des périodes plus longues, d'une série d'images cohérentes à des coq-à-l'âne vertigineux. L'ensemble ressemblait à un film dont les scènes auraient été montées dans le désordre par un réalisateur ayant perdu toute idée de son récit. Une sorte de collage, un album animé. À ceci près, qu'il était dedans.

Un personnage qui bougeait sur la photo.

Dans ce tourbillon, certains tableaux gardèrent à son réveil un éclat particulier. Par exemple, ce meeting politique auquel ils s'étaient rendus un dimanche, Mado et lui, pour s'amuser. L'enthousiasme du public, acquis d'avance aux orateurs, les avait fait rire et un peu inquiétés par son côté mécanique. Il y avait aussi ce repas en tête à tête au restaurant ou encore le premier accrochage automobile de Mado, une simple éraflure sur la carrosserie au cours d'un stationnement. Elle l'avait appelé au téléphone pour le lui dire, il lui en avait voulu d'avoir d'abord prévenu son père, ce qu'il pouvait être bête !

Curieusement, certains détails devenaient d'un seul coup très précis et vivants alors qu'ils ne l'avaient pas tant marqué à l'époque. La bague Cartier aux trois anneaux d'or qu'elle portait, entrelacés, à la main droite. La mousse au chocolat qu'elle avait choisie au restaurant, légère et écumeuse, surface luisante et brune, criblée de minuscules alvéoles. Le petit nom par lequel elle l'appelait : « mon ange », qui était vite devenu « mon tange », car ils s'amusaient des liaisons dangereuses qu'ils aimaient répéter à l'envi.

La bague, la mousse, le nom. Ces détails acquéraient une force et une couleur insoupçonnables. Ils étaient le relief du réel, ils le gaufraient d'une façon magnifique. Tout brillait tendrement. Les nervures, les plis, les traits du monde et ses bruits. Il sentait la caresse des choses sur ses yeux. La douceur de l'univers l'enveloppait.

Lorsqu'il revint à lui, il était cinq heures du matin. Il était dans son cabinet de consultation à peu près dans la même posture que la veille lorsqu'il avait déclenché la musique vers dix-huit heures. L'aube était loin de poindre, mais des bruits de pas, des éclats de voix, lui parvenaient du couloir. Le service de nettoyage entrait en action. À Cochin, comme dans tous les hôpitaux, on veillait au bien-être des malades : on faisait le ménage dès que possible, à une heure très matinale. Et comme dans tous les hôpitaux, cela faisait un vacarme effroyable. Plus personne ne pouvait fermer l'œil.

Il déplia ses jambes et se leva, le dos et la nuque endoloris par des courbatures. Le lecteur MP3 et les écouteurs gisaient sur le sol. Il lui sembla qu'il avait repris conscience à plusieurs reprises, un peu comme ces brefs réveils qui viennent hacher le sommeil et dont on ne garde qu'un vague souvenir au petit matin. Il supposa que ces interruptions étaient dues à sa mauvaise position sur le fauteuil.

Il fourragea dans ses cheveux et se recoiffa sommairement. Sa blouse et ses pantalons étaient froissés. Sa chemise collait désagréablement à sa peau. Il sortit dans le couloir. Des rampes d'éclairage diffusaient sur les murs une lumière blafarde. Un employé du service d'entretien en sabots blancs et tenue bleu pâle passait un balai à réglette sur le lino. Il se prénommait Hamid. Cependant tout le monde l'appelait Georges, parce qu'il vouait une admiration fanatique à George Clooney auquel il était convaincu de ressembler depuis qu'Hippolyte lui en avait fait la remarque par plaisanterie.

Hippolyte le salua et se dirigea vers le distributeur de boissons au bout du couloir. Il commanda un thé au citron et regarda le gobelet tomber dans son logement, puis se remplir d'un liquide incolore. Il n'éprouvait aucune sensation de fatigue. Au contraire, il se sentait vibrant d'énergie. Il examina son reflet dans un miroir fixé sur l'appareil, au-dessus du clavier. Il avait le teint frais, l'œil vif.

Les petites rides au coin des paupières avaient disparu.

Un sourire aux lèvres, il songeait aux moments heureux qu'il venait de revivre. Un désir irrépressible montait en lui de s'abandonner à ce bain de jouvence. Il était curieux de savoir où cette expérience allait le mener. Déjà elle lui apportait un supplément de vie, cette présence au monde qui lui faisait défaut dans son existence ordinaire. Ne pouvait-il en espérer davantage ? Sans doute, il le pouvait. Et il allait en profiter. Il n'avait que du plaisir à attendre de cette aventure.

Son sourire s'accentua. Il vida le contenu du gobelet et regagna son bureau, le cœur léger. Il ne se souvenait pas que le plus beau et le plus déchirant, l'ouragan des jours perdus, était encore à venir.

Le premier jour

Hippolyte avait décidé de reprendre son histoire avec Mado depuis le début. À partir du jour où il lui avait parlé la première fois. C'était un bon sujet d'exercice. Il se souvenait de ce jour comme on peut se rappeler un moment important avec vingt-six années d'écart : une vision d'ensemble assez fidèle, mais une perte de saveur en ce qui concernait les détails.

Lors de ses premières tentatives, il se concentrait sur ce souvenir avant de déclencher le lecteur MP3.

Cela ne fonctionnait jamais.

Il se retrouvait sur les bancs de la Faculté à prendre des notes, sa cuisse amoureusement collée contre celle de Mado, tandis qu'un prof débitait son cours à la chaire au milieu d'un vague brouhaha. Il se retrouvait malade à crever dans la voiture au retour d'une fête, suppliant Mado de l'arrêter tous les cinquante mètres pour éviter à son estomac de chavirer. Il se retrouvait à moto avec elle, près de cinq heures de route pour atteindre La Baule, les lombaires en capilotade.

Il balayait le passé par éclairages successifs. Chaque retour en arrière était une surprise. Des heures de bonheur irradiant qui l'illuminaient de l'intérieur. Toutefois, il n'exerçait aucun contrôle sur le phénomène et ne choisissait pas son point de chute.

Il devait se rendre à l'évidence.

Le voyage dans le temps ne se laissait pas apprivoiser.

Huit jours après sa première expérience, il sortit sur la terrasse de son appartement tard dans la soirée. Il invoqua Deneb à travers un rideau de nuages. La magie n'opérait pas. C'était fin janvier. Il faisait un froid polaire. Ses mots résonnaient étrangement à ses oreilles. Il ne retrouvait pas la sensation de ravissement et d'effusion, l'intensité du sentiment nocturne qu'il éprouvait l'été dans les mêmes circonstances. Il finit par se trouver absurde et risible.

Lui, un scientifique, psalmodier aux étoiles comme un primitif, bah ! Il rentra en frissonnant, plein de doutes sur lui-même. Il s'allongea sur le canapé et adopta une nouvelle technique.

Il se mit à tuer son corps. Les écouteurs dans les oreilles, le lecteur au creux de la main, le pouce sur la touche « lecture », il se fit mourir morceau par morceau. Il fit mourir ses pieds. Il fit mourir ses jambes. Il fit mourir son ventre, sa poitrine et son dos. Il fit mourir ses bras et ses mains et ses doigts.

Petit à petit, il s'en allait. Ses membres devenaient lourds, insensibles. Ses résistances cédaient, les moindres tensions l'abandonnaient. La paix arrivait avec le froid trouble de la mort. Celle-ci atteignait la gorge, le visage, le pourtour des lèvres, les paupières et les yeux. Sa respiration devenait plus lente. Sa langue s'écrasait mollement sur elle-même. Sa voûte palatine s'étirait. Morte elle aussi.

Et morts les muscles de son crâne.

Mort son cerveau, à l'intérieur.

Liquide paisible dans son bocal.

À la dernière seconde, il appuya sur le lecteur. Une légère pression du pouce. La musique de Depeche Mode amorça sa rythmique répétitive. Une pensée immobile se matérialisa, puis s'évanouit : « Le premier jour. » Un filet d'air s'échappa de ses lèvres. Il n'eut pas le temps de prendre congé de son corps.

Des gravures et des aquarelles. Accrochées sur des murs en briques foraines rejointoyées. Des appliques blanches en forme de vasques, une pièce sans fenêtres. C'est l'arrière-salle d'un café, Le Carafon. Le mobilier est constitué de lourdes banquettes en cuir et de tables rectangulaires en marbre. Un haut-parleur fixé au plafond diffuse de la musique en sourdine. Il y a des clients çà et là, des habitués et des étudiants. Une odeur de tabac blond et de café noir flotte dans l'air.

Il n'écoute pas son interlocuteur. Un camarade d'amphithéâtre avec lequel il est venu prendre un verre après le dernier cours et qui lui parle de ses projets professionnels. La radiologie, il n'y a que ça de vrai. Des horaires fixes, des prestations conventionnées, jamais d'urgence. Des charges moindres pour un profit maximum. Mais il faut avoir les reins solides au départ. Le matériel, tu comprends. Un investissement énorme.

Hippo hoche la tête et sourit de manière mécanique. C'est un bourdonnement confus dans ses oreilles. Il n'écoute pas.

Il ne voit qu'elle.

Elle se trouve deux tables plus loin. Elle boit un café avec une autre étudiante. Elle lui fait face, son visage est en partie dissimulé. Il penche la tête pour mieux l'observer.

« Il faut que je fasse sa connaissance. »

Cela fait des jours qu'il y pense. Quelques minutes plus tôt, dans la foule qui quittait l'amphithéâtre, il l'a entendue dire à sa voisine : « On va prendre un pot ? » Il s'est empressé de faire la même proposition au futur radiologue, un type qui ne le lâche pas depuis la rentrée. D'habitude, il le trouve collant. Ce coup-ci, il est content de l'avoir avec lui. Un alibi impeccable. Il s'est juste arrangé pour suivre discrètement les deux filles jusqu'au Carafon sans que son compagnon se doute de la manœuvre.

« Oh lala, il faut que je fasse sa connaissance. »

Il est nerveux au possible. Les muscles de ses bras et de ses cuisses sont contractés. Il espère qu'il ne va pas avoir une crise de tétanie. Il n'y est pas sujet, mais avec ces cochonneries-là, on ne sait jamais. Ça peut se déclarer à tout moment. Il ne manquerait plus qu'il s'effondre devant elle et qu'il se mette à faire de petits gestes frénétiques de désespoir, des gestes de punaise affolée, renversée sur le dos.

Et l'autre devant lui qui continue de déblatérer. La radiologie, c'est la voie royale. À condition de ne pas faire de diagnostic prénatal, bien entendu. La croix et la bannière en termes de responsabilité. D'ici quelques années, ce sera la certitude de se retrouver au tribunal un jour ou l'autre. Il n'y a qu'à voir ce qui se passe déjà aux États-Unis.

« Nom de Dieu, il faut que je fasse sa co-nnais-san-ce ! »

Cette pensée l'obsède, envahit son esprit. Presque tout son esprit. Car, en retrait, dans un repli de conscience, une part de lui l'observe. Cette part s'appelle Hippolyte Sicher, elle sait qu'il connaît déjà cette étudiante.

Mais Hippo, lui, n'en sait rien. Et il est mort de trac.

Un mouvement se produit. L'autre fille se lève, ramasse ses affaires et quitte le café, libérant la figure de Mado penchée sur ses cours. Ses longs cheveux rougeoyants jettent un rideau d'ombre sur une moitié de son visage, faisant mieux ressortir les rondeurs charnues de ses lèvres. Seigneur, quelle grâce ! Soudain, il cesse de réfléchir. Un mot d'excuse à l'adresse du radiologue et il laisse tout tomber.

Il se dirige vers elle.

Elle le regarde approcher. Deux sémaphores dans les yeux. Il se plante devant sa table. Il dit : « Je n'ai pu assister au cours d'hier. Ça t'ennuierait de me le passer ? » Elle le dévisage d'un air dubitatif. Ses notes sont étalées devant elle, à côté d'une tasse de café. « Oui, ajoute-t-il, ça m'embêterait de ne pas avoir ce chapitre. » Elle ne cille pas. Elle le fixe toujours. Les stries sombres et vertes de ses iris paraissent palpiter.

« La systémique, moi, je trouve ça prodigieux. »

Il ne comprend rien à la systémique.

« Bateson, von Bertalanffy, c'est fondamental pour aborder la médecine de demain. »

Il se fiche complètement de la médecine de demain. C'est elle qui l'intéresse. Avec ses yeux impossibles. Avec ses cheveux d'or brûlé. Avec sa plastique de divinité grecque. Elle a un faux air d'Aphrodite, ça paraît pas croyable. Il va falloir qu'elle tombe amoureuse de lui, il n'y a pas d'autre solution. C'est écrit de toute éternité dans le grand livre de l'histoire du monde. Aphrodite et Hippolyte, les Grecs y croyaient déjà dur comme fer. Est-ce qu'elle s'intéresse à la mythologie ?

Mado le passe à la flamme verte de son regard. Hippo est fébrile. Il pense : « Pourvu que ça marche ! » Hippolyte lui répond : « Mais oui, mon garçon, ça va marcher. Ça *a* déjà marché, ça va même marcher six ans ! » Hippo ne l'entend pas. Il attend avec anxiété l'issue de sa tentative.

Mado prend son temps. Elle lui envoie encore un petit coup de flamme verte. Elle paraît hésiter, puis elle lui adresse un sourire : « Tiens, prends-les. Tu pourras peut-être m'expliquer. Je ne saisis rien à ces schémas de toute façon. »

Hippo tousse à deux reprises. Il se dit : « Je suis nul. Elle va me prendre pour un intello, un éteignoir. » Hippolyte lui glisse : « Mais non, mon garçon, tu n'es pas nul. Puisque je te dis que c'est une affaire entendue. Vois comme elle te regarde. Vois comme tu l'intrigues. Tu lui plais déjà ! »

Hippo n'entend toujours rien. Il est ravagé par l'angoisse. Les pensées défilent à toute vitesse dans son esprit. « Il faut que je trouve quelque chose, vite. » Il enchaîne : « Oh, tu sais, pour être honnête, c'est très surfait, ces analyses. Complètement dépassé. Je me demande comment on peut encore enseigner des trucs pareils. Ah ah, c'est préhistorique, fuligineux et servile ! »

Il rit à gorge déployée.

Elle paraît décontenancée, déçue peut-être, en tout cas un peu inquiète. « Alors tu ne les veux pas ? » dit-elle en faisant le geste de reprendre ses notes. Il bondit pour l'en empêcher. Il lui arrache les feuillets des mains. « Si, si, je les veux. Bien sûr que je les veux. » Et il s'enfuit du café en courant. « Je te les rends la semaine prochaine », lui crie-t-il encore avant de disparaître, la laissant sidérée devant sa tasse. Il se retrouve dans la rue, le cœur débordant de bonheur. Il a réussi sa première mission. Il est entré en contact avec elle. Et encore, elle ne sait pas qu'il s'appelle Hippolyte !

Il revient chez lui, une bombe dans la poitrine. Cela fait tic tac et tic tac, de plus en plus violemment. Le bruit résonne jusque dans ses oreilles. Ce n'est pas de la tachycardie, au moins ? Il s'enferme dans sa chambre. Il ouvre le cours de Mado. Il contemple ses notes, son écriture régulière, ces mots tracés à l'encre bleue.

Non, ce n'est pas de la tachycardie.

Il s'incline sur son bureau et pose ses lèvres sur le papier. Oh si seulement c'était possible... Si seulement elle voulait... Se pourrait-il qu'elle...

Mais oui, mon petit, mais oui. Il se pourra. Je t'en fais solennellement la promesse. Aussi vrai que je suis toi et que je viens du futur pour le dire. Vous avez de beaux moments devant vous. Il faut que tu en sois convaincu, que tu n'en perdes pas une seconde. Ah nom de Dieu, pourquoi ne peux-tu pas m'entendre !

Chevaucher le tigre

La faculté de contrôler le voyage dans le temps ouvrit à Hippolyte une période de grande félicité. Il était sur un nuage. Rien ne l'atteignait plus. Avoir vingt ans à nouveau, n'était-ce pas formidable ? Quand il partait travailler, il chantait à tue-tête dans la voiture ou bien il mettait de la musique à fond et jouait des percussions sur le volant. Dans les couloirs de l'hôpital, il marchait à grands pas, la blouse ouverte, les pans flottant derrière lui comme un cache-poussière de western.

Il portait un sourire béat scotché sur le visage. Les fils des écouteurs qui pendaient en permanence de sa poche poitrine donnaient le sentiment qu'il s'administrait du bonheur en perfusion. Des doses massives d'optimisme qui commençaient à inquiéter ses patients.

« Mais vous êtes sûr, docteur, je n'ai rien de grave ?

– Rien du tout, soyez tranquille.

– Pourtant, cette gêne visuelle...

– Un peu de fatigue oculaire, ne vous inquiétez pas.

– De la fatigue, vous êtes certain ?

– Mais bien sûr. Vous y accordez trop d'importance. Ne faites plus attention à ces taches devant vos yeux et...

– Une divinité tibétaine, docteur.

– Mettons. Ne faites plus attention à cette divinité tibétaine devant vos yeux et...

– Dans mon réfrigérateur, docteur. Elle s'allume quand j'ouvre la porte. »

Même Alfred Houray, son cas le plus épineux, ne le décourageait plus. C'était pourtant un malade très difficile. Un notaire de cinquante ans frappé d'une aphasie de Wernicke à la suite d'un traumatisme crânien.

« Alors, Alfred, comment ça va, ce matin ? lançait-il en entrant dans sa chambre.

– Docteur, attendu que nous avons interjeté appel deux jours francs après la décision exécutoire, nous avons peine à croire que l'on pisse de la sorte au cul de l'ayant droit ! C'est tout bonnement irréfragable ! »

Alfred Houray était un petit homme aux pommettes rouges et saillantes. Un buisson de poils prospérait sur sa lèvre supérieure. Il était furieux. Il ne supportait pas l'hospitalisation. Ses troubles étaient tels, pourtant, qu'il ne pouvait plus mener une existence normale. Il avait fait une chute de cheval et avait subi une lésion au cerveau dans la région temporale supérieure. Son langage depuis lors était devenu baroque, jargonnant, incompréhensible.

« Voyons, Alfred, vous savez que c'est pour votre bien...

– Peut-être, mais cette forclusion n'a que trop duré. Allez-vous me réméрer, oui ou non ? J'exige ma promulgation !

– Je vais voir ce que je peux faire, Alfred, je vous promets que je vais voir ce que je peux faire.

– J'espère bien, parce que je ne passerai pas un jour franc de plus dans cet estoppel. J'ai horreur de la litispendance. »

Hippolyte l'écoutait un moment avec un sourire attentif. Il vérifiait le dosage de ses médicaments, étudiait la courbe des températures sur la tablette, lui recommandait de bien travailler avec l'orthophoniste. Quand il quittait la pièce, son patient était rasséréné. Il était assis sur son lit en pyjama à rayures, les jambes ballantes, les pieds à vingt centimètres du sol. Ses pommettes étaient un peu moins rouges, un peu moins saillantes.

« Vous prendrez bien un frugifère ? » lui disait-il encore en lui tendant une pomme.

Hippolyte quittait la chambre et entrait dans une autre. C'était sa tournée du matin. Il l'accomplissait avec une légèreté inconnue de lui jusqu'alors. Il n'éprouvait plus le sentiment d'accablement d'autrefois devant les cas désespérés. À vrai dire, il les oubliait sitôt sorti de la pièce.

Dans son entourage, son changement d'humeur ne passa pas inaperçu. Son rajeunissement visible et son enthousiasme permanent donnaient à penser qu'il y avait une femme là-dessous. C'est curieux comme le soupçon d'une aventure galante prédispose les autres à votre égard. Ses collègues lui tapaient sur l'épaule plus souvent qu'autrefois. Les infirmières et aides-soignantes commençaient à le considérer d'un œil neuf. Il surprenait des regards intéressés, des chuchotements qui cessaient à son approche. Sa ligne de conduite était simple. Il faisait mine de ne pas s'en apercevoir.

Quant à Sylvia, elle ne posait aucune question. Elle rédigeait son courrier, prenait ses rendez-vous, répondait au téléphone avec une équanimité parfaite. Elle avait vingt-huit ans, menait une vie libre et s'accommodait de tout. Il avait toujours été entendu entre eux que leur relation resterait sans entraves.

Le seul qui osa aborder directement la question fut Krist Kavaselic. Ils déjeunaient ensemble une fois par semaine dans un restaurant du boulevard Saint-Jacques, non loin de l'hôpital. Ce jour-là, ils se retrouvaient autour d'un plat de rougets au jambon de Parme, arrosé de vin blanc d'Italie pour le Serbe et d'une eau minérale pour Hippolyte.

Krist était tout excité, parce qu'il partait le lendemain pour Cambridge, son université d'origine. Elle organisait avec le *Massachusetts Institute of Technology* un congrès mondial d'une semaine sur l'effet de serre et les moyens d'y remédier.

Il avait l'intention d'y faire une proposition fracassante.

Huit cent cinquante turbines géantes réparties sur tous les océans. Des machines énormes, capables de pulvériser l'eau de mer vers le ciel et d'accroître la densité de la couverture nuageuse. Un moyen génial pour faire obstacle au rayonnement solaire et garder la terre au frais.

Krist riait tout seul dans sa barbe, qu'il portait taillée en pointe. « Hihi, tu imagines ? Nuages et pluie tous les jours de l'année. Plafond gris à perte de vue. La météo britannique pour toute la planète. *Da li je moguće !* À Cambridge, ça va forcément leur plaire ! » Hippolyte lui souriait avec bienveillance. Il pouvait pleuvoir des hallebardes jusqu'à la fin des temps. Un soleil d'hydrogène et d'hélium flambait dans sa poitrine.

Soudain, Krist avait changé de sujet. Il s'était penché sur son assiette et en plissant les yeux, il lui avait dit : « Tu sais que ça te va bien d'être amoureux ? »

Hein ? Quoi ? Mais je ne comprends pas, mais je ne vois pas de quoi tu parles. Comment ? Il avait nié évidemment. Reconnaître que c'était vrai aurait été mettre la main dans un engrenage fatal. Krist était un célibataire endurci. On ne lui connaissait pas d'histoires de cœur. Le sujet néanmoins l'intéressait. Il aurait voulu tout savoir, aurait exigé d'être présenté à l'heureuse élue. Hippolyte n'aurait pas pu s'en dépêtrer. Amoureux, lui ? Quelle idée !

Fatigué plutôt. Très très fatigué.

Il passait dix à onze heures par nuit sur son canapé.

En réalité, fatigué, il ne l'était point. C'était même le contraire. Désormais, il pouvait lire un article sur la maladie de Creutzfeldt-Jakob, la listériose ou les salmonelles sans en éprouver aussitôt les symptômes (tremblements, sueur abondante, vérification immédiate de ses menus des dix dernières années). Il pouvait parler de la grippe du poulet ou du SRAS avec ses collègues sans être brutalement atteint d'une toux sèche annonciatrice des pires catastrophes (rougeurs, postillons, disparition subite de tous ses interlocuteurs). Il pouvait évoquer le virus Ebola en public sans se mettre à se palper la chaîne ganglionnaire dans l'aine et sur le pubis à la recherche des premiers signes inquiétants (petite douleur, fièvre récalcitrante, air scandalisé de l'auditoire).

Il se sentait une énergie inépuisable. Souvent, il fredonnait des chansons des Stooges datant de la fin des années soixante. Ce n'était pas tout à fait un hasard. Iggy Pop, le chanteur du groupe, avait résisté à toutes les formes de déchéance physique, au cours d'une existence vouée à l'expérience des limites. Trente ans plus tard, il faisait figure de survivant dans un milieu rock où la nécessité de « chevaucher le tigre », selon la formule orientale, n'était pas une simple clause de style. Beaucoup y avaient été taillés en pièces.

Bien sûr, l'univers hospitalier n'était pas en tout point identique à l'univers du rock. Mais, en un sens, il y avait parfois autant de bruit à des heures indues, autant de dingues dans des tenues extravagantes et certainement davantage de drogues en vente libre que dans les coulisses du spectacle.

À sa façon, Hippolyte avait donc lui aussi le sentiment de chevaucher le tigre. Simplement, sa transformation n'était pas étrangère au fait qu'il passait ses nuits et certains moments de sa journée dans les heures dorées de sa jeunesse. Lorsque son réveil électronique sonnait, il reprenait contact avec la réalité de ses quarante-quatre ans et loin d'en éprouver du regret, il en était tout ragaillardi.

À ce stade, il pensait contrôler la situation. Il réussissait à réprimer son désir de partir à tout instant. Il ne s'octroyait qu'une petite sieste d'un quart d'heure dans son bureau après le déjeuner et quelques courts moments de répit entre deux patients. Le soir, il se préparait un dîner copieux. Des sucres lents afin de tenir toute la nuit. Pennes à la mozzarelle, spaghettis à l'encre de seiche, fettucines au poulet à la mexicaine. C'était Sylvia qui l'avait initié à l'art de cuisiner les pâtes. Elle était née en Italie de parents polonais. Elle possédait un savoir étonnant en la matière.

Après le repas, il prenait une infusion de valériane, une tablette de propolis à mâcher pour se protéger des infections hivernales et en voiture ! Il embarquait pour le passé jusqu'au matin, quand le bip-bip du réveil électronique le rappelait à lui.

En apparence, il continuait de mener une vie normale. Il prétendait qu'il était fatigué et que c'était pour cette raison qu'il ne sortait plus après sa journée de travail. Cet argument n'abusait personne. Il éclatait de santé. Toutefois, comme cela profitait à tous et enrichissait ses relations, nul ne s'en offusquait.

Le docteur H. Sicher restait le docteur H. Sicher.

En tout cas, pour quelque temps encore.

DEUXIÈME PARTIE

Les allées du jardin d’Éden

Impression au soleil levant

Ils se connaissent depuis deux mois. Il l'attend chaque matin au métro Odéon, non loin de la Faculté. Il la voit sortir de la station en tailleur écossais, en jupe prince-de-galles, en veste de cuir marron. Elle est resplendissante. Une représentation virginale dans un tableau du Titien. Sa chevelure aux reflets de feu irradie. La lumière émane d'elle en rais obliques, atténue les couleurs alentour. Chaque jour, elle crève la toile et c'est pour lui.

Il demeure immobile de l'autre côté de la rue.

Il la regarde arriver. Bonheur ineffable.

Il flotte dans l'air une odeur de café, de trottoirs nettoyés à grande eau. Il entend le ronronnement des voitures, les gros soupirs que font les autobus à chaque arrêt, le grondement sourd d'une rame qui passe. Les kiosques à journaux sont recouverts d'affiches. Hippolyte distingue le moindre détail avec une précision surnaturelle.

Elle vient à lui. Un demi-sourire souligne ses pommettes. Elle baisse les paupières pour ne pas soutenir son regard. L'étroitesse de sa jupe la contraint à marcher sur un fil. Il ne fait pas un geste vers elle. Il veut prolonger le moment des retrouvailles, cette jouissance de la voir approcher.

Elle atteint le trottoir. Ils se jettent dans les bras l'un de l'autre. Leurs lèvres se soudent et c'en est fait de la Fac, de leurs cours et de tout. Ils vont où les mènent leur bouche et leur joie, ils vont où les conduit leur fantaisie. Ô fascination de l'amour ! Ils s'embrassent partout où ils se trouvent. Dans la rue, dans les cafés, sur les berges de la Seine, ils s'embrassent. La profondeur, la fraîcheur de ces baisers ! Ils ne connaissent rien de meilleur, rien de plus doux, oh non !

Et quand il leur faut se quitter, ils se téléphonent. Quatre, cinq, six fois par jour. Ils ne peuvent souffrir de rester séparés. L'Hippolyte des Grecs était un fieffé imbécile, en définitive. Un pauvre type qui ne connaissait rien à rien. Comme Hippo se sent différent de lui maintenant ! Mado ne va pas le tuer, l'enfouir dans le sein de la terre. Au contraire, elle lui donne des ailes. Elle le fait plus grand qu'il n'est. La preuve : il s'est guéri tout seul d'une maladie qui, en d'autres temps, aurait pu le tuer. Le 31 décembre, il s'est réveillé avec le gosier en feu et une fièvre de cheval. Une saleté de rhino-pharyngite.

« Ouh lala, a dit le médecin. Des points blancs partout sur la gorge. J'ai bien peur que votre réveillon soit fichu, mon pauvre ami. » Et il lui a prescrit cinq jours de repos avec une cure d'antibiotiques.

Hippo est devenu tout pâle.

Il en a oublié de poser les questions d'usage (c'est sérieux, docteur ? je vais m'en tirer ? vous me dites bien toute la vérité ? pourquoi vous ne me regardez pas dans les yeux ?). Dès que le toubib est parti, il s'est enroulé dans une couverture, il s'est mis à transpirer et le soir même, sa fièvre était tombée. Il a jeté au panier l'ordonnance de pénicilline et il est sorti. Son premier réveillon avec Mado, non mais ! qu'est-ce qu'il croyait cet Asclépios de mes fesses !

Un soir, il dîne chez Mado. Ils sont seuls, ses parents sont au théâtre. Elle lui prépare un repas qu'ils savourent, les yeux dans les yeux. Hippo ne tarit pas d'éloges sur ses talents culinaires. Des frites et des œufs, le meilleur plat qu'il ait jamais dégusté. Un plat exceptionnel, un véritable chef-d'œuvre et il pèse ses mots.

Hippolyte – qui, depuis lors, a pratiqué l'essentiel de la restauration française et internationale – est bien d'accord. Il sent craquer sous ses dents les pommes de terre au cœur moelleux. Il sent sur sa langue les cristaux de sel qui fondent, se mêlent au sucre du légume, au lourd sirop de l'œuf. C'est un délice pour le palais, à coup sûr. Mais il a une raison supplémentaire d'atteindre à l'extase gustative. Il sait que ce plat va devenir *leur* plat, le symbole de leurs futures soirées, de leurs tête-à-tête tendres, dans le bonheur simple d'être deux. Il sait aussi qu'après Mado, aucun grand restaurant, aucun dîner aux chandelles ne saura ressusciter la saveur magique de ces frites et de ces œufs-là.

Un autre jour, Mado lui prête *L'Impressionnisme* de Jacques Lassaigne, un grand format illustré, relié cuir, qui appartient à sa mère. Hippo reçoit ce livre sans se troubler et le range dans sa chambre, chez ses parents, où il va l'oublier pour des années. Hippolyte, lui, est très ému. Il se souvient qu'il retrouvera ce livre trois ans après leur rupture. Il se souvient qu'il le lira de la première à la dernière ligne et que ce sera le point de départ de sa passion pour la peinture. Une passion qui viendra compléter son goût pour la musique et qui ne se démentira plus.

À chaque nouveau voyage, Hippolyte redécouvre les menus événements, les détails, les traits, qui ont fait sa vie et qui en modèlent encore les reliefs et les creux. Cette multitude d'empreintes que laisse une rencontre longtemps après qu'elle s'est évanouie.

Un dimanche après-midi, Hippo est invité à participer à une émission radiophonique sur une station associative. Un de ses amis animateur lui a demandé de faire profiter les auditeurs de sa culture musicale. Hippo a accepté avec une idée derrière la tête. Pendant qu'il explique à l'antenne la généalogie des groupes rock de la fin des années soixante-dix, il émaille son propos d'allusions codées exclusivement destinées à Mado. Il sait qu'elle est chez elle et qu'elle l'écoute. Il éprouve une exaltation secrète à tenir en public ce discours à double sens, cette suite de clins d'œil qu'elle seule peut comprendre. Leur complicité lui paraît alors sur une pente ascensionnelle qui les mène droit au ciel.

Tandis qu'il revit cette scène, Hippolyte se trouve loin cependant de sa jubilation de l'époque. Il est assailli de questions qui parasitent son bonheur. Le charme de Mado ne fait pour lui aucun doute. Sa légèreté et son insouciance, la vivacité de son esprit, sa manière d'embellir chaque détail, tout lui revient.

Alors pourquoi l'a-t-il quittée ? Il ne peut se rappeler le motif pour lequel il est parti. C'est à se cogner la tête contre les murs. Il se souvient du jour de son mariage dans un brouillard nauséeux. Impossible de retrouver des sensations précises, des pensées cohérentes, une justification acceptable des événements qui s'y sont déroulés. Dès qu'il tente de faire surgir des détails, il décroche.

Sa pensée fuit dans le vide de sa mémoire.

Après s'être laissé dérouter, Hippolyte balaie donc ces questions qui gâchent son plaisir. Il revient au moment présent qui est aussi du moment passé. Il revient à Mado et il s'emplit d'elle autant qu'il le peut. Il se tient dans le miracle, l'Éden des commencements.

L'heure de la chute viendra bien assez tôt.

Un lit pour deux

Ce matin-là – c'était un mercredi –, il était arrivé à l'hôpital d'une humeur massacrante. Hamid-Georges était fidèle au poste et passait le balai à réglette dans le couloir. Il souriait de toutes ses dents. De superbes dents en céramique auxquelles il venait de sacrifier ses économies. Elles étaient d'une blancheur éclatante, digne de celles de George Clooney. Sauf que George Clooney n'avait pas deux incisives en or au milieu (« un legs de mon grand-père, disait Hamid, la famille, c'est sacré »).

Hippolyte le salua sans s'arrêter. Les secrétariats médicaux n'étaient pas encore ouverts. Il avait enfilé sa blouse et s'était assis devant son bureau. Il avait feuilleté les dossiers de quelques patients qu'il aurait à voir dans la journée. Sylvia les avait préparés la veille pour qu'il puisse se rafraîchir la mémoire avant le début des consultations.

Le téléphone sonna. C'était Martinel, un collègue du service. Une voix agréable, posée, aux intonations étudiées. « Ah, je me doutais bien que je te trouverais dans la place à cette heure matinale ! Il paraît que tu y passes tes nuits ces temps-ci ! Dans ton secteur, ce n'est pas très courant, dis-moi... »

À l'exception de Salinas, le grand patron, Martinel était le seul neurochirurgien de l'équipe. Pour lui, il y avait dans leur discipline deux catégories de praticiens : les opérationnels qui maniaient le scalpel jour et nuit et les poètes qui plastronnaient dans de grands fauteuils aux heures ouvrables. Les premiers arrivaient parfois à guérir leurs malades et les seconds prenaient des notes à défaut de pouvoir les soigner. Martinel ne manquait jamais une occasion de rappeler cette distinction.

« C'est pour vérifier mon emploi du temps que tu m'appelles ? » demanda Hippolyte sur un ton peu amène. Il n'était pas d'humeur à ferrailler avec tous les sous-entendus et l'absence d'attaque frontale que supposait la confraternité médicale.

« Non, hum, en fait, il s'agit plutôt de celui de tes patients... », répliqua Martinel avec une douceur affectée.

Hippolyte sentit ses poils se hérisser sur ses avant-bras. Il soupçonnait un coup tordu. Martinel avait six ans de moins que lui et n'était dans le service que depuis deux ans, mais il ne faisait mystère pour personne qu'il avait les dents longues. Il était en quête permanente de nouveaux moyens d'étendre son influence.

« Je t'écoute, fit Hippolyte assez sèchement.

– Eh bien, voilà, j'ai une urgence, une néoplasie tardive, un méduloblastome au cervelet. Le type a perdu subitement la vue depuis deux jours, pronostic défavorable comme tu t'en doutes. Mais je vais intervenir quand même. L'exérèse est prévue ce matin...

– C'est très bien, mais je ne vois pas ce que je...

– Le problème, c'est qu'on ne sait pas où le mettre. On est complètement débordé en ce moment en chirurgie. Plus une chambre disponible. Les premières vingt-quatre heures, il ira en réa, bien sûr, mais après... J'ai demandé à Salinas s'il pouvait me dépanner. Seulement, il a déjà trois clients par piaule.

– Et alors ? »

Hippolyte avait compris où l'autre voulait en venir. Et il n'entendait pas lui faciliter la tâche.

« J'avais pensé que tu pourrais peut-être me prêter un de tes lits... », lâcha Martinel.

Nous y sommes, pensa Hippolyte. Une petite mission de reconnaissance. Une brigade légère chargée d'établir une tête de pont. Puis viendra l'offensive générale, une invasion sur tous les fronts, suivie d'une occupation définitive. Il serra les dents. L'impérialisme de Martinel se révélait enfin au grand jour.

« Ça me soulagerait vraiment..., ajouta ce dernier.

– Parce que tu t'imagines que tu es le seul à être touché par la crise du logement ? répliqua Hippolyte.

– Non, bien sûr. Je sais que c'est dur pour tout le monde, mais je me suis dit...

– Tu t'es dit que j'entretenais peut-être des chambres vides ?

– Écoute, tu ne m'as pas compris, tout le monde sait que tu gardes quelques patients qui seraient aussi bien dans une institution spécialisée. Cet Alfred Houray... »

Hippolyte se sentit bouillir. Incapable de se contenir, il lui coupa la parole : « Mon cher Martinel, je te fais une absolue confiance pour ce qui est du maniement de la fourchette et de l'ouvre-boîte. Mais en ce qui concerne la psychiatrie, je te serais reconnaissant de réserver tes diagnostics pour toi. »

La conversation s'interrompit d'une façon abrupte. « Puisque tu le prends ainsi... », fit Martinel. Et ils raccrochèrent sans prendre congé.

La souveraineté de chaque praticien hospitalier sur les lits qui lui étaient attribués était un sujet qui ne souffrait pas de discussion. Hippolyte en avait quatre et ne tolérait pas qu'un confrère vienne lui en contester l'utilisation. Du reste, Martinel n'était pas à plaindre. Il en possédait six. Payerdji, le neurologue pur sucre de l'équipe, en avait quatre également et le chef de service se taillait la part du lion : neuf lits pour lui tout seul.

Hippolyte n'avait aucune raison de faire un cadeau à son collègue. Celui-ci n'attendait qu'une faiblesse de sa part pour marcher sur ses brisées. C'était à lui de mieux tenir sa boutique, après tout. Hippolyte avait lui aussi des patients qui n'avaient pas moins besoin que les autres d'être soignés et de recevoir un peu de chaleur humaine.

Ce monstre de Martinel ! Il n'aurait vu aucun inconvénient à caser son méduloblastome dans le lit de son aphasie de Wernicke !

Il était certain qu'après un refus aussi catégorique, Hippolyte pouvait s'attendre à compter un ennemi supplémentaire dans la maison. Cela ne changerait pas grand-chose. Pour faire avancer sa carrière, Martinel était prêt à piétiner chacun de ses concurrents. Ça se lisait sur sa figure : un brushing impeccable, une raie creusée au bistouri, un sourire tiré au cordeau, rejointoyé à l'émail diamant et des veines jugulaires sanglées par des cols de chemise amidonnés d'une blancheur éclatante.

Hippolyte avait pourtant commis une imprudence : il venait de lui fournir un motif officiel de le haïr.

Bien qu'il ne puisse se targuer du statut de professeur de médecine, le docteur Sicher était difficilement attaquable sans une bonne raison liée au service. Son livre sur le cas de Sarah Weissmater et sa qualité d'expert international lui conféraient une aura prestigieuse hors les murs de l'hôpital. Sa notoriété imposait à ses confrères un respect contraint. On ne dénigre pas en public un pair unanimement célébré sans passer pour un goujat ou un imbécile.

Cependant, cet équilibre fragile reposait sur la capacité de l'intéressé à faire preuve de discrétion et à ne pas froisser ses collègues par l'étalage de ses succès.

Dans une situation de paix armée, une bonne politique de dissuasion dépend de l'immobilité relative des adversaires. Chacun observe l'autre et attend qu'il commette une faute. Le premier qui bouge déclenche une hécatombe.

En temps normal, Hippolyte ne déviait jamais de cette ligne de conduite. La diplomatie hospitalière imposant d'adopter un profil aussi bas que possible, il se montrait d'une prudence infaillible. Il évitait systématiquement toute forme de conflit personnel qui l'aurait conduit d'une manière ou d'une autre à rappeler les arguments de suprématie dont il disposait.

Cette fois, il était sorti de sa réserve.

Il avait dit son fait à ce présomptueux.

Mais c'était une journée particulière. Il était d'une humeur massacrante, faut-il le rappeler. Il s'était réveillé fort mécontent d'avoir été tiré du voyage dans le temps par la sonnerie du réveil. Et ce bref accrochage téléphonique ne l'avait pas défoulé. Il ne se débarrassait pas d'une colère rentrée qui ne demandait qu'à s'exprimer. Situation banale, certes. Qui ne s'est jamais levé avec l'envie de dire non à tout ce qui se présente ?

Les détails de comportement ne sont pourtant jamais aussi anodins qu'ils y paraissent. En l'occurrence, l'irritation d'Hippolyte devait avoir dans l'engrenage des événements le rôle de ces minuscules roues qui mettent en branle de gigantesques machines. Ce genre de machines dont on s'aperçoit trop tard que rien ne peut plus les arrêter.

Seuls au monde

Elle et lui au café. Une petite table devant un grand miroir. La roche serpentine dans les yeux de Mado se soulève, ondule par vagues sur des paillettes de jaspe noir. Il lui parle à voix basse, sa main posée sur la sienne. « L'intimité, Mado, c'est ce qui fait que tu m'appartiens et que je t'appartiens. »

Il s'entend dire cela. Ces mots sortent lentement de sa bouche. Sa voix est faible, elle tremble un peu. Il sent les vibrations basses sur ses cordes vocales.

Mado le fixe, les yeux brillants. Elle porte un col roulé noir qui souligne ses cheveux flamboyants. Elle serre sa main. Il sent la pression de ses doigts sur sa paume. « N'est-ce pas s'absorber l'un dans l'autre ? N'est-ce pas ne faire plus qu'un ? » Son timbre descend encore dans les graves. La pression de leurs doigts s'accentue. Leur peau blanchit aux points de contact.

Il voit que ses yeux sont humides. Il n'y a plus rien autour d'eux, plus personne. La salle est vide. Ils sont là, elle et lui, seuls au monde.

Alors Mado incline la tête de côté, ses cheveux cuivrés glissent au ralenti sur son épaule et elle lui sourit d'un sourire retenu qui le fait fondre. C'est une moue qu'Hippolyte Sicher a cherchée pendant vingt ans sur d'autres visages sans jamais la retrouver. Cette image relayée par les récepteurs de sa rétine se grave dans son esprit, se superpose au souvenir fuyant qu'il en gardait.

Leurs mains s'effleurent. Un toucher fin et léger. Il sent les rainures de sa peau, les empreintes sur la pointe de ses doigts. Il suit le pourtour des ongles, leur gaine charnue, leur découpe. Elle ne le quitte pas des yeux. Il remonte lentement, très lentement sur les phalanges, plonge vers le creux de sa paume. Il va atteindre son poignet. Sa main se pose sur la sienne comme un oiseau sur son nid.

Elle a toujours cette moue adorable.

« Embrasse-moi », fait Hippo.

Elle l'embrasse par-dessus la table. Contact de pulpe à pulpe. Fraîcheur de fruits. Au moment où leurs lèvres se touchent, ils ont tous deux un même soupir...

Bip-bip-bip ! Bip-bip-bip ! Bip-bip-bip !

Désinhibition

Hippolyte cessa d'évoquer le souvenir de sa dernière incursion dans le passé, la nuit précédente. La manière abrupte dont elle s'était interrompue, ne faisait qu'accroître sa mauvaise humeur. Il tenta de reprendre les dossiers médicaux en cours. Il ouvrit une chemise sur laquelle une étiquette portait le nom de la patiente : « Grace O'Ivy. » Une Irlandaise de cinquante-cinq ans qui faisait le voyage depuis Dublin pour le consulter. Elle était prévue l'après-midi, à quatorze heures trente.

D'après le courrier adressé par le toubib qui la soignait, elle manifestait depuis peu un changement brutal de personnalité. Cette mère de famille à la vie rangée, d'un luthérianisme irréprochable, était frappée d'un syndrome dépressif sévère accompagné d'une totale désinhibition sexuelle. Elle tenait des propos salaces dans les situations les plus incongrues : repas de Noël, réunions de catéchistes, kermesse du collège où elle enseignait. Quand on lui faisait remarquer l'inconvenance de son comportement, elle semblait ne pas comprendre la réprobation dont elle faisait l'objet.

« Détérioration de l'habitus social », pensa Hippolyte.

Il tapotait sur les pages dactylographiées du bout capuchonné de son stylo. Un dossier médical assez complet était joint au courrier. Une liasse de feuillets dont le titre indiquait : « *Medical Statement.* » Il n'eut aucun mal à en traduire les données principales : biochimie normale, EEG normal, atrophie corticale marquée du lobe frontal visible à l'IRM, corps d'inclusion argentophiles intra-neuronaux caractéristiques.

Une démence de Pick, cela ne faisait aucun doute. On lui en envoyait de partout à présent. C'était la rançon du succès.

Une rançon déprimante.

La démence de Pick était une pathologie rare qui touchait surtout les femmes à partir de la quarantaine (c'était la précocité du cas de Sarah Weissmater qui avait focalisé l'attention du corps médical, suscité l'émotion du grand public et valu à Hippolyte un succès de librairie). Du jour au lendemain, certaines de ses victimes se mettaient à parler de sexe sans aucun complexe. Le cas échéant, elles le pratiquaient avec une aisance déconcertante. Et surtout n'importe où, avec n'importe qui. Comme on boit un verre de whisky. Comme on fume une cigarette.

« Une forme de convivialité génitale », affirmait Hippolyte dans son livre avec un sens très sûr de la formule.

Il continuait de compulser le dossier. Il sautait des passages entiers en soupirant. Le monde était mal fait. Vraiment mal fait. Quand la sexualité redevenait une chose naturelle, un simple échange de fluides sans conséquence, comme une poignée de main, la société ne vous le pardonnait pas. Elle vous exilait aussitôt dans le *no man's land* psychiatrique. Et Hippolyte n'employait pas cette formule au hasard : l'asile était bel et bien un *lieu sans hommes* – au sens réel et au sens figuré. En plus du compartimentage des sexes, une bonne vieille camisole chimique garantissait le bridage des pulsions libidinales. De cette manière, le problème était réglé.

Expédiez le déviant sexuel sur une île déserte et il n'y a plus de déviant sexuel. C'était cette répression sociale d'un instinct rendu à sa propre nature qui condamnait les patientes beaucoup plus sûrement que la maladie elle-même. Échéance fatale à deux ou cinq ans, affirmaient les dictionnaires. Alors pourquoi Sarah Weissmater avait-elle survécu deux fois plus longtemps ?

Il referma le dossier. Il alluma une cigarette à l'eucalyptus sur laquelle il tira avec nervosité. Un nuage de fumée moutonna au-dessus du bureau. Il se sentait d'humeur à casser quelque chose.

À cet instant, Sylvia entra dans la pièce. Elle venait de prendre son service et se proposait de récapituler le programme des rendez-vous pour la matinée.

Il la regarda d'un œil mauvais.

Ses cheveux pâles. Ses traits fades, sa mine inexpressive.

Elle fit le tour de la table et posa son agenda devant lui. Elle portait un débardeur presque transparent et une jupe courte. Ses jambes longues. Ses jambes maigres. Elle suivait du doigt la liste des noms tout en les commentant : pathologie, antécédents, médecin traitant. Il ne l'écoutait pas. Sa poitrine plate. Ses clavicules saillantes.

Une impulsion subite lui fit écraser sa cigarette et plonger sa main sous sa jupe. Elle tourna la tête et lui jeta un regard vide. Le même regard qu'elle devait adresser aux patients, à sa concierge ou à son chien quand il pissait contre un lampadaire. Seul Hippolyte était à même d'y distinguer la nuance qui le teintait à cette seconde : elle était disponible.

Une minute plus tard, il la culbutait sur le divan qui agrémentait un angle de la pièce. Il conviait d'ordinaire à s'y allonger ceux de ses patients qui choisissaient opportunément l'heure du rendez-vous pour une petite crise nerveuse ou les snobs qui tenaient à se donner un frisson psychanalytique pour le prix de la consultation (bien qu'Hippolyte eût horreur de ces simagrées freudiennes auxquelles il n'accordait pas la moindre qualité scientifique) (« privatisation du moi et extorsion de fonds », avait-il coutume de leur dire par provocation en cédant à leur demande) (« une protubérance du libéralisme dans le monde hospitalier », ajoutait-il enfin quand il leur assénait, pour le compte, un solide dépassement d'honoraires).

Donc le divan avait avant tout une finalité thérapeutique.

Et cela tombait bien : il lui fallait une médication.

Les mèches blondes de Sylvia rejetées en arrière léchaient l'accoudoir en hautes flammes onduleuses. Il observait la tache pâle, la décoloration en forme d'hippocampe qu'elle portait sur la hanche. C'était une drôle de fille. Elle ne disait pas un mot, ses yeux clairs et vides fixés sur lui. Il était impossible de savoir ce qu'elle pensait, ce qu'elle éprouvait. Elle avait replié ses longues jambes sur sa poitrine et ses mains lui prodiguaient par-dessous des caresses assez expertes sur la partie la plus malléable de son anatomie.

Attouchements à hauts risques, mais Hippolyte maîtrisait ses sensations. Elle le palpait de ses doigts fins de fille maigre. Elle essayait de le faire capituler avant l'heure et lui ne le voulait pas. Joueuse sous une façade inexpressive. C'était ce qui l'avait attiré chez elle.

Son genou gauche cognait sur le bois du divan et il pensait à autre chose. C'était le secret de la victoire. Il fallait absolument penser à autre chose. Il pensait donc à l'Alzheimer précoce de l'autre jour, il pensait à cet imbécile de Martinel, il pensait à ce qu'il pourrait proposer pour améliorer le fonctionnement du service. Oui, penser à n'importe quoi, qui ne présente surtout aucun caractère agréable. De cette façon, Sylvia se cabrerait la première et il aurait gagné.

Mais qu'aurait-il gagné ? Là était la question.

Le taureau aux mille testicules

Il comptait les mégots écrasés dans le cendrier. Il y en avait sept. Sept cigarettes en un peu plus d'une heure. Une pareille tabagie n'était pas dans ses habitudes. À partir de quelle quantité l'inhalation d'eucalyptus devenait-elle dangereuse pour la santé ? Il considéra la question un instant, puis décida qu'il s'en fichait. Il alluma une autre cigarette et aspira la fumée aussi fort qu'il put. Il avait d'autres soucis en tête.

Il était un taureau aux mille testicules.

Quatre heures plus tôt, il avait fait l'amour avec Sylvia sur le divan dans son bureau. C'était avant l'arrivée des premiers patients. Après l'avoir travaillée au corps, comme il aimait à le dire, il avait obtenu ce qu'il voulait : elle avait eu un demi-hoquet et avait écarquillé les yeux. Plus exactement, l'espace de sa sclérotique s'était élargi de quelques millimètres autour de ses iris bleu pâle, tandis qu'elle faisait : « Oh. » Une manière à peine perceptible de s'exprimer, mais cela n'avait pas échappé à Hippolyte. Il connaissait maintenant la gamme minimaliste de ses signaux corporels.

Après cette victoire, il avait eu tout le loisir de se concentrer sur la sensation intéressante qu'elle continuait de provoquer chez lui en le malaxant avec une agilité dont il lui était reconnaissant. Cependant, la conscience du plaisir coïncidant avec son apothéose, il pouvait quasiment en parler au passé dès qu'il essayait de l'éprouver. Autrement dit, à peine était-ce commencé que c'était déjà fini. Quant à la nature de la chose : un relâchement qui succède à une tension, n'était-ce pas la définition qu'en donnait Freud ? (Hippolyte détestait vraiment ce type.)

Restaient les satisfactions d'ordre cérébral : le lever des couleurs, la présentation des armes, la charge sabre au clair et, bien sûr, la joute sous toutes ses formes. De quoi expliquer métaphoriquement plusieurs millénaires de belliquosité et de perversité masculines. C'était le destin de l'homme. Toutefois, pour le moment, le destin de l'homme ne le préoccupait guère. Qu'est-ce que ça pouvait fiche à un taureau aux mille testicules ?

Quand Sylvia s'était rhabillée (c'est-à-dire quand elle avait remis sa culotte, seule pièce de tissu qui, confrontée à sa minijupe et à son débardeur transparent, dissimulait valablement quelque chose), elle lui avait demandé d'un air candide : « Tu aimes quand je te touche les couilles ? »

« Hein ? » avait fait Hippolyte, interloqué. Elle avait posé cette question sur un ton neutre, comme elle l'aurait interrogé sur ses préférences culinaires ou la couleur du papier peint. Hippolyte s'était détourné pour reboutonner son pantalon et gagner du temps. Son éducation ne lui autorisait pas une telle liberté lexicale. « Oui, tes couilles, avait-elle repris d'une voix douce, ça te plaît quand je les caresse ? »

Il avait acquiescé, doublement gêné par la crudité de son langage et la rougeur qu'il sentait lui envahir le front. Il se targuait d'oser aborder en toutes circonstances les sujets les plus délicats et les plus scabreux. Néanmoins, il y avait des mots, tout de même, des mots qu'il ne pouvait se résoudre à employer (il s'y essayait parfois face au miroir dans sa salle de bains, mais devant autrui, rien à faire : en dépit de l'attitude dégagée qu'il affichait, son vocabulaire châtié le trahissait en révélant à son insu les territoires interdits dont il traçait imparablement la frontière).

« Moi aussi, j'aime bien ça, avait poursuivi Sylvia de sa voix douce à la limite du murmure. Et puis, c'est la première fois que je couche avec un type qui en a trois. »

Hippolyte rajustait sa tenue en faisant entrer les pans de sa chemise dans son pantalon. Il n'avait enregistré les derniers mots de sa secrétaire qu'avec un temps de retard. Leur caractère sibyllin ne lui était apparu qu'après qu'elle eut quitté son bureau. Il était huit heures trente. Dans un quart d'heure, les premiers patients allaient arriver.

Il s'était jeté sur l'interphone. « Euh, Sylvia, qu'est-ce que tu veux dire par "qui en a trois" ?

– Ben, trois couilles, pardi. »

Sa voix avait tranquillement retenti, se détachant avec un accent cristallin du souffle de l'appareil. « Ah oui, bien sûr », avait fait Hippolyte. Il avait coupé la communication. Il était resté un moment immobile, à réfléchir, les yeux dans le vague. Comme s'il tardait à prendre une décision. Puis il avait reculé son fauteuil à roulettes, ouvert sa braguette et entrepris une palpation de ses organes génitaux. Après quelques secondes d'examen, il avait senti un frisson de terreur lui parcourir l'échine. Trois couilles. Ah oui, bien sûr.

Une grosseur de la taille d'une noix, du côté gauche. Indolore, mais ça ne voulait rien dire.

Depuis, il n'avait plus que ça en tête. Finie son invulnérabilité, la sensation de toute-puissance qui l'habitait depuis des jours. Anéantie en quelques secondes. Les patients s'étaient succédé et il avait eu toutes les peines du monde à se concentrer sur leurs symptômes et leurs inquiétudes.

Il écrasa le mégot de sa cigarette et en alluma aussitôt une autre. C'était la pause du déjeuner. Il avait décommandé le repas qu'il devait prendre avec Payerdji en invoquant un dossier urgent à mettre au point. Il aspirait et rejetait les bouffées à jets de plus en plus nerveux.

Bon, il y avait une manière positive de considérer la situation. Il y avait toujours une manière positive de considérer n'importe quelle situation. C'était la philosophie qu'il professait à ses malades. Le temps était venu d'en démontrer l'efficacité pour lui-même. Il était un cas, voilà. Il ne s'en était jamais aperçu, mais il était un cas. Un phénomène pour la science, un élu des dieux.

Un dieu lui-même.

Il était une incarnation d'Indra, le taureau aux mille testicules, cher aux peuplades indo-méditerranéennes. Le symbole de la force fertilisante et de la vie exubérante. Il avait lu ça dans un ouvrage érudit, un bouquin de Dumézil ou d'Eliade, il ne savait plus lequel. C'était Sylvia qui le lui avait prêté. Elle était férue d'hindouisme et de spiritualité orientale.

Il rejeta la fumée par le nez et émit un petit rire saccadé. Indra, ô Indra, le grand fécondateur ! La puissance épanouissante, irrésistible et indispensable à la femme ! Son regard se posa sur sa main droite qui tenait la cigarette. Elle tremblait comme une feuille. Un vrai vibromasseur. Il écrasa le mégot et la fourra dans la poche de sa blouse pour ne plus la voir.

Il y avait aussi une autre manière de considérer la situation.

Il pouvait avoir un cancer du testicule.

Soit une tumeur séminomateuse (quarante pour cent des cas), de bon augure si le diagnostic était précoce. Soit une tumeur non séminomateuse (cinquante-cinq pour cent des cas), beaucoup plus agressive et d'une variété qui laissait toute latitude à l'imagination : tératocarcinome, carcinome embryonnaire, choriocarcinome. Soit enfin une tumeur non germinale (cinq pour cent des cas) : tumeur de Leydig, tumeur de Sertoli, etc., le choix ne manquait pas. Il avait lu tout ça quelque part et, cette fois, il savait exactement où.

Il s'était rué sur son encyclopédie de pathologie médicale. Les descriptions fournies l'avaient plongé dans une angoisse épouvantable. À côté de ça, Dumézil et Eliade passaient pour des charlatans, des vendeurs d'aphrodisiaques et de lotions capillaires. Oh, quelle malédiction de posséder toutes ces informations, tous ces comptes rendus atroces ! Quel malheur d'être toubib !

On pouvait dire qu'il n'avait vraiment pas de veine. Avec cette douleur lancinante au genou qui l'avait repris dans la matinée et dont il ne décelait toujours pas l'origine, il se sentait perdu. Les dieux, tout bien considéré, n'étaient pas nécessairement de son côté. Il devait se rendre à l'évidence : il avait quarante-quatre ans et son corps partait en morceaux. La décrépitude était là et la fin de partie toute proche.

Cependant il fallait rester positif.

L'important était de prendre le taureau par les cornes.

Il était médecin après tout. Son statut présentait quelques avantages. Il avait accès aux techniques de pointe en matière de dépistage et de soins. Et il n'allait pas s'en priver. Oh non, il n'allait pas s'en priver, même s'il lui fallait exhiber ses parties intimes devant tout le personnel de l'hôpital, les collègues, les infirmières, les cuisiniers, les veilleurs de nuit, les standardistes et même George Clooney si ça pouvait servir à quelque chose (côté secrétariat, on pouvait considérer que la formalité était accomplie).

Sa vie était en jeu, ce n'était pas le moment de se montrer pudibond. Pas le moment de jouer les vierges effarouchées. Pour parler clair : pas le moment de faire tout un plat d'une couille surnuméraire !

En début de matinée, il avait appelé un collègue qu'il connaissait bien au service de radiologie et d'échographie. Il lui avait demandé s'il pouvait l'examiner entre deux clients. Le collègue avait un agenda surchargé jusqu'à treize heures, mais devant l'insistance d'Hippolyte, il lui avait proposé de le recevoir à la fin de ses consultations.

Il était midi trente. Il y avait neuf mégots dans le cendrier et Hippolyte était au bord de la crise de nerfs. Il sortit le lecteur MP3 d'un tiroir, s'enfonça les écouteurs dans les oreilles et régla son réveil électronique pour douze heures cinquante-cinq. Il préférait tenter de s'oublier dans le passé plutôt que de continuer à se morfondre jusqu'à l'heure du verdict.

Dès les premières mesures, la réalité angoissante de ses quarante-quatre ans s'évanouit comme par miracle. Porte bouclée, inerte sur son fauteuil, il était reparti pour le pays radieux, le pays rassurant de sa jeunesse.

La pluie, rue de Rivoli

Des trombes d'eau descendent du ciel. Ils débouchent de la rue de Rivoli et arrivent rue Saint-Antoine, en pressant le pas, main dans la main. Une pluie lourde tombe en crépitant sur leur tête. Soudain, ils s'arrêtent, regardent leurs mines de chats détrempés et sont pris d'un irrésistible fou rire.

Ils ne savent pas où aller. Ils courent pour courir, pour rester ensemble. Pour partager aussi le plaisir de la fuite. Il est trop tard pour se mettre à l'abri. Leurs cheveux sont plaqués sur leur crâne, en mèches noires qui dégouttent. L'eau ruisselle sur leur visage, dégouline sur leurs vêtements. Des auréoles brunes s'élargissent sur leur pardessus, sur le dos et les épaules.

Trempés jusqu'aux os et ils rient.

Des enfants sous la pluie.

Il voit les gouttes s'écraser mollement sur le front de Mado, éclabousser ses sourcils, l'arête de son nez, retomber en particules fines sur ses lèvres. Il voit un filet d'eau claire descendre sur sa tempe, dévaler sa joue, se perdre dans son cou. Ses longues mèches, alourdies par la pluie, se tortillent devant son visage. À leur pointe, une perle transparente attend de tomber, suivie par une autre.

Ils rient encore.

À quelques pas, il distingue la façade à trois étages de l'église Saint-Paul-Saint-Louis. Des passants se sont réfugiés sous le portail et attendent la fin de l'averse. Mornes statues dans l'alignement des façades. D'un bref coup d'œil, il photographie le décor. Flaques criblées d'impacts, trottoirs noirs et brillants, rigoles torrentielles.

Le rire de Mado.

« Fais-moi les petits bras », lui dit-il.

Elle lui fait les petits bras. Front contre front, ses mains à elle jointes derrière sa nuque à lui. Elle l'embrasse avec un sourire. Il sent ses lèvres mouillées, l'eau fraîche qui court sur son visage, qui se mêle à celle qui va sur le sien. Il la prend dans ses bras, la serre contre lui...

Bip-bip-bip ! Bip-bip-bip ! Bip-bip-bip !

Un grand moment de télévision

Hippolyte sentait une ondée de sueur sur sa nuque. Il était nu, allongé sur une couchette recouverte d'une bande de papier hygiénique jetable. Sur sa gauche, une chaise où reposaient ses vêtements. Sur sa droite, un panneau de commande informatique et un écran de contrôle vidéo. Il n'y avait personne d'autre dans la pièce. Il attendait le radiologue, la peur au ventre.

Si le diagnostic était mauvais, qu'allait-il faire ? Il pouvait prendre un congé pour longue maladie et se réfugier dans le passé aussi souvent que possible. Il multiplierait ainsi par vingt ou trente le temps qu'il lui resterait à vivre.

La cancérologie du testicule gauche n'était pas exactement son domaine. Mais compte tenu du volume déjà atteint par la grosseur qu'il devait à la délicatesse de sa secrétaire d'avoir découverte le matin même, il n'était pas exclu que cette bombe à retardement ait déjà essaimé dans tout son organisme. En mettant les choses au pire, vu le caractère tardif du dépistage, il ne lui restait peut-être pas plus de six mois à passer sur cette terre. Mon Dieu, six mois ! Et encore, à quarante-quatre ans, ce genre de saloperie flambait à toute allure, une vraie traînée de poudre, c'était un paramètre dont il devait tenir compte. Alors cinq mois ? Non ! Tout de même pas quatre ! Quoi, TROIS ?

Trois, quelle horreur.

Trois mois à peine et il n'écouterait plus jamais de musique, il ne retrouverait plus jamais Mado. Il ne serait plus qu'un petit tas de matière inerte. Un grouillement froid d'atomes en cours de désagrégation.

La sueur qui humectait sa nuque était glacée maintenant. Trois mois à vivre ! Quelle épouvante ! En supposant qu'il réduise au minimum le temps nécessaire aux soins corporels élémentaires, soit trois heures quotidiennes à peu près, cela représenterait en temps cumulé onze jours pendant lesquels il ne pourrait pas s'évader dans le passé.

Restaient environ quatre-vingts jours qu'il passerait avec Mado. Ça ne faisait pas lourd.

Pas lourd dans le temps d'aujourd'hui. Cependant, avec le voyage temporel, tous les repères chronologiques étaient chamboulés. Il avait pu le constater à chaque retour en arrière : le temps se dilatait. En le multipliant par vingt ou trente, il pouvait miser non pas sur quatre-vingts jours, mais sur, voyons, sur quatre à six ans de temps subjectif.

Autant que sa relation tout entière avec Mado.

Cette perspective un instant le fascina. Il en oublia la nature tristement taurine de sa destinée (les oreilles et la queue, la corrida fatale de l'existence). Il eut une bouffée d'amour, une effusion d'espoir. Il allait se réfugier auprès de Mado, sa douceur et son havre.

Sauf que.

Sauf qu'il faudrait compter avec l'évolution du mal et que celui-ci n'allait sans doute pas le laisser accomplir ce programme en paix. Il ne fallait pas espérer une sortie en douceur avec prestation touristique compensatoire dans la région de ses vingt ans. Il y aurait les traitements lourds, il y aurait la douleur, peut-être la dégradation progressive de ses facultés. Il n'était même pas assuré de conserver jusqu'au bout la capacité de revenir dans le passé. Au nom de quoi s'imaginait-il que le miracle allait continuer ?

Il fut pris de vertige. Le sang bourdonnait à ses tempes, son cœur cognait dans sa poitrine. Une montée d'angoisse insupportable. Et le radiologue qui n'arrivait pas.

Il se leva et se dirigea vers la chaise où étaient posés ses vêtements. Dans la poche intérieure de sa veste, il saisit son téléphone portable et l'alluma. Avec tous ces appareils sensibles aux perturbations électromagnétiques dans le secteur, son usage était strictement prohibé par le règlement intérieur de l'hôpital, mais il s'en battait les, il s'en battait les flancs. Il fallait qu'il parle à quelqu'un. Il composa le numéro de Krist Kavaselic. La sonnerie lui parut lointaine et d'une tonalité inhabituelle.

« *Hallo, Krist Kavaselic speaking !*

– Ah je, euh, Krist ? C'est toi ?

– Hippolyte ! Comment vas-tu, mon vieux ? Écoute, tu tombes mal, je suis dans la salle des conférences, à Cambridge. Ces Anglais sont impayables, ça fait quatre heures que ça dure et il n'est toujours pas question d'une pause déjeuner ! Ils s'imaginent sans doute que je vais me contenter d'une tranche de plum-pudding ou d'une feuille de salade sur un triangle de mie de pain... »

Il parlait à voix basse. Hippolyte percevait en fond sonore une voix caverneuse qui s'exprimait en anglais.

« Je ne t'entends pas bien, Krist.

– C'est cet imbécile d'Agnew qui parle. Il n'a rien trouvé de mieux pour réduire l'effet de serre que de proposer un nouveau mémorandum sur un contrôle raisonné de l'émission de CO_2! Le protocole de Kyoto *bis*, le retour ! Ah ah ! Les cimentiers, les aciéristes, les producteurs d'énergie reconvertis en purificateurs d'atmosphère. Il appelle ça le développement durable ! C'est bien connu, l'industrie lave plus blanc !

– Krist, il y a de la friture sur la ligne...

– Cet Agnew, il me fera toujours rire ! Les juristes tout de même, de sacrés poètes, hein ? C'est pas Jean Anouilh qui disait ça ? Mais je vais lui remettre les pieds sur terre, moi. Tu vas voir ça tout à l'heure. Avec mes turbines géantes, il ne va pas en rester grand-chose de ses instruments diplomatiques, tu peux me croire ! Je vais le pulvériser, lui et ses petits travaux préparatoires, ah ah, je suis dans un état d'excitation, mon vieux, tu n'imagines pas !

– Krist... »

Hippolyte était sur des charbons ardents. Il tournait en rond dans la pièce, dans le plus simple appareil. Il allait de la couchette à l'échographe et de l'échographe à la couchette, incapable de se concentrer sur les commentaires intarissables de son ami. Un triple nœud de marine lui obturait la gorge. Tandis qu'il marchait en frissonnant, ses bourses ballottaient contre ses cuisses. Elles lui semblaient soudain terriblement lourdes. Le constat de cette pesanteur anormale ne faisait qu'accuser son état de panique. Une panique à hurler, à appeler au secours, à se rouler en boule dans un coin de la pièce.

« Krist, je vais crever !

– Quoi ? Qu'est-ce que tu dis ? »

Krist Kavaselic avait cessé de chuchoter. Il avait élevé la voix sous l'effet de la surprise.

« Je vais crever, j'ai attrapé une saloperie, un truc qui est en train de me bouffer. Mon Dieu, je suis foutu, Krist, tu m'entends ?

– *Govno !* Qu'est-ce que tu me chantes, Hippolyte, mon ami ? » Le Serbe avait crié. Sa voix avait couvert celle de l'orateur pourtant portée par la sono. On entendit comme un brouhaha réprobateur autour de lui, puis à distance de l'appareil : *I beg your pardon, sir, it's an emergency*.

Krist reprit : « Où es-tu ?

– À l'hôpital, au service de radiologie.

– Comment ? Qu'est-ce que tu dis ? *Prokletstvo !* Je n'entends rien ! » Il avait encore haussé le ton et la rumeur offusquée s'était amplifiée autour de lui (*I'm sorry, a friend of mine, he's upset, you see...*).

« Je suis à l'hôpital, répéta Hippolyte. J'ai une balloche comme une paupiette, Krist. »

Il était au bord des larmes. Sa voix tremblait. Se confier lui faisait perdre tout empire sur lui-même, tout contrôle sur son vocabulaire. De son côté, Krist commençait lui aussi à s'affoler : « Mais qu'est-ce que tu as ? Qu'est-ce qu'on t'a dit ? (*oh, chadap you face, it's a matter of life and death, got it ?*)

– C'est une tumeur, Krist. Il me reste trois mois à vivre. »

À cet instant, la porte du cabinet d'échographie s'était ouverte et le collègue radiologue était entré en faisant une drôle de tête. Hippolyte était à poil devant le panneau de commande de l'échographe, son téléphone collé contre l'oreille et sa dernière phrase « il me reste trois mois à vivre » résonnait encore dans la pièce.

Le collègue radiologue fit « hum ». Hippolyte jongla avec son téléphone subitement transformé en pain de savon facétieux. Il lui fit accomplir quelques figures aériennes des plus spectaculaires, deux ou trois loopings assez réussis, ponctués d'autant de fausses reprises en main et l'appareil, pour finir, s'écrasa sur le sol concluant du même coup et sans autre forme de procès la conversation *about life and death* qu'il entretenait avec Krist Kavaselic.

Après qu'il en eut ramassé les débris, Hippolyte se redressa rouge de confusion et se figea dans une posture un peu raide, les deux mains croisées sur les parties génitales comme lorsqu'il était gamin et qu'il attendait son tour pour la visite médicale scolaire obligatoire.

Le collègue radiologue fit « hum » une seconde fois. Puis il ajouta : « Je vous prie d'excuser ce léger retard. » Et encore : « Peut-être pourrions-nous passer à l'examen, si du moins il vous reste un peu de temps ? »

Hippolyte était trop honteux pour relever l'ironie de la formule. Il reprit sa place sur la couchette, les bras collés au corps. Le radiologue enfila des gants en caoutchouc, s'empara d'un tube cylindrique qu'il pressa pour en exprimer une quantité abondante de gel et l'appliqua sur ses parties intimes. Sensation de fraîcheur. Hippolyte pensa que Sylvia aurait dû être radiologue. Si elle avait été l'officiante en ce moment précis, ça lui aurait donné des idées. Mais là, non. Il n'éprouvait rien. Comme la vie était étrange.

Le toubib saisit la sonde qu'un câble reliait à l'appareil et commença à la promener sur le scrotum de son patient. Dans le même temps, il pianotait sur le clavier informatique. Une image en noir et blanc, mouvante, apparut sur le moniteur. Le cœur d'Hippolyte se mit à battre plus fort. Le verdict était imminent.

Il ne quittait pas l'écran des yeux. Il avait évidemment des connaissances en radiologie et était capable d'interpréter des résultats. Cependant, cette fois, il s'agissait de lui et c'était plus difficile. L'inquiétude lui brouillait l'entendement. Il voyait une masse noire, ovoïde, aux contours assez imprécis, qui dansait sur un fond grisâtre et brumeux. Le radiologue pianotait et prenait des mesures. Des flèches jaillissaient, s'étiraient d'un bord à l'autre de l'ellipse dont la signification demeurait impénétrable. Des chiffres s'affichaient en haut et sur les côtés.

Après quelques minutes, il pivota sur son tabouret et regarda Hippolyte d'un air neutre. Celui-ci retint son souffle.

« Cher collègue, comme vous devez vous en douter, vous avez un kyste épididymaire assez spectaculaire, mais bénin. Une masse polycyclique multicloisonnée très volumineuse, aux parois malgré tout régulières. Aucun motif de s'inquiéter.

– Oui, bien sûr, fit Hippolyte en réprimant un soupir de soulagement. C'est ce que j'expliquais à un ami, il y a un instant au téléphone...

– Il n'y a pas d'évolution à risque à redouter, poursuivit le radiologue sans prendre garde à l'interruption. Néanmoins, avec le temps, ça peut devenir gênant. Pure question de confort, vous comprenez. Je ne saurais trop vous recommander de vous le faire enlever sans attendre.

– Exactement ! renchérit Hippolyte. C'est exactement ce que je disais à mon ami. Je me donne trois mois. Trois mois à vivre avant de passer sur le billard. Je suis comme ça, moi. Un impulsif. Aussitôt dit, aussitôt fait. »

Vingt minutes plus tard, il avait regagné son bureau. Il dévorait à belles dents un panini au poulet acheté à la va-vite aux portes de l'hôpital. Il écoutait sur le lecteur de son ordinateur *Pills' n'Thrills and Bellyaches* des Happy Mondays, une petite merveille de fusion rock et house du début des années quatre-vingt-dix. Il se dandinait en rythme, assis dans son fauteuil qu'il faisait pivoter tout en mâchonnant son pain chaud. Il chantait à tue-tête avec la musique :

Hey-hey-hey !

Stand out your fire ! You can't change your desire !

Dans un quart d'heure, les consultations allaient reprendre. Il se sentait dans une forme extraordinaire. Il avait survécu. Il avait surmonté l'épreuve. Il était l'homme qui avait vaincu le cancer du testicule gauche. Et sans livrer bataille encore ! Il lui avait suffi de prouver sa détermination, sa farouche intention de vie, et le monstre avait reculé.

Ah comme c'était bon d'être vivant ! Comme c'était gentil d'avoir pour compagnon un brave kyste épididymaire ! Il recommençait à concevoir des projets d'avenir (plus question de toucher à Sylvia, c'était une erreur, un moment de faiblesse). Surtout, il recommençait à concevoir des projets de passé (il fallait qu'il trouve un moyen pour remonter dans le temps plus souvent).

Ces pensées l'enthousiasmaient, il se sentait régénéré. Puisqu'il lui restait cinq minutes, il allait rendre tout de suite une petite visite à Mado. Il mit les écouteurs, chercha le morceau. Il se sentait détendu. Terminées les questions angoissantes. Finies les inquiétudes. L'horizon se montrait à nouveau dégagé, clair de tout nuage.

Enfin presque. Il y avait cette intervention chirurgicale à prévoir. Oh, trois fois rien, mais tout de même. Tandis qu'il déclenchait le lecteur, une petite question trottait dans sa tête et le tarabustait.

Anesthésie générale ou anesthésie rachidienne ?

Sous le ruisseau d'étoiles

Un vasistas. Le ciel bleu profond parcheminé d'étoiles. Clarté lunaire dans la pièce. Plafond pentu, poutres et chevrons, lambris. Une mansarde. Sur sa droite, la forme indistincte d'un bureau et d'une vieille malle. Il est allongé, mains croisées derrière la nuque. Au milieu du dos, à travers le matelas, il sent une gêne, comme une barre métallique. Il est sur un canapé convertible. C'est sa première nuit chez Mado. Ses parents l'y ont retenu alors qu'il était venu passer la soirée. Il couche dans la pièce d'appoint, Mado dans sa chambre.

Il attend le sommeil, l'esprit serein, animé par les premières rêveries de la nuit. De temps en temps, sa conscience vigile reprend le dessus. Les bruits de cette maison qu'il ne connaît pas mobilisent un court instant son attention. Puis celle-ci se relâche. Il se laisse à nouveau gagner par la torpeur. Le sommeil s'approche pour le prendre.

Soudain, il sent une présence. Il ouvre les yeux. Une silhouette se glisse vers lui dans l'obscurité. Il tressaille. Se redresse sur un coude. Déjà, la silhouette est sur lui, son souffle court sur son visage. « Mado ? »

Elle passe ses bras autour de son cou. Elle pose de petits baisers sur ses lèvres. « Hippo, mon Hippo. » Il l'enlace, il lui rend son baiser. À cet instant, il enregistre à tout jamais les détails de la scène. Les poutres, le lit, la malle. Et le vasistas qui explose de lumière, qui déverse un ruisseau d'étoiles dans la mansarde.

Il l'attire à lui, elle s'allonge. Il sent le rayonnement de son corps près du sien. Ils se regardent un instant sans mot dire, à l'écoute de leur respiration. Il voit ses yeux briller dans le noir. Il promène lentement sa main le long de son nez, de ses sourcils, il lui caresse les tempes. Il passe les doigts dans ses cheveux...

Bip-bip-bip ! Bip-bip-bip ! Bip-bip-bip !

Ah ! Nom de Dieu, être coupé constamment, c'est vraiment intolérable !

Grace O'Ivy

D'un revers de la main, Hippolyte envoya le réveil électronique valdinguer à l'autre bout du bureau. Le bip-bip s'arrêta net lorsque l'appareil heurta le mur et retomba sur la moquette. Sa mauvaise humeur, un moment oubliée en raison de son inquiétude médicale, lui était revenue. Après chaque voyage, le retour à la réalité devenait plus pénible. La sonnerie l'interrompait toujours à un moment crucial, c'était insupportable.

Peut-être ferait-il mieux de ne plus s'absenter depuis son lieu de travail pour de si courtes périodes ? Il n'avait pas le temps d'y vivre grand-chose et sa frustration au réveil était encore plus grande. Il serait plus sage de se réserver pour les plages nocturnes et le week-end, sans quoi il finirait par perdre son sang-froid en public et par s'attirer des ennuis.

Son accrochage avec Martinel en début de matinée n'avait pas été de bon augure. Il se reprochait aussi la séance de gymkhana avec Sylvia. Bien que cet épisode n'ait été qu'un mouvement de réaction, il ne pouvait s'empêcher d'y voir une infidélité à vingt ans de distance.

À l'évidence, résister à l'envie de retrouver Mado dans la journée allait être un supplice. Il ne voyait pourtant pas d'autre solution pour ménager ses nerfs et préserver les apparences. En contrepartie, il se promit d'essayer de quitter l'hôpital plus tôt qu'à l'ordinaire. Cette perspective l'aiderait à tenir. Il se félicita d'être aussi raisonnable.

Cette question réglée, il se prépara à recevoir Grace O'Ivy qui venait d'Irlande pour le consulter. Les démences de Pick étaient rares et il en était devenu l'un des experts mondiaux, sans aucun doute le plus réputé en Europe.

Le succès relatif qu'il avait obtenu avec Sarah Weissmater lui avait valu de damer le pion aux jeunes loups comme aux patrons de la discipline. Le compte rendu de son expérience clinique lui avait ouvert toutes grandes les portes de la recherche au plus haut niveau alors qu'il n'était qu'un simple praticien hospitalier. Il traitait désormais d'égal à égal avec les pontes de la prestigieuse *Harvard Medical School*, les demi-dieux du *Department of Neurobiology* de Boston devant lesquels nombre de ses confrères se prosternaient sans vergogne.

De quoi faire pâlir d'envie les agrégés de médecine qui, en d'autres circonstances, l'auraient considéré comme un vulgaire porte-serviette, tout juste digne de superviser pour eux quelques tests psychométriques.

À quatorze heures trente, Sylvia lui annonça l'arrivée de sa patiente. Elle entra dans son cabinet accompagnée de son mari, un quinquagénaire élégant dont les traits tirés trahissaient la fatigue et l'inquiétude. Toutefois ce n'était rien à côté du visage de son épouse. Elle portait tous les signes d'une perturbation mentale avancée. Le teint bistre, les yeux enfoncés, cerclés de larges auréoles brunes, elle avait le regard fuyant, les joues émaciées et le cheveu séborrhéique. Elle avait pris place dans le fauteuil que lui avait offert Hippolyte et s'était aussitôt figée, le menton appuyé sur une clavicule, les mains croisées sur les cuisses.

Son époux prit la parole le premier. Hippolyte eut la surprise de découvrir qu'il parlait couramment le français. L'homme expliqua qu'ils l'enseignaient tous deux à Dublin et que c'était par l'entremise du *Pick's Disease Support Group*, une association d'aide aux familles, qu'ils avaient entendu parler de lui. Ils avaient pris rendez-vous depuis un mois et étaient arrivés à Paris par avion le matin même.

Après un premier échange, Hippolyte engagea la procédure coutumière. Il appela une infirmière qui emmena la malade à l'écart, le temps d'avoir avec son époux un entretien individuel. Il lui fallait recueillir le récit de l'apparition des premiers symptômes.

Comme d'habitude, le mode d'installation avait été insidieux. Des troubles du comportement étaient apparus lentement : un intérêt anormalement marqué pour les affaires de mœurs, puis des propos grivois de plus en plus fréquents, que Mme O'Ivy, anglicane pratiquante, ne s'était jamais autorisés en trente ans de mariage.

Au fil des jours, ces bizarreries étaient allées de pair avec une irritabilité croissante accompagnée d'ictus colériques, suivis de périodes d'abattement. Mme O'Ivy avait dû cesser toute activité professionnelle. À plusieurs reprises, il était arrivé qu'elle profère des obscénités en public, ce qui avait rapidement conduit le couple à une situation d'isolement presque total. On avait d'abord cru à une dépression nerveuse. Enfin, le verdict était tombé : maladie de Pick et c'est pourquoi ils étaient là.

Une fois son récit terminé, l'homme fixa Hippolyte avec une expression d'attente douloureuse.

« Nous allons voir, *Mister O'Ivy*, fit Hippolyte. Si vous le voulez bien, je vais commencer par interroger votre épouse pour me faire une idée. Puis nous procéderons à une série de tests pour évaluer la situation. Il faut vous armer de courage et de patience. Ma secrétaire va vous conduire dans une salle d'attente et nous ferons le point ensemble tout à l'heure. D'accord ? »

Un instant plus tard, Grace O'Ivy avait remplacé son mari devant Hippolyte. Il comprit très vite que son impression première était fondée. Elle présentait tous les signes d'un processus dégénératif sévère : apathie, repli sur soi, difficulté à fixer son attention. Rien de comparable à l'état de Sarah Weissmater la première fois qu'il l'avait rencontrée.

« Madame O'Ivy, pouvez-vous me dire comment vous vous sentez en ce moment ? »

Pas de réponse.

Il réitéra sa question, sans plus de succès. Il tenta autre chose : « Madame O'Ivy, lorsque je vous parle, éprouvez-vous des difficultés à vous concentrer ?

– Concentrer, répéta-t-elle d'une voix atone.

– Vous avez du mal à réfléchir, c'est ça ? De la peine à former vos pensées ?

– Vos pensées. »

Elle avait le regard dans le vide. Hippolyte tapota le dossier médical de la pointe de son stylo. Il reprit avec douceur : « Si je dis que vous avez du mal à trouver vos mots, est-ce que je me trompe ?

– Est-ce que je me trompe. »

Écholalie, pensa-t-il. Une tendance à répéter tout ce que dit l'interlocuteur. On me l'a envoyée trop tard. Je ne peux plus rien faire.

Il eut une crispation nerveuse à la commissure des lèvres. Avec Sarah, il avait pu agir, parce qu'elle n'était pas encore hors d'atteinte. Intellectuellement et surtout affectivement, elle demeurait accessible à l'autre et c'est ce qui lui avait permis de doubler son espérance de vie.

Que pouvait-il pour cette pauvre femme ? Elle était déjà ailleurs, retranchée du monde des vivants. Il ouvrit le dossier médical. De quand dataient les premiers examens ? Vingt mois. C'était beaucoup. Beaucoup trop. Il lui jeta un coup d'œil. Elle n'avait pas bougé, l'air toujours absent. Il décida d'entreprendre les tests, comme prévu. Ils ne serviraient à rien. Seulement, il ne fallait pas négliger leur importance pour la famille. M. O'Ivy accepterait mieux le destin de sa femme s'il avait le sentiment que tout avait été tenté.

Hippolyte conduisit Grace O'Ivy dans une salle spacieuse, éclairée par une baie vitrée. Dans le couloir, il croisa Salinas, suivi par une nuée d'assistants. Le chef de service l'apostropha, le sourcil broussailleux : « Ah, Sicher, il faudra passer me voir à mon bureau, j'ai un point de détail à régler avec vous. »

Hippolyte esquissa un sourire contraint et le considéra avec méfiance. Il n'aimait pas beaucoup quand Salinas entendait régler un point de détail. C'était en général l'annonce d'une calamité monumentale pour ses subordonnés. « Euh, oui, pas de problème, répondit-il. Mais aujourd'hui, je suis un peu débordé. J'ai toute une batterie de tests à superviser... »

Salinas éclata de rire, un rire sonore et grave.

« Ah ! Ah ! Ah ! Je vois ce que c'est ! Mon cher, nous sommes devenus les esclaves du DSM III ! Ce manuel statistique finira par nous empêcher de rencontrer nos malades ! »

Hippolyte, qui ne partageait pas ce point de vue typiquement mandarinal, chevrota de rire par pure courtoisie. « Et demain, j'ai une réunion du CCM qui va me prendre toute la matinée...

– Bien sûr, bien sûr, les servitudes administratives ! Une catastrophe pour la profession ! Moi-même, je ne m'en sors plus ! Avec ça, comment voulez-vous avoir une vie personnelle, hein ? Vous avez le temps de vivre, vous ?

– Oh, moi, vous savez, monsieur...

– Bien sûr que non ! On se tue à la tâche ! La journée commence à l'aube et le soir, pas moyen de rentrer chez soi avant la nuit. Quel sale métier ! Je suis sûr que vous non plus, vous n'arrivez pas à quitter l'hôpital avant vingt et une heures ?

– C'est-à-dire que...

– Vous voyez ! Des esclaves ! Les esclaves des temps modernes ! Un sale métier, je vous dis ! Bon alors, c'est entendu, je vous attends ce soir, à vingt et une heures, dans mon bureau. »

Et il tourna le dos à Hippolyte, suivi de la meute d'assistants en blouses blanches. Avant qu'il disparaisse à l'angle du couloir, il l'entendit encore lancer de sa voix tonitruante : « Vingt et une heures, sans faute, n'oubliez pas ! »

Hippolyte sentit ses épaules s'affaisser. Il avait prévu de quitter l'hôpital deux heures plus tôt. À vingt et une heures – temps local –, il comptait être en compagnie de Mado depuis longtemps.

Il rejoignit Grace O'Ivy qui avait été installée devant une table de travail. Il tenta de focaliser son attention sur les examens qu'il lui faisait passer : *Mini Mental State*, échelle de Mattis, *Global Deterioration Scale*, *IADL* de Lawton. Tous n'étaient pas indispensables et certains faisaient double emploi. L'intérêt de les croiser était surtout d'évaluer leur pertinence respective. Dans le cas présent, il n'y avait ni traitement ni guérison à espérer. Restait l'analyse statistique comparative. En neurologie, les malades incurables étaient plus nombreux que ceux pour lesquels on pouvait vraiment quelque chose. On ne rencontrait pas une Sarah Weissmater tous les jours.

Hippolyte regarda sa montre et soupira. Quant à Mado, c'était bien simple, pour le moment, il ne fallait même pas y penser. De ce point de vue, Salinas n'avait pas tout à fait tort.

C'était un sale métier.

Le vol de l'oiseau de proie

« Ah ! Sicher, asseyez-vous, je vous en prie ! »

Hippolyte entra dans le cabinet du professeur Salinas, chef du service de neurologie à l'hôpital Cochin, avec toute la modestie qui convenait à l'intrusion dans ce temple de l'autorité médicale. Salinas trônait derrière un bureau majestueux, il prenait des notes. C'était un homme trapu et énergique, au visage buriné, aux sourcils épais. Il ne portait pas de lunettes. La soixantaine sportive, au faîte de sa maturité. Il menait sa carrière tambour battant, sur le pied de guerre de l'aube au crépuscule.

Il était vingt et une heures. Hippolyte n'osait espérer une brève entrevue. En dépit de ses plaintes de pure forme, Salinas faisait partie de ces hommes qui redoutent par-dessus tout de se retrouver en famille et se donnent tous les prétextes imaginables pour rester aussi longtemps que possible sur leur lieu de travail.

L'ironie de la situation était qu'Hippolyte, officiellement célibataire, ne songeait qu'à décamper pour retrouver Mado, tandis que l'autre cherchait de toute évidence un interlocuteur pour prolonger sa journée et fuir la compagnie de son épouse.

« Dites-moi un peu, commença Salinas. Comment vont les choses dans le service en ce moment ? Vous êtes content de l'équipe ? »

Hippolyte qui, méfiant, s'était posé sur le rebord d'un fauteuil en cuir sans s'y adosser, n'aima pas cette entrée en matière. Il soupçonnait un vol circulaire d'oiseau de proie, une descente lente précédant le piqué. Quand Salinas demandait à quelqu'un s'il était content, c'était qu'il avait, lui, un motif de ne pas l'être.

Très prudemment, Hippolyte répondit : « Vous savez, monsieur, du moment que je peux poursuivre mes recherches tout en soignant mes malades...

– Vous avez raison ! Malheureusement, les jeunes envisagent différemment la carrière. Rémunération et qualité de vie, ils n'ont plus que ces mots à la bouche. Et je suppose que vous avez des projets ?

– Eh bien oui, je suis sur une piste intéressante en matière de troubles du langage. J'ai...

– Ah ! Ah ! Ah ! Formidable ! Je vous suis à cent pour cent ! C'est ce que je ne cesse de dire aux jeunes, il faut prendre des initiatives, multiplier les recherches ! »

Salinas appuyait ses propos de gestes amples. Ses mains carrées aux doigts musclés dessinaient de savantes arabesques dans les airs. Hippolyte suivait des yeux les lunules de ses ongles impeccablement manucurés. Il tenta une explication : « Justement, je m'intéresse de près à un cas remarquable, un ancien juriste qui...

– Bravo ! Voilà ce qu'il faut faire ! Aller de l'avant ! Se développer ! Dans la situation de concurrence qui est la nôtre, nous n'avons pas le choix ! Mais ça, le directeur des affaires médicales ne veut pas le comprendre !

– Le directeur des affaires médicales ?

– Oui, Mourron. Ce matin encore, il me disait : vous ne pouvez pas continuer d'emboliser des lits comme vous le faites avec des cas irrécupérables. Il faut que ça tourne. Comme s'il y entendait quelque chose ! Une aphasie de Wernicke, je vous demande un peu, est-il à même de juger ? »

Hippolyte avait pâli. Nous y étions. Salinas en venait au fait. C'était ça, le petit détail à régler. Un coup tordu dont il connaissait l'auteur : Martinel. Il avait dû demander au patron d'arbitrer leur conflit. Ce dernier fit mine de ne pas remarquer la décoloration subite de son collègue.

« Une aphasie de Wernicke, mais j'y pense, ce n'est pas chez vous, ça ? » La manœuvre était un peu voyante. Cependant, dans sa position, Hippolyte était tenu de ne pas s'en apercevoir. Il prit une profonde inspiration et répondit d'une voix égale : « C'est un de mes patients, en effet. Il s'agit du cas dont je vous parlais à l'instant...

– Ah oui, oui. Ce notaire de cinquante ans, un traumatisme crânien dû à une chute de cheval... »

Salinas avait lâché ces derniers mots négligemment, en déplaçant un dossier sur son bureau. Il savait depuis le début de quoi il retournait. Ses questions n'avaient été destinées qu'à l'endormir. Elles faisaient partie de la manœuvre d'encerclement. Du tournoiement d'oiseau de proie. Hippolyte comprit qu'il allait devoir jouer serré.

« Je crois que c'est un cas qui mérite d'être étudié avec attention, monsieur. Il apparaît à l'EEG qu'il réagit de manière significative au traitement par...

– Mais bien sûr ! C'est ce que j'expliquais à Mourron ! Seulement, vous connaissez ces administratifs, ils ne raisonnent qu'en termes de ratios. Au-delà de trois jours d'hospitalisation par malade, ils crient à la gabegie ! La rentabilité, il n'y a plus que ça qui compte ! »

Salinas avait tapé du poing sur son bureau. Il rugissait comme se doit de le faire tout patron défendant la qualité du service contre les impératifs de rigueur budgétaire. Hippolyte savait néanmoins que sa colère était feinte. C'était un trop habile manœuvrier pour ne pas intégrer la politique gestionnaire à sa stratégie personnelle. Hippolyte décida de jouer profil bas :

« Il est vrai que M. Houray est chez nous depuis près de trois semaines, cela finit par coûter cher... Peut-être faudrait-il envisager son transfert à Sainte-Anne... Voulez-vous que j'appelle Belgacem pour lui demander s'il lui reste de la place ?

– Chez les psys ? Vous n'y pensez pas ! Belgacem est nul en neuro, il va bourrer votre Alfred Houray de psychotropes et vous n'entendrez plus jamais parler de lui. Non, non, pas question d'envoyer votre bonhomme à l'asile ! »

Hippolyte conserva un visage impassible. Il avait tablé sur la vieille rivalité entre neurologues et psychiatres et, au-delà, entre l'hôpital général et l'hôpital psychiatrique. Son astuce avait fonctionné à la perfection. Comme tout prédateur, Salinas était jaloux de son territoire et ne cédait pas facilement du terrain à ses concurrents.

« Sachez que je vous soutiens à cent pour cent, poursuivit-il. Jusqu'à preuve du contraire, ce n'est pas Mourron qui fait la loi ici ! » Le patron laissait libre cours à sa fureur. Son ton était devenu glacial et coupant : « Vous pouvez garder votre patient dans le service aussi longtemps que vous le jugerez nécessaire. Vous avez ma parole. »

Hippolyte dévisagea Salinas qui braquait sur lui son regard perçant surmonté de sourcils broussailleux. Quelle victoire ! Non seulement Martinel avait échoué dans sa tentative de sabotage, mais il était désavoué sur toute la ligne. Le patron n'était peut-être pas aussi madré qu'il croyait, en définitive. Il l'avait sans doute mal jugé. Il le remercia et lui promit des résultats rapides dans son étude de l'aphasie de Wernicke.

« Je n'ai aucun doute à ce sujet, mon cher ! » lui répondit Salinas en le raccompagnant jusqu'à la porte.

Il avait retrouvé sa pétulance habituelle. Il lui serra la main à la broyer.

« Ah, j'y pense... ajouta-t-il alors qu'Hippolyte prenait congé. Vous m'avez bien dit que vous aviez ce CCM demain matin ?

– Oui, à neuf heures.

– J'allais oublier de vous en toucher un mot. Vous vous souvenez du projet de création de cinq lits supplémentaires dont je vous ai parlé le mois dernier ?

– Les lits spécifiques Alzheimer, c'est ça ?

– Voilà. J'ai finalement décidé d'appuyer ce projet. Je crois qu'il figure à l'ordre du jour de la séance de demain et comme vous êtes le représentant du service au sein du comité, je vous demanderai de le soutenir par priorité. Il est indispensable qu'il reçoive un avis favorable...

– Bien sûr. Vous pouvez compter sur moi.

– Je vous remercie, ma secrétaire vous communiquera le dossier demain matin avant la réunion. Maintenant, allez vous reposer, mon cher, je vous veux en pleine forme pour cette nouvelle bataille administrative ! Ah ! Ah ! Ah ! »

Et tandis qu'Hippolyte s'éloignait dans le couloir, il entendit encore la voix tonitruante de son chef de service retentir dans son dos : « Il faudra être vigilant, je crois que les gériatres sont aussi sur le coup. Mais j'ai confiance dans votre habileté de tacticien, cher collègue. Vous savez obtenir ce que vous voulez ! Ah ! Ah ! Ah ! »

Hippolyte laissa libre cours à un large sourire. Sacré Salinas ! Il avait tout compris ! Un brave type dans le fond. Et diablement perspicace !

Arrêt sur image

Lorsque Hippolyte arriva chez lui, il était tard. Son répondeur téléphonique affichait huit messages. Tous de Krist Kavaselic. Le premier disait : « Hippolyte ? Que se passe-t-il ? Qu'est-ce que c'est, cette histoire de tumeur, de balloche comme une paupiette ? On a été coupés, j'ai rappelé trois fois sur ton portable. *Srati !* Tu pourrais me répondre ! Je n'ai pas emporté tes coordonnées à l'hôpital. »

Les suivants allaient crescendo dans le soliloque et l'angoisse. Pauvre Krist ! Hippolyte l'avait complètement oublié. Son téléphone mobile était en miettes depuis qu'il était tombé dans la salle d'échographie. Pas étonnant qu'il n'ait pu le joindre.

Il composa le numéro de son ami. Il tomba sur l'annonce enregistrée de sa boîte vocale. Elle lui proposa de laisser à son tour un message. Il n'en fit rien. Impossible de tout expliquer à un enregistreur. La soirée était bien avancée. Krist avait dû se coucher. Il l'appellerait le lendemain dès qu'il serait levé.

Il se prépara un plat copieux de rigatonis aux crevettes. La faim lui tenaillait l'estomac et il lui fallait se caler pour la nuit. Maintenant que la voie était libre, il avait retrouvé tout son entrain. Il était en bonne santé, il jouissait de la confiance de son chef, ses recherches le passionnaient. Par-dessus tout, sa vie amoureuse le ravissait. Il ne voyait toujours pas pourquoi il avait quitté Mado, mais il ne s'attardait guère sur ce sujet. Redevenir amoureux lui communiquait l'insouciance caractéristique de ce sentiment juvénile. Il ne demandait qu'à s'étourdir de bonheur et ne voulait pas songer au lendemain.

De fait, ses échappées dans le passé lui réservaient encore des surprises. Il pensait tout connaître des modalités du voyage. La manière de le déclencher, la faculté d'en choisir le point de chute, l'impossibilité de rien modifier. Son ignorance était en réalité colossale. Ce qu'il avait appris n'était qu'une faible lueur dans les ténèbres qu'il lui restait à éclairer.

Ce soir-là, il allait élargir de manière considérable le rayon d'action de la lampe qu'il portait au front. Après avoir ingurgité son dîner à toute allure, il régla son réveil et dès que la musique se mit en route, il s'embarqua avec enthousiasme pour l'année de ses dix-huit ans sans se douter de la nouvelle découverte qu'il allait effectuer.

Ses paupières sont closes, sa bouche sur la sienne. Un parfum léger embaume sa joue à elle depuis le lobe de son oreille. Parfum vénéneux, parfum subtil qu'il laisse venir à lui. *Poison* de Dior, il le reconnaîtrait entre mille.

Elle se détache de ses lèvres.

Il ouvre les yeux. Ils se regardent avec un demi-sourire. Elle porte un tailleur noir. Dans l'échancrure de sa veste, un pendentif en argent miroite, un losange incrusté de deux émaux blancs. Ses cheveux aux reflets d'incendie tombent en mèches fournies sur ses épaules. Toujours cette beauté inadmissible, toujours cet éclat suffocant. Il cligne des paupières. Trop de lumière dans ce tableau. Trop d'étincelles à la surface.

Il saisit la tasse de café, en boit une gorgée. L'amertume de l'arabica lui emplit la bouche. Il pense qu'il ferait mieux de cesser de consommer ce toxique. Il prend une cigarette. Une Paco Rabanne, paquet gris métallisé. Le père de Mado est haut fonctionnaire au Quay d'Orsay et les achète en *duty free* au cours de ses voyages. Il se dit qu'il ferait mieux d'arrêter ce toxique-là aussi.

Il allume la cigarette avec un briquet.

Il entend avec une acuité étonnante la friction du barillet sur le métal. Une petite flamme jaune et bleue jaillit avec un bruit de réchaud à gaz. Le tabac grésille, le papier se consume. Il prend une bouffée et entend l'air qui s'engouffre dans le filtre, activant la combustion. Une saveur épicée se répand dans sa gorge et son nez. La fumée pénètre goulûment dans ses poumons. Les produits toxiques sont de merveilleuses inventions.

Ils sont réfugiés dans ce café. Le Carafon. Ils y ont leurs habitudes, leur table réservée. Ils sont connus des serveurs et de la patronne. Ils n'y viennent pas pour converser, mais pour se dévorer des yeux. On peut se parler côte à côte, dos à dos, dans le noir et même à distance. Cependant c'est assis face à face que l'on se contemple le mieux. Tous ces couples qui perdent un temps précieux en balivernes dans les bistrots !

Mado incline la tête sur le côté avec un sourire retenu, dans ce geste familier qui la rend irrésistible. Il lui adresse un clin d'œil et saisit sa main sur la table.

À cet instant, elle modifie sa position. Elle décroise les jambes. Ce mouvement fait remonter sa jupe et laisse apparaître la bande élastique noire de son bas. Un froissement d'étoffe, une fraction de seconde. Elle a tôt fait de rabattre le tissu, mais cela n'a pas échappé à Hippo. Image dérobée, émotion du dévoilement. La perfection en cette minute.

Hippolyte voudrait pouvoir répéter cette scène.

Et Mado modifie à nouveau sa position. Elle décroise ses jambes. Ce mouvement fait remonter sa jupe comme la première fois. Hippolyte entend distinctement le même froissement d'étoffe, un frottement de coton sur le bas en nylon. Elle rabat le tissu avec le même geste vif, un mouvement discret du poignet.

Il est intrigué. Il se demande ce qui se passe. Une impression de *déjà vu ?* Mais il est neurologue. Il sait à quoi s'en tenir à ce sujet. Le *déjà vu* n'est qu'un pseudo-pressentiment. Une perte du synchronisme des deux hémisphères du cerveau. Celui-ci enregistre l'événement une fraction de seconde avant qu'il soit perçu consciemment, d'où la sensation trompeuse de s'en souvenir. En l'occurrence, il ne s'agit pas de cela. Hippo ne s'est rendu compte de rien. C'est pour Hippolyte seul que le phénomène a eu lieu. Alors ?

Alors il lui a suffi de souhaiter que cela se répète et...

Et Mado décroise ses jambes. Quoi ! Sa jupe, la bande élastique, le bas, tout recommence. Quadrillage de fils noirs, nids-d'abeilles. Clair-obscur du bas nylon, mailles serrées du demi-jour, ombre de l'élastomère et soudain : pleine lumière. Le soleil de la peau, le grain doux, éclatant. L'épiderme sablé où roule le regard.

La beauté de cette minute. Que dit-il ? De cette infinité de minutes. Il peut les renouveler à volonté, à perpétuité s'il le désire. Tandis qu'il observe la scène pour la troisième fois, une idée lui vient. Une idée un peu folle. Se pourrait-il que...

Arrêt sur image.

Cette nuance sur le visage de Mado. Il ne l'avait pas remarquée jusqu'à présent. Un mélange d'assurance et de confusion. Un pli à peine perceptible au coin des lèvres. L'amorce encore inconsciente d'une manifestation de gêne qu'arrêtera bientôt la correction de sa mise. Mais, dans ses yeux, ses grands yeux où ne s'éteint jamais sa flamme verte, un éclat plus intime dément le signal qu'entend donner sa bouche.

Un éclat que seul Hippo peut décoder, un éclat où se tient la mémoire de leurs étreintes, de leur complicité, du désir qui les aimante. Tout cela dans un reflet, une lueur secrète sur le visage d'une femme amoureuse. Tout cela dans un tableau qu'il est seul à pouvoir contempler. Ah, Hippolyte, mon ami, tu es le plus heureux des hommes !

Mouvements de troupes

Benoît Mourron, le directeur des affaires médicales, parlait depuis vingt minutes. Un discours convenu, cuisiné à base d'enthousiasme managérial, de rotondités administratives et d'inévitables appels à la responsabilité de chacun. Hippolyte n'écoutait pas. La réunion mensuelle du comité consultatif médical venait à peine de commencer. Il y en avait pour la matinée.

Avant qu'elle ne débute, Sylvia lui avait communiqué le dossier sur lequel Salinas avait insisté la veille. Le projet de création de cinq lits supplémentaires pour accueillir des malades Alzheimer. Hippolyte avait du mal à se concentrer. Le voyage de la nuit précédente avait été éblouissant. Il avait le visage de Mado plein les yeux. Il fallait pourtant qu'il se ressaisisse. Il devait prendre connaissance des arguments avancés pour justifier la demande du patron.

Tout à l'heure, il aurait à défendre le projet et à se montrer convaincant. Il savait que ce ne serait pas facile. Ce n'était jamais facile. Le CCM était un lieu de pouvoir où s'affrontaient les appétits de clans et derrière eux les ambitions personnelles des huiles de l'hôpital. Chaque discipline y avait son délégué, chargé de défendre les intérêts de son service, et la plupart d'entre eux étaient là pour en découdre.

Hippolyte sentait l'influx nerveux circuler dans son organisme. Il traversait une période faste. Les nouvelles facultés qu'il s'était découvertes la veille dans le voyage temporel lui donnaient des ailes. Neurologue le jour, acteur-réalisateur du film de sa vie amoureuse la nuit, cela tenait de la performance.

Et il comptait bien montrer dans quelques instants de quel autre type d'exploit il était capable. Élu pour représenter sa discipline, il allait défendre sa discipline. Et comment ! Il devait bien ça à Salinas. Il allait tous les mettre dans sa poche, il allait les pulvériser à l'applaudimètre. Malheur à qui oserait lui porter la contradiction !

Un frémissement dans la salle le tira de son dossier. Le discours introductif du directeur avait pris fin et le président du comité, un allergologue assez falot, attribuait la parole en fonction de l'ordre du jour.

Le premier point concernait l'affectation des nouveaux internes. Alors que les propos de Mourron s'étaient accompagnés d'un léger brouhaha, un silence de plomb tomba aussitôt sur l'assemblée, révélant la tension que suscitait le premier sujet de débat.

Un ophtalmo demanda la parole pour revendiquer la nomination de deux internes dans son service, lequel était déficitaire en personnel médical. Un oto-rhino fit remarquer qu'il avait formulé la même demande et pour le même motif six mois auparavant, et qu'il n'avait pas été satisfait. L'ophtalmo hocha la tête et confirma qu'il s'en souvenait, mais que ça n'empêchait pas que son service était déficitaire. L'oto-rhino convint de la justesse de l'observation tout en se permettant de préciser que leurs demandes respectives n'étaient pas exclusives l'une de l'autre, puisqu'il y avait suffisamment de postes à pourvoir pour eux deux.

À cet instant, un pneumologue intervint pour signifier qu'il n'y avait pas de raison pour que l'ophtalmologie et l'oto-rhino-laryngologie bénéficient d'avantages qui étaient systématiquement refusés à la pneumo. Les deux confrères mis en cause réagirent aussitôt avec véhémence, rappelant que deux ans auparavant, c'était tout de même aux pneumologues qu'étaient revenus les nouveaux locaux alors qu'ils avaient dû, pour leur part, se contenter des anciens moyennant quelques rafistolages de fortune et, d'ailleurs, les bureaux n'avaient toujours pas été repeints.

Un radiologue saisit cette occasion pour attirer l'attention de ses confrères sur un problème accessoire, mais tout de même directement lié à celui dont il était question. Il s'agissait de la vétusté du matériel qui, affirmait-il, conduisait ses collaborateurs à travailler dans des conditions inadmissibles. Le pneumologue répondit qu'il se demandait bien pourquoi, compte tenu de l'affectation de crédits exorbitants dont jouissait depuis toujours la radiologie dans cette maison.

Un vieil hématologue opina du chef et rappela que lorsqu'il était arrivé dans cet hôpital trente ans plus tôt, il avait trois secrétaires et qu'à présent, sous prétexte d'informatisation, on lui demandait d'imprimer lui-même ses comptes rendus d'analyses.

Cette dernière intervention souleva un tollé général, cristallisant un mécontentement très largement partagé, et quand un pédiatre se lança dans un vibrant plaidoyer en faveur de l'augmentation des moyens pour la recherche, indiquant, par exemple, qu'il ne voyait pas pourquoi on ne lui offrait que des PC alors qu'il avait depuis toujours l'habitude de travailler sur des Mac, l'exaspération collective fut à son comble. Elle atteignit un tel degré de fureur qu'on eût pu se croire aux États généraux, le 19 juin 1789, à la veille de la Révolution française.

Le président, qui s'était contenté jusque-là de prendre des notes avec un pli soucieux entre les sourcils, fut dans l'obligation d'intervenir.

Il proposa d'ajourner l'affectation des internes.

Ce problème serait rediscuté le mois suivant. Une telle résolution conviendrait mieux à la sérénité des débats et avec un temps supplémentaire de réflexion, la décision serait prise de façon plus rationnelle, pour le plus grand bénéfice des usagers.

Cette proposition fut adoptée à l'unanimité. Chacun espérant négocier au mieux de ses intérêts en dehors de la voie officielle, tous se félicitèrent de son caractère démocratique et s'accordèrent pour reporter à plus tard une discussion qui serait probablement sans objet lors de la prochaine réunion.

Pendant cette première passe d'armes, Hippolyte était resté silencieux. Il avait travaillé son dossier. Lorsqu'il accomplissait ses études, une lecture très soutenue d'un cours lui suffisait pour le connaître. Cependant, cette faculté, qui avait le don d'épater son entourage, s'était progressivement dégradée et il lui fallait désormais accomplir un effort important pour mémoriser des données un peu techniques.

Cela n'avait guère d'importance. Le moment venu, il saurait retrouver l'information utile au gré de son inspiration.

Le comité abordait le second point à l'ordre du jour. Il s'agissait de la création d'un poste de praticien hospitalier en urologie. Les mêmes mouvements de troupes se mirent en branle. Le ton, d'abord courtois et empreint de l'habituelle civilité confraternelle, montait peu à peu jusqu'à atteindre une forme d'invective feutrée qui n'était pas sans rappeler l'usage du bistouri dans le cadre propret d'un champ opératoire.

Le président prenait des notes, un pli de plus en plus soucieux entre les sourcils. Plus il y avait de bruit et d'éclats, plus il écrivait. Il notait et notait. Son procès-verbal de réunion allait être du tonnerre.

Hippolyte demeurait en retrait. Il profitait de cette nouvelle échauffourée pour observer l'homme que Salinas lui avait désigné comme son futur adversaire. C'était un gériatre à l'air revêche et aux traits marqués. Il était chauve et accusait facilement dix ans de plus que lui. Il ne participait pas non plus aux échanges. Il semblait attendre son heure et se concentrer, le regard fixe, un pli amer au coin de la bouche.

Hippolyte se laissa aller à la rêverie. Il suscita l'apparition de Mado parmi ses collègues. Il la voyait allongée sur la table de la salle du conseil. Elle lui souriait en surimpression. Un sourire espiègle pour lui tout seul. Elle portait une robe Sonia Rykiel grenat avec coutures extérieures, qui moulait sa silhouette. Il posa mentalement sa main sur l'attache fine de sa cheville. Elle ne quittait pas son sourire enjôleur.

Quelle fraîche apparition !

Pendant ce temps, le débat sur le poste en urologie faisait rage. Il prenait la même tournure que le précédent. L'émeute était proche et le président griffonnait avec frénésie. Il prenait des notes, il prenait des notes. Impossible de l'arrêter. Il préparait un rapport explosif qui allait mettre le monde hospitalier à feu et à sang. Qu'est-ce qu'il griffonnait, ce président, avec son pli soucieux au milieu du front ! Quel esprit puissant ! Et tout ça, à partir d'une création de poste en urologie, ça allait être terrible !

Mais non. Finalement, il n'en fut rien.

La décision fut ajournée comme l'autre. Une transaction acceptable. Une sage résolution. Quelquefois, il est préférable de ne rien faire plutôt que de ne pas passer à l'action. Le président regarda sa montre. Il parut content. La réunion durait depuis bientôt deux heures. Ma foi, on avait bien avancé.

Il annonça le sujet suivant : « Proposition de création de cinq lits supplémentaires en neurologie. »

Hippolyte, qui était en train de caresser le genou de Mado, reprit conscience de la situation comme on tombe de son lit au beau milieu d'un rêve. Le corps doux de Mado, son sourire malicieux, leur joyeuse complicité, s'évanouirent à la seconde.

Devant lui, il n'y avait plus que les visages austères, compassés, méfiants, calculateurs, indifférents, moroses ou absents de ses collègues, les membres vénérables du comité consultatif médical.

Sur le ring

Hippolyte se ressaisit et fut immédiatement au maximum de son acuité intellectuelle. Il présenta à l'assemblée les arguments techniques qui justifiaient la demande du département de neurologie. Un exposé clair et concis qui fut écouté avec une attention respectueuse.

Le recueillement religieux qui accueillait ses propos était fait de sentiments mêlés. Il y avait de la considération pour sa notoriété sans nul doute et même, chez certains, une authentique sympathie, mais aussi pour beaucoup une part de flatterie calculatrice, de jalousie retenue, d'attente secrète du faux pas et de la chute.

Lorsqu'il eut terminé, un silence inhabituel se fit autour de la table et il put croire que la décision allait être entérinée sans objection. À vrai dire, il n'avait pas escompté un succès si facile. Dans ce genre d'opérations, on demande cinq lits avec l'espoir d'en décrocher trois et il est rare qu'on reçoive un avis favorable sans avoir à batailler. S'il obtenait entière satisfaction, quel triomphe ! Après un coup aussi fumant, Alfred Houray pourrait s'installer dans sa chambre avec ses rideaux, ses tableaux et ses meubles ! Ce crétin de Martinel allait en faire une jaunisse !

C'est à ce moment que le gériatre leva la main pour demander la parole. Le pli amer au coin de sa bouche s'était accusé. Il avait le teint grisâtre, l'air contracté et inflexible du type qui s'apprête à accomplir une exécution au profit d'une collectivité trop lâche pour s'en charger elle-même. Son visage exprimait néanmoins trop de dureté et de tension pour ne pas trahir une appréhension qui était sa faille secrète.

Hippolyte Sicher nota d'un coup d'œil l'ensemble de ces détails. Son intuition lui fit comprendre à la fois que la partie était loin d'être gagnée et qu'il disposait sur son adversaire d'un avantage considérable : son détachement dans la situation. Une forme de calme intérieur qu'il devait pour l'essentiel à sa deuxième vie avec Mado et qui lui assurait en la circonstance le contrôle parfait de ses émotions.

Le gériatre entama son offensive avec une sécheresse de ton et une précipitation qui révélaient sa nervosité. « Mes chers collègues, permettez-moi de m'étonner que l'on puisse envisager la création d'une unité de soins Alzheimer en neurologie alors que l'accueil de ces malades revient en bonne logique à la gérontologie... »

Il s'exprimait avec des phrases hachées, un débit rapide. Hippolyte observa qu'une fine pellicule de sueur couvrait son crâne chauve. Le pli de sa bouche se transformait en un rictus qui pouvait passer pour du mépris, mais qui traduisait en réalité le stress intense qu'il éprouvait.

Son intervention fut expédiée à toute allure. Il la conclut par l'argument qui représentait à ses yeux le missile définitif après lequel il ne devait plus rien rester du camp adverse :

« Dans l'intérêt de l'hôpital, la gérontologie doit hériter de ces lits supplémentaires. Je vous rappelle que mon service est le seul à prendre en charge la dépendance due au grand âge. Et donc le seul à recevoir un financement politique local au titre de la solidarité... »

En clair, l'argent public allait couler à flots. C'était un argument devant lequel on ne pouvait que s'incliner.

Ces derniers mots prononcés, le gériatre s'affaissa sur son siège avec le sentiment d'une victoire certaine et un soulagement manifeste d'en avoir terminé.

Cependant, il s'était découvert trop vite et avait brûlé toutes ses cartouches. Une erreur que le docteur Sicher n'avait pas commise.

Celui-ci redemanda la parole. Il démontra avec éloquence que l'intérêt prioritaire de l'hôpital était d'obtenir des résultats dans la recherche médicale. Dès lors, la question de l'affectation des lits Alzheimer ne devait pas être appréciée en fonction de la catégorie de personnes touchées, mais de la pathologie elle-même. Et qui pouvait se prétendre à la pointe des investigations en ce domaine sinon les neurologues ?

Il ajouta que son projet avait été validé par l'Agence régionale d'hospitalisation et qu'il avait obtenu l'écoute favorable de sa directrice. Ce dernier point était faux. Il n'avait rencontré cette dernière qu'à l'occasion d'un cocktail pour l'inauguration d'un pavillon d'obstétrique, deux ans plus tôt. Il savait cependant que ce genre de détail ferait mouche.

Il s'aperçut tout de suite de l'efficacité de sa contre-offensive. Le gériatre était livide. Il avait épuisé ses munitions et n'avait rien à rétorquer.

Il y eut un silence.

Le président avait le nez plongé dans ses notes qu'il finissait de compléter, toujours soucieux d'exactitude. Quelques collègues un peu las toussotèrent. Prévenant la décision d'ajournement que le président n'allait pas manquer de proposer, Hippolyte suggéra avec une fausse candeur que la question soit mise au vote « pour aller plus vite ».

Le président fut pris au dépourvu. Il jeta des regards égarés autour de lui. Sorti de la consignation des débats et de leur renvoi à des dates ultérieures, il était désemparé. Dans une assemblée démocratique bien comprise, tant qu'on peut discuter sans fin et prendre les véritables décisions ailleurs, on se demande quelle utilité peuvent avoir les scrutins.

Hippolyte profita des atermoiements du maître de séance pour pousser son avantage et prendre les choses en main. Il savait exactement comment procéder pour orienter la décision dans le sens qu'il souhaitait. Cela faisait des années qu'il observait les mandarins manœuvrer dans les réunions de ce genre. Il proposa un vote à main levée auquel personne n'osa s'opposer, car il était plus de midi, on n'avait prévu ni urne ni bulletins et tous avaient faim.

Volant la vedette au président, au risque du vice de procédure, il posa alors la question fatidique : « Je propose que le comité émette un avis favorable à la création de cinq lits Alzheimer en neurologie. Qui est contre ? »

Le gériatre, qui ne pouvait se déjuger, leva seul la main. Il était cramoisi. Personne n'avait osé le suivre.

Hippolyte ajouta pour la forme : « Qui s'abstient ? » Il n'y eut pas davantage de réaction. Alors, avec un sourire radieux, il se tourna vers le président et lui lança d'une voix forte :

« Vingt-cinq voix pour, une voix contre. La décision est adoptée à la majorité absolue, monsieur le président. »

L'ami qui déroute

« *Čudesan !* Hippolyte ! Comment vas-tu ?

– Krist ! Oh mon Dieu, je suis navré ! J'ai essayé de te joindre hier soir et, ce matin, ça m'est complètement sorti de l'esprit ! »

C'était le milieu de l'après-midi. Krist Kavaselic venait de surgir dans le bureau d'Hippolyte, hirsute et essoufflé. Ses pommettes étaient carminées, ses cheveux ébouriffés, son complet veston informe. Un pan de sa chemise sortait de son pantalon, son nœud de cravate bâillait pitoyablement. Il tenait une valise à roulettes à la main.

Lancé comme un boulet de canon (il était doté d'un embonpoint rondelet pour une taille très moyenne), il avait franchi le barrage qu'opposait d'habitude Sylvia aux malades en crise (crise d'angoisse hystérique, cela va de soi, ils étaient légion dans ce service à s'y adonner). Mais il fallait plus qu'une blonde fade à la voix monocorde pour arrêter Krist Kavaselic quand il avait une idée en tête et surtout quand il était inquiet.

Et inquiet, il l'était. À la manière slave. Il était entré dans le secrétariat médical en grenade dégoupillée. Il haletait. Il s'épongeait le front avec un mouchoir. Il avait demandé à voir le docteur Sicher, on lui avait répondu que sans rendez-vous, c'était impossible. Il avait manqué s'étrangler. Il avait lâché une bordée de jurons (en serbe), bousculé la secrétaire (en français) et fait irruption chez Hippolyte (en ami). Hippolyte était en consultation. Il recevait un de ses patients réguliers, un hypocondriaque diagnostiqué, persuadé d'entendre un bruit de métro à l'intérieur de son crâne.

« Mais que fais-tu là, Krist ? Et ton congrès à Cambridge, ça ne devait pas se terminer demain ?

– Tu me parles de mon congrès ! *Neverovatan !* Tu me parles de ces stupides conversations de salon sur la destruction probable de la planète, alors qu'il ne te reste plus que trois mois à vivre ! »

Le patient sursauta sur le fauteuil. Hippolyte se mordit la lèvre inférieure. Krist ne lui laissa pas le temps de répondre.

« Mon ami, quelle angoisse ! Cette rupture de communication ! J'ai cru qu'il t'était arrivé quelque chose. Je suis devenu fou, j'ai pris un avion tout de suite. Enfin, il m'a fallu d'abord trouver un chauffeur... et puis le type s'est perdu... deux heures de route pour atteindre Gatwick... mais dis-moi, qu'est-ce que c'est que cette histoire de balloche comme une paupiette ? »

Le malade sursauta une seconde fois. Il roulait des yeux effarés. Hippolyte tenta de détourner la conversation. Désignant la valise que Krist tenait à la main, il demanda : « Ne me dis pas que tu arrives de Londres seulement maintenant ?

– Je n'arrive pas de Londres, mais de Francfort.

– De Francfort ? Qu'est-ce que tu es allé faire à Francfort ?

– Bah ! L'avion a été dérouté, un incident technique.

– Dérouté vers Francfort, depuis la ligne Londres-Paris ?

– Non, sur la ligne Londres-Hambourg ! On ne déroute pas sur Francfort un avion qui va de Londres à Paris, sois un peu logique, voyons !

– Alors qu'est-ce que tu allais faire à Hambourg ?

– Attraper un vol pour Paris, pardi ! Tu ne réfléchis donc jamais, mon ami ! Tu crois qu'on trouve facilement une place dans l'heure sur les lignes directes ? Mais pourquoi tu m'as parlé d'une tumeur ? Tu as montré tes parties à un urologue, c'est ça ? Ces types sont des champions pour te flanquer la trouille. Si je te disais que ma prostate... »

Le patient commençait à s'agiter sérieusement. Ses yeux affolés allaient de Krist à Hippolyte et d'Hippolyte à Krist. Il empoignait les accoudoirs de son fauteuil, les jointures de ses doigts blanchissaient. Hippolyte décida de régler un problème après l'autre. Il coupa la parole à Krist et s'adressa à son malade : « Bien ! Monsieur Vinassan, je ne vais pas vous retenir plus longtemps... »

Il se leva, donnant le signal du départ. L'autre suivit le mouvement. « Je vous le répète, monsieur Vinassan. L'électroencéphalogramme et l'audiogramme sont clairs, il n'y a rien d'inquiétant. Vous avez ce qu'on appelle des acouphènes, une perturbation de l'oreille moyenne due probablement à l'usure des osselets. Rien de grave, en tout cas pas davantage que votre cécité du mois dernier ou que votre paralysie faciale de la Saint-Sylvestre ! Ah ah ! »

Le patient eut un petit rire affligé et modeste. Il se dandinait. Le docteur Sicher le poussa délicatement vers la porte.

« Je vous raccompagne, monsieur Vinassan, ma secrétaire va vous communiquer l'ordonnance. Du Lexomil, comme d'habitude, cela vous convient ? Allez, à bientôt, monsieur Vinassan, et le bonjour à madame ! »

Au moment de franchir le seuil, le patient, qui avait adopté l'attitude guillerette du paroissien au sortir du confessionnal, parut se souvenir d'un détail accablant. Son visage qui venait de se détendre s'assombrit à nouveau. Il fit volte-face et lança à son médecin un regard bouleversant :

« Mais vous, docteur, vous allez bien, au moins ?

– Moi ? (Hippolyte pensa à Krist qui se tenait derrière lui.) Euh, oui, oui, je vais bien...

– Alors, je vous reverrai le mois prochain, n'est-ce pas ?

– Mais oui, mais oui, ne vous tracassez pas ! »

Il referma la porte et revint vers son bureau. Il était embarrassé. Comment expliquer à Krist qu'il l'avait affolé pour rien ? Il tenta de gagner du temps :

« Rude retour en France, hein ?

– Ne m'en parle pas, mon ami. »

Krist se laissa choir dans un fauteuil en soupirant. « J'ai passé la nuit sur une banquette à l'aéroport de Francfort. Moleskine et éclairage au néon. Je suis fourbu.

– Dis-moi, Krist, est-ce que tu as entendu parler du tunnel sous la Manche ?

– Dis-moi, Hippolyte, est-ce que tu as entendu parler de la traversée de la mer Rouge ? Il est vrai que vous autres, catholiques, vous ne pratiquez plus beaucoup l'Ancien Testament. Les eaux se refermant sur les chars du pharaon, ça te dit quelque chose ? Eh bien, moi, tu ne me feras pas monter dans un train qui circule dans un boyau sous des millions d'hectolitres de flotte ! »

Krist épongeait son front humecté de sueur avec son mouchoir. Sa barbiche taillée en pointe, d'un noir de jais, tranchait avec la rougeur de ses joues.

« Et ta communication au congrès ? reprit Hippolyte. Ces fameuses turbines géantes ?

– *Nesrećno !* Tu me parles de machines à nettoyer l'atmosphère quand ton corps souffre le martyre ! Mon ami, tu penses bien que lorsque j'ai appris ta détresse, j'ai annulé ma conférence. Je suis parti tout de suite ! »

Krist avait les traits tirés, mais ce n'était pas seulement l'effet de sa nuit d'insomnie. Il portait les marques d'une réelle inquiétude. Hippolyte comprit qu'il ne pouvait lui révéler d'emblée la nature exacte de son problème médical. Il avait honte de lui-même, honte d'avoir perdu son flegme et de s'être montré si alarmant. Maintenant, la décence lui commandait de biaiser avec la vérité. Il fallait minimiser son diagnostic prématuré de la veille, atténuer l'effet d'annonce et attendre quelque temps pour apprendre à Krist qu'en réalité, ce n'était rien.

« Je suis très touché par ton amitié, Krist, vraiment. Tu sais, c'est une tumeur, c'est vrai. Hier, j'étais sous le choc. Je venais de l'apprendre. Mais le radiologue m'a rassuré : il n'a pas pu affirmer qu'elle était maligne. Il faudra des analyses complémentaires. J'ai bon espoir que...

– Il faut te la faire enlever, mon ami. Il ne faut pas attendre une minute. Je connais un bon chirurgien pour ce genre de choses. Tu veux que je l'appelle ?

– Krist ! Tu sais où nous sommes ? Je suis médecin ! »

Le Serbe eut l'air égaré une fraction de seconde. Il regarda autour de lui comme s'il ne savait plus s'il se trouvait sur un fauteuil en velours capitonné de Cambridge, sur une banquette en moleskine à Francfort ou sur un siège en cuir dans le cabinet d'un praticien hospitalier à Paris. Puis ses yeux cessèrent d'être vagues et il éclata de rire.

« *Izvinite*, mon ami, c'est la fatigue ! Je te fais confiance pour te soigner, bien sûr. Mais il faut te faire enlever cette saleté tout de suite. Pas de tergiversations, hein ?

– Non, évidemment, tu penses bien. »

Hippolyte éprouva un trouble passager. Allait-il devoir passer sur le billard par pure politesse, pour expier son péché d'exagération ? Une pensée lui revint, fredonnante et furtive : « Qu'est-ce que tu comptes faire, toubib, anesthésie générale ou anesthésie rachidienne ? » Elle s'éloigna aussitôt, sautillante et légère, dans un froufrou décroissant. Il préféra l'oublier.

« Pour le moment, tu as besoin de te changer les idées, reprit Krist. Écoute, aujourd'hui, je suis éreinté. Mais demain, vendredi, on fête la *slava* à la maison. C'était prévu pour mon retour de Cambridge. Viens à huit heures, tu verras la famille. Ça te fera passer un moment. »

À huit heures ! Encore un empêchement au voyage ! se dit Hippolyte. Décidément, malgré les résolutions qu'il prenait, sa vie amoureuse était sans cesse contrariée. Il sentit une petite torsion de son estomac. C'était avec Mado qu'il aspirait à passer tout son temps disponible. Cependant, comment résister au secours que vous apporte un ami ?

Alors, générale ou rachidienne ?

C'était le mois de février. La vie d'Hippolyte Sicher était bouleversée depuis près de quatre semaines. À aucun moment, pourtant, il ne tenta d'en formuler une explication acceptable pour son esprit scientifique. Il était comme un homme qui trouve un matin une porte donnant sur une caverne pleine de trésors et qui est trop ivre d'en explorer les ressources pour se demander comment elle a pu apparaître sur l'un des murs de sa maison. Quand il avait quarante-quatre ans, il menait son existence professionnelle avec l'enthousiasme invincible que l'amour étend hors de son territoire, sur toutes les régions que sa puissance contamine. Le reste du temps, il s'évadait dans l'éternel été de sa jeunesse.

Après l'épisode de sa frayeur médicale, il avait accompli un bond considérable dans sa maîtrise du voyage. Il avait appris à contrôler le défilement des images et à profiter mille fois mieux de la présence de Mado.

Un bonheur en appelant un autre, il avait remporté le lendemain une victoire personnelle en imposant la création de cinq nouveaux lits dans le service de neurologie. Salinas, aussitôt prévenu par téléphone, l'en avait chaleureusement félicité. Il pourrait désormais se consacrer en toute tranquillité à ses recherches sur l'aphasie de Wernicke. Martinel, son rival, était désavoué.

Depuis quelque temps, tout lui réussissait. Il avait l'impression que rien n'excédait ses possibilités et son appétit de vivre ne connaissait plus de limites. Il savait à qui il le devait. Il le devait à Mado, sa fée deux fois tombée du ciel. Sa tzarine perdue qui lui était revenue. Désormais, rien ne les séparerait plus, puisqu'il ne tenait qu'à lui de la rejoindre dans leur fraction de vie commune, soustraite au temps et à l'oubli.

À condition, toutefois, de rester en bonne santé.

C'est pourquoi Krist avait raison. Il devait se soigner.

Aussitôt après leur entrevue, il avait appelé un urologue de l'hôpital. Celui-ci l'avait reçu avec la plus grande amabilité en fin de journée et avait confirmé le diagnostic radiologique : kyste volumineux à l'épididyme. Ils avaient convenu de procéder à son extraction au plus tôt, c'est-à-dire dans quatre jours. Hippolyte passerait avant les autres patients, tôt le matin. Une fleur que l'on pouvait bien se consentir entre collègues de travail.

L'intervention était anodine, l'affaire serait réglée en quarante-huit heures. Il entrerait en chirurgie le dimanche après-midi, on l'opérerait le lundi matin. Le mardi, il serait sorti. Compte tenu du volume parasite à retirer, l'urologue préférait éviter une anesthésie locale. Il la jugeait insuffisante pour que l'opération soit parfaitement indolore.

Il posa donc la question que redoutait Hippolyte : anesthésie générale ou anesthésie rachidienne ? Il lui remit un document sur les risques opératoires. Il y avait un formulaire à signer pour attester qu'il en avait pris connaissance.

« Je suis désolé de vous imposer ça, mais la loi nous y oblige... Vous savez ce que c'est, la transparence médicale... Évidemment, je ne vous apprendrai rien sur la procédure anesthésique et vous pouvez attendre dimanche pour vous décider...

– Non, non, pas du tout. Autant régler ça tout de suite. »

Hippolyte avait retrouvé la force mentale qui lui avait fait défaut la veille. Il était motivé. Il n'avait plus peur. Il parcourut le document des yeux.

Alors, voyons, rafraîchissons-nous un peu la mémoire. Risques de l'anesthésie générale. Nausées, vomissements, choc allergique, asphyxie, arrêt cardiaque. Bien, bien, bien. Voyons un peu les risques de l'anesthésie rachidienne. Maux de tête, démangeaisons, paralysie, convulsions, arrêt cardiaque. Bien. Très bien.

Très très bien.

« J'imagine que, statistiquement, le risque d'accident opératoire est infime ?

– Moins de un pour cent des cas.

– C'est ce que je pensais, cela ne compte pas. »

Sauf quand on figure dans le un pour cent, pensa Hippolyte. Il faut bien que certains se dévouent pour remplir les statistiques.

Il sentit un léger picotement parcourir ses joues et sa nuque. Il tourna et retourna la feuille, relisant le texte en diagonale, tombant de mots contondants en phrases coupantes. Choc allergique. Coma. Arrêt cardiaque. Il se trémoussa sur sa chaise.

« Dites-moi, cher collègue, entre les deux solutions, quel choix difficile, hein ? Je suis tenté par l'une, je suis tenté par l'autre... » Il toussota. « Ah, j'hésite, je balance, je suis partagé...

– C'est tout naturel, vous voulez peut-être un jour ou deux de réflexion ? »

Hippolyte se raidit comme si la question avait porté atteinte à son honneur : « Mais non, pas du tout, pourquoi, pas du tout. » Il se replongea dans sa lecture. « Il suffit de procéder de manière rationnelle et logique.

Avantages, inconvénients. Après tout ce n'est pas si compliqué. »

Alors reprenons. Anesthésie rachidienne : on ne vous endort que le bas du corps, vous restez conscient tout le temps, pas de risque de mourir pendant votre sommeil. Un argument massue, extrêmement favorable.

Mais quand on vous opère des parties génitales, c'est aussi un peu humiliant. Vous vous retrouvez à poil, ventre à l'air, le zizi moribond, comme un taureau en fin de corrida et tout ça, au milieu des collègues et des infirmières qu'il faudra saluer dans les couloirs le lendemain. De quoi vous faire perdre à tout jamais votre crédibilité de docteur Sicher. Sans compter que vous entendez tout ce qui se passe et que vous avez le temps de méditer sur l'angoisse de la bête à cornes avant l'entrée dans l'arène.

Passons à l'anesthésie générale. Inconvénients ? Pour être franc, les mêmes : ventre à l'air, zizi moribond, même prestation scénique dans le rôle du morceau de viande sur la plaza de Toros de Madrid. Sauf que là, vous ne vous rendez compte de rien. Le chirurgien peut faire des passes à la muleta, les infirmières danser le boléro, vous ne le saurez jamais. Le même déshonneur, mais l'humiliation en moins. Une nuance subtile, un avantage appréciable.

Cependant, il y a un hic, il ne faut pas se le cacher. À force de vouloir pousser l'inconscience, on peut très bien ne pas se réveiller. Une mention dans une statistique en guise d'épitaphe. Voilà où peut conduire le manque d'humilité.

Il jeta un regard décidé à l'urologue. « Je choisis l'anesthésie rachidienne », dit-il d'une voix ferme.

Une voix ferme, mais humble.

Les anticorps, Hippo, les anticorps

Hippolyte était convaincu d'avoir fait le bon choix. Dans quatre jours, il serait débarrassé de son petit souci. Et il avait une autre raison de s'en féliciter. Avant même de quitter l'urologue, une idée lui était venue qui lui permettrait de combiner les avantages de l'anesthésie générale et de l'anesthésie rachidienne. Une idée géniale grâce à laquelle il ne serait privé de sa sensibilité que pour la moitié inférieure de son corps tout en étant inconscient de ce qui se déroulerait dans la pièce.

« Aurai-je la possibilité d'écouter de la musique ? avait-il demandé à son collègue.

– De la musique ?

– Oui, avec des écouteurs et un baladeur, pour m'aider à passer le temps.

– Ah ! Si vous voulez... Je n'y vois pas d'inconvénient. »

Et voilà ! Le tour était joué ! Il prendrait son lecteur MP3, il s'enverrait le morceau de Depeche Mode dans les oreilles et pendant qu'on le charcuterait, il serait dans les bras de Mado.

En rentrant chez lui, ce soir-là, il se réjouissait d'avoir eu cette idée astucieuse. Son contrôle des événements atteignait un degré qui en devenait presque effrayant. Il lui semblait disposer d'un libre arbitre dont il n'aurait jamais soupçonné auparavant l'existence. Pour la première fois, il menait sa vie comme il l'entendait avec la pleine conscience de le faire. Était-ce cette certitude nouvellement acquise ? Était-ce cette récente confiance en lui-même, cet empire qu'il croyait posséder sur sa destinée ? Mais Hippolyte devait accomplir cette nuit-là une nouvelle découverte qui tenait du miracle. La dernière qui lui paraîtrait positive dans son aventure.

Il rentra chez lui vers vingt heures. Il se prépara des fusillis au poulet et aux légumes rôtis accompagnés d'une infusion de verveine. Après le repas, il décrocha le téléphone, il s'allongea sur le canapé et régla son réveil pour le lendemain. Il glissa les écouteurs dans ses oreilles, se détendit et envoya la musique.

Il est dans sa chambre chez ses parents. Assis à son bureau, devant ses cours. La pièce est plongée dans l'obscurité à l'exception du faisceau violent d'une lampe articulée qui éclaire ses notes. Il règne dans la maison un silence surnaturel. Il ressent une lourdeur de la chair sous les yeux. Un engourdissement de tout son esprit. Il est cinq heures trente, c'est le matin. Son radio-réveil a sonné une demi-heure plus tôt. Une douche glacée, une tasse de thé vert de Yunnan, un comprimé polyvitaminé et au travail. Les examens partiels du premier semestre ont lieu dans une semaine. Il n'est plus temps de folâtrer.

Cela fait des jours et des jours qu'il mène cette existence de moine, cette vie de réclusion volontaire. Douze à quatorze heures quotidiennes de bachotage, parfois quinze. Des repas avalés à toute vitesse, un coup de fil éclair à Mado – pire qu'au parloir chez les trappistes – et le peu de temps qui reste, un sommeil à peine récupérateur vu l'état de tension nerveuse dans lequel il maintient son cerveau.

Il peine sur un chapitre du cours de biologie. Il relit pour la cinquième fois la même ligne. Sa fatigue est telle qu'il n'arrive plus à se concentrer. Il soupire. Et dire que ce n'est que sa première année d'études ! Il faut songer qu'il y en a dix autres qui suivent, au bas mot. Les gens s'imaginent que l'existence d'étudiant est une vie oisive, une période privilégiée. Pour les fumistes, oui, et les héritiers, il y en a. Mais pour les autres, que de privations, de claustration et d'angoisses !

Hippolyte écoute les méditations d'Hippo et s'en amuse. Eh oui, mon garçon, il faut se rendre à l'évidence. Les études supérieures, c'est de la vengeance institutionnalisée. Les vieux font payer aux générations montantes le fait d'avoir été dépouillés de leur propre jeunesse.

Quand le temps des épreuves est fini, quand on commence à pouvoir exister un peu, la trentaine est passée, l'insouciance s'est enfuie et l'on s'aperçoit que quelque chose est manqué qui ne reviendra plus. Plus de dix années perdues, la fleur de la jeunesse sacrifiée, à attendre un bonheur impossible. Car il sera forcément petit, forcément décevant, ce bonheur, mon garçon, tu peux en être certain. Après l'avoir poursuivi avec tant d'acharnement, tu n'imagines tout de même pas que tu vas y trouver ton compte ? Trop de rêve tue le rêve, c'est l'ironie tragique de toutes les grandes quêtes. Ne cherche pas ce que tu possèdes déjà !

Tu le comprendras plus tard, je peux même te dire à quel moment. Tu t'en rendras compte dans huit ans exactement. Deux ans après avoir quitté Mado. Un jour, tu trouveras dans une librairie un roman dont tu as souvent entendu parler et autour duquel tu tournes depuis longtemps sans te décider à le lire comme si, au plus profond de toi-même, quelque chose t'interdisait, pour ton mal ou pour ton bien, d'aller à sa rencontre.

Ce jour-là, tu ne sais pourquoi, tu l'achèteras. Tu le liras en une nuit, bouleversé. Il s'appelle *Le Désert des Tartares*. Un grand livre sur la douleur du temps. Dommage que tu ne l'aies pas découvert plus tôt. Ta vie en aurait peut-être été différente. Tu aurais su de quel bien tu étais le propriétaire.

Mais qui sait ? Tout vient à son heure. Tu avais peut-être besoin de gâcher ta jeunesse pour te croire autorisé à la vivre. Et maintenant, c'est moi qui en jouis à ta place depuis le balcon de mes quarante-quatre ans.

Ces pensées fusent chez Hippolyte, tandis qu'Hippo souffre sur ses cours. Elles ne l'atteignent pas. Il vient de relire pour la dixième fois la même ligne et ça ne veut toujours pas rentrer. Il soupire de plus belle. Trop de fatigue décidément. Son attention butine, s'évade, évoque le visage de Mado.

Hippolyte lui aussi s'ennuie. Il se dit qu'après tout, il n'est pas forcé de repasser par là. Puisqu'il contrôle le défilement du voyage, rien ne l'oblige à tout revivre. Autant se concentrer sur ce qu'il y a de meilleur. Sur la prochaine rencontre avec Mado, par exemple.

Aussitôt le cours du temps s'accélère.

Les images se succèdent à toute allure. Jour, nuit. Jour, nuit. Lever, travail, coucher. Biologie, chimie, philo des sciences. Jour, nuit. Jour, nuit. Enfin, petit matin froid de février, lever d'un bond, métro. Traits pâles, vêtements propres, cartable sous le bras.

L'heure des examens est arrivée. Il retrouve Mado devant l'amphithéâtre où se déroulent les épreuves. Un baiser tendre sur les lèvres, quelques mots d'encouragement. Elle est tendue comme lui. Après avoir émargé sur la feuille de présence, ils vont s'asseoir sur les bancs. Quelques instants d'attente encore. Arrivée des surveillants, distribution des sujets. Lecture du document.

Il se jette sur sa copie. Il a l'esprit clair et aigu. Il est en pleine possession de ses moyens. Au bout d'une minute, il relève la tête. Ce n'est rien, une petite défaillance de la mémoire. « La composition du plasma. » La réponse lui manque, mais ça va revenir. Il n'a rien laissé au hasard, ça va forcément revenir. Cependant, ça ne revient pas. Son pouls s'accélère. Il commence à s'inquiéter. Ça va revenir, bon Dieu ! Il faut que ça revienne !

Curieux, se dit Hippolyte. Il ne se rappelle pas avoir eu de trou de mémoire ni de difficulté au cours de ses examens de première année.

Hippo commence à paniquer. Il fouille les moindres recoins de son esprit. C'est un blanc sans appel. La formule du plasma lui échappe. Bien sûr, le docteur Sicher connaît la réponse. Il ne servirait à rien, hélas, de la souffler à son double de dix-huit ans. Celui-ci ne l'entendrait pas. Une règle inviolable du voyage dans le temps : la non-interférence du futur sur le passé.

Se pourrait-il qu'en toute bonne foi, Hippo n'ait pas appris ce cours-là ? Se pourrait-il qu'il ait oublié de le faire ?

Hippolyte décide d'aller vérifier.

Il fait machine arrière. Distribution des sujets, arrivée des surveillants, entrée dans l'amphithéâtre. Retrouvailles avec Mado, trajet dans le métro, petit déjeuner, sonnerie du réveil. Nuit, jour. Nuit, jour. Coucher, travail, lever. Nuit, jour. Nuit, jour. Philo des sciences, chimie, biologie. Les heures défilent à rebours. Les pages tournent à l'envers. Hématologie. Nous y voilà.

Hippolyte se revoit en train d'étudier la matière. Non, il n'a pas omis de le faire. Composition du sang. Cellules sanguines : hématies, leucocytes, plaquettes.

Alors quoi ? C'est un vrai trou de mémoire ? Impossible, je l'ai réussi ce foutu examen, je suis bien placé pour le savoir. Qu'est-ce que ça veut dire ? Allez, concentre-toi, Hippo, mon petit. Sois plus attentif. Écoute bien : plasma. PLAS-MA. C'est drôlement important le plasma. Sais-tu que c'est un liquide jaune et visqueux, sucré et salé, composé à quatre-vingt-dix pour cent d'eau et à dix pour cent de substances dissoutes ? Incroyable, hein ? Lis donc un peu mieux ces lignes !

Tu vois ce qu'il y a dans ces substances dissoutes ? Oh du glucose ! Oh des acides aminés ! Oh du cholestérol, des triglycérides, des sels minéraux ! Dingue, non ? Tu ne te serais jamais douté de ça, mon garçon ? Lis, lis encore. Lis mieux ! Tu as bien noté les déchets ? Cette saleté d'urée, cette saloperie de bilirubine ? Rien que les noms déjà, c'est dégoûtant. Des noms abjects, inoubliables.

Et regarde un peu au bas de la page, à côté de ce « je t'aime » qu'a griffonné Mado dans la marge, les protéines ! Protéines sériques, protéines fibrinogènes. Comme c'est beau ! Comme c'est poétique ! On dirait du Mallarmé ! Et les anticorps ! Sacrés anticorps, va. Impossible de les oublier, ceux-là. Regarde. Ils sont indispensables à la vie. C'est écrit en toutes lettres.

À côté du « je t'aime » de Mado.

Ça ne te crève pas les yeux ?

Quand il a fini de relire ce passage, Hippolyte refait défiler le temps en mode accéléré vers l'avant. Jour, nuit. Jour, nuit. Métro, amphithéâtre, distribution des sujets. Lecture du document. Hippo se jette sur sa copie.

Au bout d'une minute, il relève la tête. Aïe ! se dit Hippolyte. C'est donc irrémédiable ? C'est la catastrophe assurée ? Cependant, il replonge dans l'écriture. Nous disions donc : « Le plasma est un liquide jaune et visqueux, sucré et salé, composé à quatre-vingt-dix pour cent d'eau et à dix pour cent de substances dissoutes. Ces substances sont... »

Hippo noircit le papier sans la moindre hésitation. Sa plume file à un rythme effréné, peinant à suivre sa pensée. Hippolyte est fasciné. Il vient de se produire un événement capital.

Il est intervenu dans le passé.

Il a modifié l'ordre des choses. La règle de non-interférence n'est pas absolue.

Bien sûr, il n'a pas provoqué un événement nouveau qui n'aurait pas dû survenir. Il a seulement accompagné Hippo dans le sens du courant. Par un effort de volonté, il l'a rendu plus attentif à ce qu'il lisait au moment de ses révisions. C'est incroyable, mais il a réussi à lui communiquer un peu de cette conscience supérieure qu'il possède quand il voyage dans le temps.

Tandis qu'Hippo rédige sans faiblir une impeccable copie, Hippolyte tire les conséquences de ce qui vient de se produire. C'est pour lui une révélation foudroyante. À présent, il comprend tout. Sa mémoire irréprochable pendant ses quatre premières années d'études, ses brillants succès à chaque examen. Major de promotion à tous les coups. Son cursus universitaire lui apparaît sous un jour nouveau. Cette réputation qu'il avait de pouvoir réciter par cœur un cours entier, mot à mot, de la première à la dernière ligne. Cette faculté de concentration hors du commun. Tous s'en étonnaient et lui le premier. Maintenant, il en connaît la cause.

Il sait qu'à compter de ce jour, il ne passera plus en accéléré les révisions d'Hippo. Il sait qu'il étudiera avec lui, penché sur son épaule, et que plus rien, jamais, ne lui échappera. Il réussira chacune de ses épreuves sans coup férir. Il deviendra comme une machine. Une machine incollable, une machine infaillible.

Un homme qui ne connaît pas l'échec ?

De tua re dico

Quand Hippolyte arriva à l'hôpital le vendredi, il croisa Hamid-Georges qui passait le balai à réglette dans le couloir du service. « Bonjour, docteur », lui fit l'agent d'entretien avec un sourire à l'élastique où luisaient deux dents en or. « Bonjour, Georges », répondit-il d'un air distrait. Il songeait aux nouvelles opportunités qu'allait lui offrir sa dernière découverte : jusqu'à quel point pouvait-il infléchir le cours du passé ? Il s'éloignait déjà quand Hamid l'interpella : « Eh, docteur, vous remarquez rien ? »

Hippolyte se retourna et le dévisagea comme s'il tombait des nues. « Euh, non. Je devrais ? » L'autre pointa triomphalement son index sur sa tête. « La brillantine, docteur. La même que George Clooney dans le film des frères Coen. De la *Dapper Dan*, ça m'a coûté une fortune, je l'ai fait venir d'Amérique !

– Ah, formidable, Georges, formidable », répondit Hippolyte avec enthousiasme. Les cheveux frisottés de l'agent d'entretien formaient un casque moutonneux et luisant. Ils semblaient avoir bouilli dans un bac d'huile à frites.

Hippolyte s'esquiva et s'enferma dans son bureau. Il voulait réfléchir. Réfléchir au voyage. En supputer les possibilités. Payerdji, le neurologue clinicien de l'équipe, essaya de le joindre au téléphone. Il fit répondre par Sylvia qu'il était occupé et qu'il le rappellerait, ce qu'il ne fit pas.

Il demanda à sa secrétaire de décommander ses rendez-vous du début de la semaine suivante. « À cause de cette intervention chirurgicale, lui expliqua-t-il à l'interphone. Il vaut mieux que je le fasse tout de suite, j'en serai débarrassé. Oui, on me l'enlève lundi. Comment ça, c'est dommage ? »

Le matin, il reçut des malades en consultation et les écouta avec une faible attention. Il y avait bien un cas intéressant. Un syndrome de Münchhausen. Un homme de soixante-six ans qui simulait des symptômes neurologiques avec une force de conviction extraordinaire. En réalité, il cherchait à obtenir un statut de malade et à attirer l'attention. « Un produit de la déshumanisation moderne, pensa Hippolyte. Un déshérité du sentiment. » Ce pauvre type ne savait pas lui-même que le mal dont il souffrait n'était pas celui dont il se plaignait, mais celui qui le lui faisait inventer.

Hippolyte l'envoya chez Belgacem à l'hôpital Sainte-Anne. La neurologie ne pouvait rien pour lui et le docteur Sicher avait d'autres chats à fouetter.

Ce qui lui était arrivé la veille l'intriguait. Lorsqu'il voyageait dans le passé, pouvait-il exploiter sa faculté d'aller en accéléré d'avant en arrière pour obtenir de menus avantages, comme de noter les résultats du tirage du loto, par exemple, puis de revenir quelques jours auparavant pour se souffler les bons numéros à l'oreille ? Le problème, c'est qu'il n'avait jamais rempli une grille de loto de sa vie. Difficile d'imaginer qu'il puisse modifier les événements au point de susciter chez lui un comportement de joueur à la petite semaine qui l'avait toujours excédé chez les autres.

Alors un délit d'initié ? Oh, pas grand-chose, juste de quoi s'amuser un peu. Repérer dans le journal quelles actions boursières vont monter en flèche, revenir quelques jours plus tôt pour les acheter en masse à leur cours le plus bas et les revendre en bloc à leur cote maximale avant qu'elles ne s'effondrent ? « Complètement idiot », pensa-t-il. Il avait toujours eu la bourse en horreur. Si sa carrière lui avait procuré une réelle aisance, celle-ci n'avait représenté pour lui qu'une satisfaction secondaire qu'il n'avait jamais recherchée pour elle-même. En tant que tel, l'argent ne l'intéressait pas.

De plus, s'il avait été concevable de s'enrichir de cette manière dans le passé, les effets s'en feraient ressentir dans le présent. À cette heure, il serait multimillionnaire et il ne l'était pas. Il valait mieux laisser tomber ces idées stupides.

L'après-midi, il travailla avec Alfred Houray. Une longue séance, très décourageante. Il enregistrait tout sur un magnéto à cassettes. Le discours du notaire était entré dans une phase de dissociation maximale du signifiant et du signifié. Les réflexes de langage acquis en vingt-cinq ans d'activité professionnelle parasitaient son intention de communication et rendaient son propos inintelligible.

« Alfred, comment vous sentez-vous aujourd'hui ?

– Ouhla ! Faillite sur faillite ne vaut.

– Qu'entendez-vous par là, Alfred ?

– *Ex nuda pollicitatione non nascitur actio.*

– Bien sûr, bien sûr. Et ces séances avec l'orthophoniste ?

– *Res ipsa loquitur.*

– Je vois. »

Il ne voyait pas du tout. Il avait abandonné les langues anciennes en quittant le lycée. Il ne lui en restait rien. Certes, les études médicales exigeaient que l'on se gave de mots grecs et latins dès qu'on attaquait la pathologie et la pharmacologie, mais il ne s'agissait que d'une terminologie savante. Rien à voir avec les adages de droit romain dont étaient pétris les juristes à l'ancienne. Pas de quoi soutenir une conversation dans une langue morte.

Et puis quelle importance ? La conversation avec ce pauvre Alfred Houray n'avait ni queue ni tête. Un charabia impénétrable. Hippolyte avait le sentiment que cette profusion soudaine de maximes latines révélait une aggravation de son état. Sur le fond, pourtant, sur le fond... Il lui semblait qu'il voulait dire quelque chose.

Il observa le notaire, avec ses pommettes rouges et saillantes, son buisson de poils sur la lèvre supérieure. Il lui adressait un regard suppliant. Il tentait désespérément de se faire comprendre, c'était manifeste. C'est la fonction du langage qui est touchée, songea Hippolyte. La pensée non verbale est intacte. Il regarda tourner la bande dans l'enregistreur à cassettes. Il faut que je comprenne à quel moment il décroche.

« Alfred, j'aimerais pratiquer un petit exercice avec vous. Je vais énoncer des mots et vous allez essayer de trouver ceux qui s'en rapprochent le plus. Synonymes, mots dérivés, mots de la même famille, vous voyez ? Une sorte de test.

– *Testis unus testis nullus.*

– Si on veut. Allez, je commence. Parole ?

– *Para bellum.*

– Conversation ?

– *In te odia conversa.*

– Diction ?

– *De tua re dico.*

– Convivialité ? »

Alfred Houray cessa de répondre. Un voile tomba sur ses yeux et il parut se recroqueviller sur lui-même. Je n'aurais peut-être pas dû recourir à des notions abstraites, pensa Hippolyte. J'espérais déclencher une réaction en le préservant de tout contact direct avec le réel, en évitant de lui faire désigner des objets concrets, mais ce n'était pas la bonne méthode.

Il essaya une batterie d'autres mots : apéritif, biscuits, canapé, fauteuil, amis, dîner, téléphone. Il n'obtint aucun résultat. Le notaire ne sortit plus de son mutisme. Il avait l'air abattu et absent. Il ne paraissait plus entendre son interlocuteur. Hippolyte était fatigué. Il n'en tirerait rien aujourd'hui. Il décida de prendre congé. Avant d'interrompre la séance, il lui adressa encore quelques mots : « Quelle solution allons-nous trouver, Alfred ? Où se trouve la solution ? »

Cette fois, le petit homme lui répondit, d'une voix lointaine qui ne semblait pas lui appartenir : « *Uxor non est proprie socia sed mox erit.* » Tout aussi sibyllin que le reste, pensa Hippolyte.

« Bien, nous avons assez travaillé pour aujourd'hui. Nous reprendrons la semaine prochaine. Au revoir, Alfred. Saluez vos enfants de ma part quand vous les verrez ce week-end. » Il arrêta le magnétophone et quitta la pièce, tandis qu'une infirmière raccompagnait le patient jusqu'à sa chambre.

Deux petites questions

Il était dix-huit heures. Hippolyte n'assista pas au *staff* médical qui réunissait l'équipe du service pour un point hebdomadaire. C'était la deuxième fois en quatre semaines qu'il se défilait. Dans deux heures, il était attendu chez Krist pour cette fête familiale serbe. Impossible d'y couper. Son ami n'aurait pas compris sa défection et il lui devait quelques égards. Il était pourtant impatient de retrouver Mado et de poursuivre ses explorations. Pour se dédommager, il s'exonéra de cette réunion avec ses collègues et entreprit de faire le point pour lui tout seul.

La manière la plus intéressante d'user de ses pouvoirs de voyageur temporel serait d'embellir sa relation avec Mado. Pour ce qui le concernait, c'était inutile. Avec vingt-six ans de recul, tout lui semblait parfait. Toutefois, il pouvait améliorer son attitude envers elle. Connaître ses désirs à l'avance, les satisfaire avant qu'elle les formule. Le projet était magnifique, à la hauteur de son aventure.

Il tiendrait les propos qu'elle avait envie d'entendre, il adopterait le comportement le plus propice à chaque situation. Il lui suffirait de jouer de la fonction « retour rapide » pour corriger le tir à la moindre erreur. Il se soufflerait à l'oreille les mots justes, le geste qui convient. Oui, il allait être tout à elle, c'était bien le moins qu'il pouvait faire.

Un doute malgré tout l'assaillait. Cette ambition était-elle réalisable ? Par petites touches, par ajouts successifs de nuances sur la toile, il s'agissait finalement de modifier le passé. Au bout du compte, la modification risquait d'être considérable. Si le nez de Cléopâtre avait été plus court, comme l'avait écrit Pascal, toute la face de la terre aurait été changée. Et si son histoire avec Mado avait été plus belle encore ? Peut-être seraient-ils toujours ensemble ?

Il se souvint de la théorie des catastrophes soutenue par René Thom et de la formule célèbre d'Edward Lorenz : le battement des ailes d'un papillon peut provoquer un cyclone de l'autre côté de la planète. Oh, il fallait qu'il en ait le cœur net. Il avait hâte d'être à ce soir pour effectuer un essai. Pour tenter de modifier quelque chose !

À peine eut-il le temps de se réjouir à cette pensée que deux petites questions, deux questions insidieuses et méchantes, s'immiscèrent dans son esprit.

La première question arriva l'air de rien en gloussant. Dis-moi un peu, toubib. Tu as aidé le jeune Hippo à passer son examen de première année, c'est bien ça ? Alors, il y a un détail qui me chiffonne. Comment tes études médicales ont-elles pu être réussies grâce à la présence invisible du docteur Sicher, puisque pour devenir le docteur Sicher, tu devais d'abord réussir tes études médicales ? Un bon vieux paradoxe temporel, non ? Digne de Sprague de Camp ou de Philip K. Dick, tu ne trouves pas ?

Hippolyte néanmoins connaissait ses classiques. Et il n'aimait pas la science-fiction. « Pur déterminisme, se répondit-il à lui-même. Mais dans une boucle rétroactive. Mon futur conditionnait depuis toujours mon passé dans une causalité non linéaire. Il n'y a que dans le temps chronologique que les causes doivent nécessairement précéder les effets. Sur un autre plan, les règles sont différentes. Tous les spécialistes de physique quantique savent ça. »

Bien, voilà donc une question réglée. Et la suivante ?

La question suivante avait un côté beaucoup plus désagréable. Elle vint en ricanant. D'accord, toubib, d'accord. Laissons tomber les paradoxes temporels pour le moment, encore qu'ils pourraient te revenir dans le nez à l'improviste (sans doute un autre effet de la physique quantique). Mais ce sujet réapparaîtra à son heure, peut-être plus tôt que tu ne penses.

Oui, laissons cela, toubib, et voyons autre chose. Te rappelles-tu comme tes résultats universitaires sont devenus moins bons après ta quatrième année de médecine ? Oh, pas épouvantables, bien sûr. Tu es un garçon intelligent. Tu as toujours été bien classé, tu as pu choisir ta carrière. Cependant, tout de même, finies les places de major de promotion, adieu la mémoire infaillible. Est-ce que par hasard tu y verrais une explication plausible qui ne relève pas de la science-fiction ?

Hippolyte Sicher, à cette pensée, fut saisi de panique. Il avait très bien entendu la question perverse qu'il venait de se poser. Une question affreuse. S'il avait perdu sa mémoire infaillible au bout de quatre ans, c'est qu'il avait cessé de se pencher sur l'épaule d'Hippo.

Et s'il avait cessé de se pencher sur l'épaule d'Hippo, c'est qu'il avait cessé de voyager dans le temps.

La slava

Hippolyte arriva en retard à la *slava*, la fête du saint protecteur de la famille que les Serbes de la diaspora continuaient de fêter une fois l'an. Il n'y avait jamais assisté. Comme les Roumains et les Bulgares, les exilés de l'ex-Yougoslavie étaient jaloux de leur culture. Les étrangers n'étaient conviés à leurs rites qu'après avoir montré patte blanche. En l'occurrence, le statut de grand malade d'Hippolyte lui avait valu un passe-droit et même une convocation au titre de l'exubérante hospitalité slave.

« *Bajan !* Te voilà enfin ! s'était exclamé Krist Kavaselic en ouvrant la porte. Nous allions commencer les offrandes. » Il avait les joues fort rouges, elles contrastaient violemment avec le noir profond de son bouc. Hippolyte se demanda s'il n'avait pas pris un peu d'avance sur les libations. Il se reprocha aussitôt ce soupçon peu charitable.

Le petit appartement de Krist était envahi de personnes qu'Hippolyte ne connaissait pas : frères, cousins, oncles accompagnés de leurs épouses, un pope à barbe grisonnante et une femme âgée, au regard vif et au visage buriné : Mme Kavaselic mère. Tous l'accueillirent avec force sourires compatissants qui le mirent aussitôt mal à l'aise. Krist avait dû faire passer une circulaire sur son état de santé. Il était censé se trouver à l'article de la mort.

« Madame Kavaselic, enchanté », fit Hippolyte avec une courbette. Il se composait une mine de circonstance : une jovialité héroïque sur un fond de douleur. « Monsieur Kavaselic, monsieur Kavaselic, monsieur Kavaselic. » Ils s'appelaient tous Kavaselic là-dedans. Et chaque fois, il faisait une courbette un peu guindée. « Monsieur Kavaselic, monsieur Kavaselic, mon pope » (comment s'adresse-t-on à un prêtre orthodoxe, déjà ?).

La table était mise, joliment décorée, couverte de plats et de boissons. Des bougies allumées étaient plantées dans la nourriture. Curieuse idée. Le temps qu'on passe à table et tous les mets seraient nappés de cire. Il faudrait avaler ce coulis avec le reste des aliments. À ce moment, la jovialité héroïque sur un fond de douleur prendrait certainement tout son sens.

À la vérité, l'anxiété d'Hippolyte n'était pas feinte. Une pensée lancinante refusait de le lâcher. Pour quel motif cesserait-il de voyager dans le temps au-delà de sa quatrième année avec Mado alors qu'il en avait vécu deux de plus avec elle ? Serait-ce délibéré ou accidentel ? Allait-il choisir de revenir indéfiniment dans cette seule période pour une raison qu'à ce jour, il ignorait ? Ou bien – éventualité atroce qu'il ne pouvait considérer sans frémir – allait-il être *empêché* de poursuivre son expérience ?

Cette dernière hypothèse l'effrayait au plus haut point. Il se rendait compte combien il était vulnérable. Après tout, il ne savait rien du phénomène qui égayait sa vie. Le prodige était susceptible de s'arrêter d'un jour à l'autre et il n'était pas à exclure qu'il perde le don qu'il avait reçu.

Krist se dirigea vers la porte de l'appartement et l'ouvrit. Ah bon, on repartait ? Non, c'était le rituel qui débutait. Il fallait que la *casa* reste ouverte. Le maître de maison s'empara d'un pain d'offrande orné de neuf petites boules de pâte. Revenant sur le seuil, il l'éleva vers le ciel en invoquant les vivants et les morts de la famille Kavaselic. Il avait un visage grave que son ami ne lui connaissait pas. Les gens de sa famille l'entouraient et posaient tour à tour leurs mains sur l'offrande en murmurant des noms serbes. Tout cela paraissait beaucoup plus sérieux que Cambridge, l'Institut des sciences de l'environnement et les solutions au réchauffement de la planète.

Pendant ce temps, le pope s'activait avec un encensoir. De grandes fumigations autour de Krist et de sa miche de pain. Depuis le vestibule, Hippolyte contemplait la scène avec une curiosité qui lui fit oublier ses pensées maussades.

Un locataire de l'immeuble surgit sur le palier. Une expression inquiète se peignit sur ses traits. Il se détourna, se réfugia chez lui et poussa trois ou quatre targettes dont le claquement sec résonna dans la cage d'escalier.

L'assistance ne broncha pas. Après les offrandes, il fallut se signer par trois fois. Hippolyte ne s'y conforma qu'avec réticence, pour ne pas heurter ses hôtes. Lorsque ce fut fait, le pope dit quelques mots, probablement une prière, qu'Hippolyte ne comprit pas et tout le monde réintégra l'appartement. Les gens se massèrent autour de la table et commencèrent à se servir de l'alcool. Détail étonnant pour un apéritif, tous avaient l'air très concentré. Personne ne parlait. Quelqu'un fit passer un verre à Hippolyte. À un signal donné, chacun avala le sien, cul sec.

Il fit de même pour ne pas détonner.

Il comprit la raison des visages concentrés. C'était de l'hydrocarbure non raffiné. Un truc à deux cent quatre-vingt-dix degrés au moins qui lui ravagea la bouche et le gosier jusqu'au fond de l'estomac. Il s'accrocha à la table. « Survivre », fut la seule pensée qu'il fut capable de formuler. « Ne surtout pas allumer de cigarette. »

Lorsqu'il retrouva la perception de ses dents (pendant quelques instants, il avait cru qu'elles avaient fondu), il regarda autour de lui, convaincu de découvrir un spectacle de désolation. Corps agonisants, soubresauts des victimes, râles et suffocation. Vision de catastrophe industrielle. Bhopal, Inde, 1984.

Il fut surpris par ce qu'il vit. Aucun des convives ne semblait ému. Au contraire, ils faisaient à nouveau circuler la bouteille. Il eut un réflexe de panique quand il comprit qu'une seconde tournée figurait au programme. Il y en eut même deux autres, coup sur coup. Et impossible d'y échapper. C'était religieux. Rien à voir avec le plaisir, la soif, le libre consentement et ce qui a cours d'ordinaire quand vous allez passer un bon moment chez des amis.

Il rendit l'âme à deux autres reprises. Et peu après, il se sentit merveilleusement bien. Tout léger de la tête, avec de grosses plaques rouges sur les joues. Il était à l'aise à présent, dans son élément. Ses inquiétudes idiotes s'en étaient allées. Il était vivant, sacrebleu ! Il retrouvait Mado quand il voulait ! Et pour son tube digestif, il ferait dès demain une cure d'argile blanche. Ah ! Ces Serbes, quelle générosité, quel sens de la fête ! « Vous n'avez pas de violons et d'accordéons, demanda-t-il, la langue pâteuse. Comme dans les films de Kusturica ? »

Un cousin lui fit les gros yeux pour lui intimer l'ordre de se taire. Le pope marmonna quelque chose. Krist prit la parole d'une voix forte : « *Sâ sà màldàreascà, sà nu sà potoleascà !* »

Puis il alluma un grand cierge et ajouta : « Et maintenant, que la *sinisoara* commence ! »

Aussitôt, les convives se précipitèrent sur la nourriture en piaillant tous en même temps. La phase solennelle avait pris fin. La lutte pour la vie commençait autour de la table. C'était à qui arriverait à bloquer une place stratégique près des plats pour se remplir la panse tout en caquetant. Pas très différent des cocktails scientifiques, en définitive. Sauf qu'ici, il fallait sacrément aimer la cire fondue pour ne pas tomber d'inanition. Quant aux violons et à l'accordéon, on en était pour ses frais. Kusturica n'avait pas été invité.

La démarche vacillante, Hippolyte s'approcha de Krist : « Qu'est-ce que tu as dit tout à l'heure, avant d'allumer le cierge ?

– "Que cela s'accumule, que cela ne s'éteigne pas", c'est la formule traditionnelle de la *slava*. Une belle cérémonie, non ?

– Magnifique, Krist. Magnifique. Dis-moi, est-il possible d'avoir un peu plus de ce carburant pour navette spatiale qui nous a été servi au début ? »

Hippolyte gloussait en tenant la table d'une main et son verre de l'autre. Il but une nouvelle rasade de pétrole pur (et puis une autre) (et puis une autre). C'était étrange, ça lui rappelait une scène de sa jeunesse. Une soirée de réveillon, il y avait très longtemps. À l'époque, toutefois, l'hydrocarbure était coupé de coca.

Quelle fabuleuse soirée, il passa ! Il en oublia que c'était du temps perdu pour le voyage. L'alcool aidant, il avait retrouvé confiance dans son destin. Il était à nouveau convaincu que rien ne pourrait l'arrêter.

Sans le savoir, il atteignait pourtant l'apothéose de son expérience. Le point culminant après lequel tout ne serait que chute et dégradation. Lorsqu'il rentra chez lui sur le coup de minuit, il était passablement éméché, mais encore assez lucide pour vouloir mettre à exécution le projet qu'il avait conçu dans la journée. Il allait faire une tentative pour modifier le passé. Une tentative de plus grande ampleur que tout ce qu'il avait entrepris jusqu'à présent. N'importe quoi. Ce qui se présenterait. Il verrait bien, il improviserait.

Après avoir titubé en traversant l'appartement, il se laissa tomber sur son canapé et tandis que le vertige de l'ivresse faisait danser le mobilier, il déclencha la musique.

Cependant, il se trompa de morceau. Il reconnut rapidement les percussions sèches et inquiétantes de *Blasphemous Rumours*, le dernier titre du CD. Il se souvint que Depeche Mode, alors dans sa période prétechno, avait obtenu cet effet sonore en échantillonnant le bruit d'un briquet lors du frottement de la molette contre la pierre à feu. Il balaya cette pensée, une simple annotation jaillie de sa mémoire. Pour une fois, il ne s'arrêta pas sur le signe funeste que cet acte manqué pouvait représenter. Il corrigea son erreur, choisit la bonne chanson et la fit démarrer.

Juste avant de s'en aller, il eut un petit rire. Un rire d'abord hésitant, entre défi et excitation. Puis il lança à haute voix : « Hippolyte Sicher, mon ami, le passé t'appartient ! » Et il éclata de rire.

Pauvre, pauvre Hippolyte Sicher !

Schuss

La gare de départ d'un télésiège en bas de piste. De la neige tassée, brune, salie par de nombreux passages de skieurs. Un ciel bleu, limpide, rosissant à l'horizon. Le soleil vient de se cacher derrière les montagnes. Le soir tombe. L'air commence à devenir vif.

Ils se trouvent au Grand-Bornand, en Haute-Savoie. Ils sont arrivés la veille à la gare d'Annecy et ont pris un car pour monter à la station. Ils ont quitté Paris dès la fin de leurs épreuves du premier semestre. Une semaine aux sports d'hiver hors vacances scolaires. Ils ont les pistes pour eux seuls ou presque.

Il n'est pas équipé pour le ski. Il porte un jean, de grosses chaussettes de laine grise et par-dessus, un survêtement de K-Way bleu pâle et une gabardine imperméable. Les skis eux-mêmes sont antédiluviens. Des pièces de musée qui ont dû appartenir à des Vikings. Un peu trop longs, mais ce n'est pas le plus pittoresque. Ils n'ont pas de stop skis. Leur fabrication est antérieure à l'invention de ce dispositif qui permet d'éviter qu'ils ne s'échappent quand on déchausse au cours d'une chute. Pour éviter de les perdre, il faut les attacher aux chevilles par deux lanières de nylon.

Dans cet accoutrement, il ressemble à un Norvégien des hauts plateaux, pas du tout à un Parisien en vacances, et il en est très fier.

Mado, elle, porte une combinaison rose fuchsia qui met en valeur ses formes et dont le fuseau affine sa silhouette. Elle a une allure folle, fringante et tirée à quatre épingles, comme toujours. Une vraie Parisienne en vacances (il en est très fier aussi).

Ils terminent une descente et s'approchent de la gare du télésiège. Hippo fléchit ses jambes à gauche, à droite. Il se concentre sur les obstacles, les irrégularités du terrain. Il virevolte, il suit Mado, il la dépasse.

Hippolyte éprouve une drôle de sensation. Tout l'amuse, hi hi. La forme des skis, ses jambes boudinées, l'architecture métallique du télésiège, tout. Ce n'est pas dû seulement aux circonstances. C'est juste de l'euphorie, comme ça. Il se sent bien, heureux. Désinhibé.

Désinhibé, voilà, c'est le mot qu'il cherchait, hi hi.

Tout à coup, il comprend ce qui lui arrive.

Il a emmené avec lui son ivresse. Le verre de trop chez Krist Kavaselic. Il l'a emporté depuis le futur jusque dans son passé. Cela n'affecte pas le comportement d'Hippo. Mais les pensées de son passager clandestin s'en trouvent singulièrement débridées, hi hi. Hippolyte ne s'est jamais senti si insouciant. Que c'est beau d'avoir dix-huit ans quand on en a quarante-quatre !

Ils atteignent le bout de la piste. « Je suis fatiguée, dit Mado. Je crois que je vais rentrer. » Ils skient depuis le matin. Hippo est si enthousiaste qu'il n'a consenti à s'arrêter qu'un bref instant sur le coup de midi pour avaler un casse-croûte. Il n'avait jamais skié de sa vie, mais il a découvert qu'il avait ce sport dans le sang. Il a d'instinct trouvé la posture, il a le sens du mouvement. En quelques heures, avec les conseils de Mado, il a appris l'essentiel de ce qu'il faut savoir pour dévaler n'importe quelle pente. Piste bleue, piste verte, piste rouge. Et demain, les noires.

Et il n'a pas posé un genou à terre. Depuis le matin, pas une chute ! Un Norvégien des hauts plateaux !

« Tu veux rester encore un peu ? » demande Mado.

Oh ça, hi hi, je ne te le conseille pas, pense Hippolyte qui a son idée sur la question. Alors Hippo répond : « Non, non, ma chérie, je ne vais pas te laisser seule... » Voilà, mon petit, tu as raison. Ne la laisse pas seule. C'est plus raisonnable. Certains jours, il est bon de connaître ses limites.

Toutefois Mado insiste :

« Tu peux rester si tu veux, je sens que tu en as envie... »

Hippo marque un temps d'hésitation.

Ne fais pas l'idiot, mon garçon. Puisque je te dis que ce n'est pas raisonnable. Mon Dieu, ce qu'il peut être navrant. Pas un brin de jugeote, hi hi. Bon, allez, je compte jusqu'à trois. Un... Deux... Tr...

Hippo ne réagit pas. Il examine les télésièges qui prennent le virage au bord du quai, qui s'arrêtent un instant, se balancent, puis repartent à vide dans un bruit sec et métallique. « Fais une dernière descente, tu en meurs d'envie », répète Mado.

Hippo la regarde, il va dire quelque chose.

Clang ! Clang ! font les télésièges derrière lui.

Allez, Hippo, cesse ces enfantillages. Tu vois bien qu'elle dit ça pour te faire plaisir. Elle veut que tu l'accompagnes, bougre d'âne ! Je me souviens très bien, moi, de ce qui va arriver si tu t'entêtes. Mais tu ne vas pas le faire, hein, mon petit ? Tu te rappelles comme je t'ai aidé pour tes révisions. Le plasma, les anticorps, tu vois de quoi je veux parler ? Eh bien, c'est la même chose. Tu te laisses faire, tu m'écoutes et on n'en parle plus. Tu n'auras pas à le regretter, crois-moi. Je suis ta conscience, hi hi, ton ange gardien.

Mado possède néanmoins une force persuasive supérieure. Elle murmure à l'oreille d'Hippo : « Je t'attends au studio, à tout à l'heure. » Elle pose un baiser sur ses lèvres. Et elle s'en va. Alors Hippo s'approche du télésiège, se met dans la position du départ, se laisse tomber sur un banc, rabat la barre de sécurité. Il n'y a personne. Il est presque dix-sept heures. Les pistes ferment dans dix minutes. C'est la dernière remontée.

Hippolyte est brutalement dégrisé. Il l'a fait ! Il a grimpé dans ce fichu télésiège ! Impossible de l'en empêcher. Revenir en arrière et essayer encore ? Tenter à nouveau de le convaincre ? À quoi bon ? Il a tout fait pour que cela n'arrive pas, pour qu'il prenne une autre décision et cela n'a pas marché. Il commet l'erreur qu'il devait commettre, il va en subir les conséquences !

Peut-être a-t-il encore l'opportunité de l'éviter ? Chaque seconde est une alternative, un carrefour de virtualités. C'est le moment ou jamais de démontrer que l'histoire n'est pas écrite et qu'il peut la modifier.

Le télésiège atteint le terme de sa course. Un coup de reins et Hippo s'éjecte suffisamment loin pour ne pas être bousculé par l'engin avant son virage de retour. Il commence à faire froid maintenant. Le bleu du ciel s'assombrit. La montagne devient grise. À plus de deux mille mètres d'altitude, le sommet de la Pointe Percée se dresse en majesté. En bas, quelque part derrière les ombres noires des sapins, le village, et ici, la piste bien damée qui part en sinuant jusqu'à lui. Une piste rouge pour finir la journée.

Il tape ses mains gantées l'une contre l'autre pour les réchauffer. Un nuage de vapeur s'échappe de sa bouche. Il prend une profonde inspiration, puis, piquant la pointe ferrée des bâtons dans la neige, il s'élance.

Je t'en prie, Hippo, ménage-toi. La journée a été longue. Pense aux courbatures que tu auras demain. Le ski, c'est mauvais pour les articulations. Songe un peu aux rhumatismes dans vingt ou trente ans.

Cependant, Hippo en a dix-huit. Il n'entend pas les recommandations d'Hippolyte. Il est seul sur la piste. C'est la dernière descente. Il compte y mettre tout son cœur.

Hippo, tu es fatigué, tu ne t'en rends pas compte. Tu n'as plus les mêmes réflexes qu'en début de journée. Tu devrais ralentir un peu.

Il dévale la pente à toute allure. Le vent siffle à ses oreilles. Il enchaîne les virages à la godille, projetant des gerbes de neige sur les côtés. La vitesse, la liberté, le vent. Une sensation magique.

Je te dis que tu devrais ralentir, nom de Dieu, qu'est-ce que ça te coûte ? Tu peux bien suivre mes conseils pour une fois. Tu peux bien attendre demain pour un slalom géant. Oh ça va arriver ! Ça va arriver, nom de Dieu !

Hippo est sourd aux objurgations d'Hippolyte. Il n'y a plus que la vitesse, la blancheur de la neige qui s'éteint, cette lumière étrange, déclinante. Et aussi le silence de la montagne, le crissement des skis, le sifflement de l'air dans les oreilles.

Il voit une grosse bosse, une sorte de petit promontoire. Il fonce droit dessus. Le froid rend son nez et ses lèvres insensibles. Il rit intérieurement.

Tu es dingue ! pense Hippolyte. Arrête ça ! Arrête ça, tout de suite ! Tu vas t'en mordre les doigts, je te préviens !

Hippo aborde la bosse de front et décolle de son tremplin naturel. Un vol sur deux ou trois mètres, une suspension de deux secondes dans les airs. Une impression prodigieuse.

Malade ! Tu es complètement malade ! Arrête-toi tant qu'il est temps ! Mon Dieu, quand donc est-ce que cela va se produire ? Je ne m'en souviens plus. Rien ne ressemble plus à un bout de piste qu'un autre bout de piste. Oh, pas moyen d'empêcher ça ! Ça va arriver d'un instant à l'autre !

Hippo atteint une longue ligne droite, une perspective plongeante formidable. Il décide d'y aller tout *schuss*. Il met les skis dans le sens de la pente, fléchit les genoux, penche le thorax vers l'avant et cale les bâtons sous les bras. Il prend rapidement de la vitesse.

Attention ! hurle Hippolyte.

Il est trop tard. Hippo heurte une bosse dont la lumière incertaine de fin du jour a faussement aplani le relief. Il décolle et, sous l'effet de la surprise, se défait. Ses bras et ses jambes se désolidarisent. Il se déporte sur le côté et retombe sur le ski droit, le poids du corps portant à plein sur la jambe de réception. Ça y est ! pense Hippolyte.

Hippo ne pense rien. Tout va trop vite. Le ski droit en travers de la pente interrompt net sa glissade, tandis que son corps emporté par l'élan bascule vers l'avant. C'est la culbute. Une chute grandiose dans une volée de neige.

Il se relève aussitôt, tout étonné. Il n'a rien. Un véritable miracle. Pas de fracture, pas de contusion. Il se tâte le crâne, les bras, les cuisses. Il est intact. Les skis gisent à côté de lui. Les lanières attachées à ses chevilles les ont retenus à proximité. Sans elles, il aurait pu les retrouver des dizaines de mètres plus bas ou les perdre.

Il réenclenche les chaussures dans les fixations. Il remarque alors que son K-Way est lacéré sur le tibia gauche, à dix centimètres au-dessous du genou. Il l'a déchiré dans sa chute.

Il appuie du bout des doigts sur le tissu imperméable pour vérifier que les vêtements en dessous n'ont pas souffert. Le K-Way s'enfonce laissant apparaître l'épaisseur de la chaussette elle aussi déchirée.

« Flûte ! » se dit Hippo. Il accentue la poussée et la dépression sur sa jambe découvre alors non seulement le jean également sectionné, mais une bonne épaisseur de chair rose vif et, sous elle, un corps solide, blanc crémeux, qui pourrait bien être l'os du tibia. À peine a-t-il le temps d'entrevoir la profondeur de la blessure qu'une vague de sang surgit et submerge tout, chair, pantalon, chaussette et K-Way.

Il se saisit très vite le genou et serre très fort comme s'il pouvait interrompre le saignement.

Il est terrifié. Il est seul dans la montagne et il vient de se sectionner la jambe, probablement en retombant sur la lame du ski, plus coupante qu'un rasoir. Il n'éprouve aucune douleur, mais il sait que c'est l'effet du choc. Une insensibilité provisoire des terminaisons nerveuses autour de la plaie. Mon Dieu, que va-t-il lui arriver ? À quelle distance se trouve-t-il de la station ? Dans combien de temps passe le perchman qui ferme la piste ? Il ne va tout de même pas crever d'une hémorragie, seul, loin de Mado, quelle horreur !

Il va perdre connaissance.

Il sent qu'il va perdre connaissance. Oh pourquoi n'est-il pas rentré avec Mado, sa Mado.

Hippolyte ricane. Hippolyte est amer. Un peu tard pour avoir des regrets, mon garçon. Si tu avais voulu m'écouter, nous n'en serions pas là.

« Ne pas s'évanouir », se dit Hippo. Il s'efforce de se calmer. « Trouver du secours sans perdre une minute. » Il ramasse ses bâtons. « Même avec une hémorragie, j'ai le temps d'atteindre la station. Le plus dangereux serait de faire un malaise vagal et de me vider comme un poulet dans un coin de montagne. » Il reprend la descente doucement, tout doucement, en chasse-neige. « Surtout, me ménager, ne pas aller trop vite, respirer à fond. Pas d'effort excessif. »

Ah, c'est bien le moment, s'exclame Hippolyte. C'est vraiment la meilleure ! Il ne partage pas l'inquiétude d'Hippo. Il sait que la blessure, pour être impressionnante, ne comporte aucun risque vital. Il sait qu'il va réussir à rejoindre la station et qu'un toubib appelé en urgence viendra le recoudre. Et là, mes aïeux, quelle séance ! Il va déguster joliment !

« Bon, vous m'avez l'air sportif et en pleine forme, lui dira le médecin, un type enjoué, habitué des performances haute couture sur tout le domaine skiable. Vous pouvez vous accrocher à la chaise. »

Et pour s'accrocher, il s'accrochera. Une antisepsie à l'alcool à quatre-vingt-dix degrés dans une plaie profonde jusqu'à l'os, douze points de suture au crochet sans anesthésie. Eh oui, c'est comme ça, en Haute-Savoie. De la médecine alpine pure et dure. Dans la grande tradition des hauts plateaux norvégiens, rien à voir avec la montagne à vaches !

Et tout ça, parce que cette andouille n'a pas voulu entendre ses conseils. Tandis que son double de dix-huit ans descend la piste avec appréhension, les skis en /\, n'osant regarder sous son genou ce qui se passe, Hippolyte lui en veut terriblement. D'ailleurs, il va le laisser affronter les conséquences de ses actes. Il n'y a pas de raison qu'il subisse avec lui l'épreuve qui l'attend. Après tout, il y est déjà passé, merci bien. Puisque Hippo n'en a fait qu'à sa tête, il continuera de se débrouiller seul.

Adieu, mon petit. Sois grand, sois fort.

Et il passe en accéléré. Il reprend en lecture normale quand le toubib a fini de recoudre.

Hippo est tout fiérot maintenant. Il est rassuré, la jambe momifiée dans un bandage blanc. Mado le câline. Il lui raconte son aventure. Ah, quel joli héros, vraiment ! La fureur d'Hippolyte n'est pas passée. Si jeunesse savait, si vieillesse pouvait, dit le proverbe.

Lui, pourtant, il devrait savoir et pouvoir en même temps. Et ça ne marche pas !

Voilà ce qui le met hors de lui. C'est la leçon qu'il lui faut tirer de cette histoire : il est impossible de changer réellement le passé.

Il faudra que tout cela ait une fin, quoi qu'il arrive.

La fin de tout

L'aide-soignant poussait Hippolyte sur le lit à roulettes dans les couloirs de l'hôpital. Sous le drap, le docteur Sicher ne portait qu'une blouse blanche nouée dans le dos par deux cordons. Au lever, il s'était douché et enduit le corps de Bétadine comme on le lui avait demandé. Il portait au poignet un bracelet en plastique sur lequel était écrit : « M. Sicher Hippolyte, kyste épid. »

Un nourrisson dans une maternité.

Son degré d'autonomie était d'ailleurs presque identique. Depuis son arrivée, la veille en fin d'après-midi, il n'avait pas eu une minute de répit : inscription administrative, radio pulmonaire, prise de sang, visite de l'anesthésiste, passage des aides-soignantes (je me suis rasé tout seul, merci). Et ce matin, cette promenade à la romaine, allongé dans un lit, de couloir en couloir (pourvu qu'il ne tombe pas sur le patron, sur Payerdji ou sur ce crétin de Martinel ! Dans cette fâcheuse posture, il aurait l'air malin !).

Le lit s'engouffra dans le monte-charge. Destination bloc opératoire, section urologie. Il poussa un soupir de soulagement. Il ne risquait plus de faire une rencontre gênante (si l'on considérait que le fait d'être manipulé dans le plus simple appareil par une demi-douzaine de personnes soigneusement vêtues n'avait rien de gênant).

Au sujet de l'intervention, il n'éprouvait aucune inquiétude. Il atteignait une forme de sagesse qu'on n'avait plus connue depuis les derniers grands philosophes de l'Antiquité. Une sérénité en partie artificielle, due à la nuit de vrai sommeil qu'il avait passée (l'anesthésiste lui avait prescrit un comprimé de zopiclone, un somnifère radical) et à l'anxiolytique qu'on lui avait administré dès le lever (du diazépam, très efficace également, il se sentait aussi tendu qu'une méduse).

La zopiclone et le diazépam étaient des drogues révolutionnaires. Il les avait avalées sans faire d'histoire. Socrate buvant la ciguë n'avait pas dû montrer davantage de courage. Hippolyte était transformé. Hippolyte n'était plus le même homme.

Il avait confiance dans la médecine de son pays.

En réalité, son calme s'expliquait par sa conviction que tout allait bien se dérouler. Il avait reçu l'autorisation d'emporter son lecteur MP3. Au moment où le chirurgien opérerait, il serait ailleurs avec Mado. Et puis il disposait d'une information décisive. Jusqu'à sa quatrième année d'études, sa mémoire avait été infaillible. Cela signifiait qu'il avait revécu son passé au moins jusqu'à cette époque. Comme il était loin d'y être parvenu, il était impossible qu'il disparaisse ce jour-là. C'était mathématique.

Le lit fut poussé dans une salle de réveil et parqué dans un box. Il observa le moniteur multiparamètres posé sur une console. Il était éteint. En hauteur, il y avait un respirateur artificiel, les commutateurs et les sorties électriques habituelles.

On vint le chercher. Il fut transporté au bloc où on le fit glisser du chariot à la table d'opération. La salle était grande et nue. Il n'aimait pas beaucoup ce genre d'endroits. Dans un coin, il reconnut un défibrillateur cardiaque. Un engin auquel on n'a guère envie d'être présenté avant de passer sur le billard.

On ne le lui laissa pas le temps d'y réfléchir davantage. L'anesthésiste lui demanda de s'asseoir sur la table, jambes ballantes, et d'arrondir le dos.

« Vous ne sentirez rien », lui dit-il.

Hippolyte obtempéra. Ces anesthésistes possédaient un sens très sûr de la psychologie. Ils ne montraient jamais leurs instruments aux patients. Si ceux-ci voyaient la seringue, l'aiguille diablement longue et le cathéter servant à l'introduire dans l'épine dorsale, ils s'évanouiraient sur-le-champ. Tandis que là, on leur disait juste « vous ne sentirez rien », et on leur expliquait qu'on allait leur percer le dos et leur injecter un produit dans le sac méningé de leur colonne vertébrale (ça rassure les toubibs de tout expliquer rationnellement) (les toubibs ne sont pas des gens comme nous).

Hippolyte pensa deux choses. Il pensa qu'il était un toubib passé dans le camp des malades, ce qui du point de vue de la capacité à entendre certaines vérités rassurantes faisait une sacrée différence. Toutefois, il pensa qu'il n'en avait rien à fiche, parce qu'il avait rendez-vous avec Mado. Et ça faisait une sacrée différence aussi (mais ça, les autres malades ne pouvaient pas le comprendre) (les autres malades n'étaient pas des gens comme lui non plus, ce qui faisait qu'en définitive, Hippolyte n'était comme personne).

Il sentit une piqûre infime au milieu du dos, puis un frottement doux. Il crut entendre un léger bruit, semblable à la perforation d'une toile tendue. Il pensa que c'était l'effet de son imagination.

On le fit s'allonger. En quelques secondes, il perdit la sensibilité de ses jambes et de son bassin. La bupivacaïne accomplissait son œuvre. Encore une drogue révolutionnaire. Son organisme mettrait des semaines à l'éliminer, mais c'était formidable quand même. On allait le disséquer vivant sans qu'il s'en rende compte.

On installa le champ opératoire.

Il perdit tout savoir de ce qui se passait moitié sud.

Pour la moitié nord, en revanche, il était temps de prendre des mesures. Une infirmière mettait en place une voie veineuse de bon calibre sur son bras gauche. Un cathéter fut relié à une poche de sérum physiologique suspendue à un pied à roulettes. Un deuxième sachet rempli de liquide mêlait son contenu au premier dans un réseau compliqué de tuyaux transparents et de raccords. Il pensa qu'il devait y avoir un peu d'atropine là-dedans (un demi-milligramme si ses souvenirs d'anesthésiologie étaient bons). Encore une cochonnerie, destinée cette fois à prévenir un malaise cardiaque. Rien n'était laissé au hasard.

C'était vraiment formidable.

Formidable, mais perturbant. Le chirurgien venait d'entrer, tout vert, avec son ridicule bonnet de schtroumpf et son mouchoir en papier sur le nez.

« Bonjour, cher collègue, tout va bien ? »

Hippolyte émit une réponse confuse. Il aurait voulu s'enfouir sous terre. Le chirurgien disparut derrière le champ opératoire. Quel besoin avait-il eu de l'appeler « cher collègue » alors qu'il se trouvait dans cette posture odieuse et que derrière le rideau vert, il offrait à tout venant le spectacle de ses organes génitaux répandus comme sur un étal de fruits et légumes ? Il était temps de s'éclipser et vite.

De sa main droite, ligotée par le capteur de l'électrocardiogramme, il saisit le lecteur MP3. Les écouteurs étaient vissés dans ses conduits auditifs depuis son entrée au bloc. Il sélectionna le morceau et appuya sur la touche lecture.

Le rythme électronique démarra. Hippolyte avait les yeux fixés sur la coupole énorme du scialytique au-dessus de sa tête. Une lampe à lumière diffractée qui supprimait toute ombre portée sur le corps allongé en dessous.

Les premières mesures du morceau se succédèrent. C'était étrange, cet agencement de plans concaves et convexes sur cet appareil d'éclairage. Dans un instant, tout cela allait disparaître.

La voix du chanteur retentit, attaqua le couplet. Le plafonnier avait un éclat singulier, une lumière intense et homogène qui n'aveuglait pas. Hippolyte ferma tout de même les yeux. Le départ était imminent.

Le chanteur entonna le refrain.

À quatre reprises.

Hippolyte rouvrit les yeux. Le scialytique brillait au-dessus de sa tête. Le drap stérile du champ opératoire masquait la moitié inférieure de son corps. Une odeur de chair grillée atteignit ses narines. Derrière la musique, il entendit nettement la voix du chirurgien : « Je viens d'inciser, mon cher Sicher. Vous n'avez rien senti ? »

Hippolyte eut une sensation atroce. Comme un coup porté avec élan dans la poitrine.

Ça ne marchait plus. La musique ne produisait plus aucun effet. Il ne pouvait plus partir en arrière.

Depeche Mode chantait et chantait, le morceau se poursuivait et il était condamné à rester là. Condamné à demeurer dans le présent. Il imaginait le chirurgien derrière le rideau. Il l'imaginait appuyant sur la pédale de son bistouri électrique. Il voyait les écarteurs séparant les chairs. Il suivait l'intrusion du stylet, des ciseaux à disséquer, des pinces à griffes à l'intérieur. Oh mon Dieu, ça ne marchait plus ! Il sentit une douleur violente dans la région cardiaque, une aiguille à tricoter qui lui perçait les côtes. Il poussa un gémissement.

L'anesthésiste s'approcha. « Oh, j'ai mal », geignit Hippolyte, dodelinant de la tête. La voix du chirurgien se fit entendre : « Tu l'as bien sédaté au moins ? » L'anesthésiste vérifia le scope. « C'est rien », dit-il. Il manipula l'intraveineuse, ajouta un nouveau sachet sur le porte-sérum. « Je lui envoie une benzo en direct, ça va aller mieux dans une minute. »

Une grande torpeur envahit presque immédiatement Hippolyte. Il se sentit glisser vers le sommeil.

Un gouffre de tristesse et de désespoir d'où Mado était bannie à tout jamais.

TROISIÈME PARTIE

L'ouragan des jours perdus

Du sucre et des bulles

La plupart des gens consomment des boissons gazeuses, parce qu'elles sont un succédané de bonheur. Du bonheur en boîte, disponible pour moins de deux euros l'unité en bouteilles familiales, ou en canettes individuelles par packs de six ou de douze. Fraîcheur, intensité, vitesse. Joie des petites bulles qui montent et qui éclatent. Une certaine idée de la vie telle que la vendent les spots publicitaires.

Ce qu'on ignore généralement, c'est à quel point les publicitaires ont raison.

Le bonheur est *vraiment* une boisson gazeuse.

Vous en buvez une gorgée et il vous semble que vous n'aviez jamais su ce qu'était le plaisir de déglutir auparavant. Sauf que votre soif redouble aussitôt après et que vous avez beau avaler rasade sur rasade, aucun autre verre n'a plus la délicieuse fraîcheur, la renversante intensité du premier. Tout ce qui vous reste, c'est un souvenir sans cesse pâlissant de votre impression initiale que vous tâcherez de retrouver en achetant deux fois plus de bouteilles familiales ou de canettes individuelles par packs de six ou de douze.

Le caractère gazeux du bonheur n'épargnait pas Hippolyte Sicher. En quatre semaines, sans qu'il s'en rendît compte, son désir de retrouver Mado avait crû d'une manière exponentielle, beaucoup plus vite qu'il n'avait pu le satisfaire. Lorsque le phénomène du voyage temporel s'arrêta, d'une façon aussi subite qu'il avait débuté, il s'aperçut brutalement qu'il ne pouvait plus s'en passer.

Ce fut l'état de manque dans lequel il se trouva projeté qui lui révéla sa dépendance. Ce qu'il avait pris au départ pour une simple expérience, puis une évasion, enfin un bonheur fortuit, était devenu au fil des jours le cœur vibrant autour duquel s'organisait son existence et sans lequel désormais elle semblait devoir s'effondrer.

Il avait été opéré le lundi. Le lendemain, il était sorti. La reprise du travail étant prévue pour le jeudi, il disposait de deux jours de repos. Toute blessure d'honneur mise à part, il avait récupéré très vite et ne ressentait ni douleur ni fatigue. Le chirurgien lui avait fait des points de suture résorbables. Il n'éprouvait aucune gêne physique.

La catastrophe que représentait l'arrêt du voyage le plongea, en revanche, dans un amer désespoir. C'était donc déjà fini ? Le rêve était cassé. La merveille détruite. Il ne restait que ses quarante-quatre ans et le souvenir d'une vie désormais derrière lui.

Il se refusait à admettre l'achèvement de son aventure. Il lui était inacceptable d'avoir retrouvé Mado par miracle pour la perdre de cette façon. À aucun moment, il ne songea à chercher sa trace dans le présent. C'était lui qui l'avait quittée et son comportement de l'époque lui semblait un obstacle définitif à toute reprise de contact. Il ne concevait de la rejoindre que dans les années innocentes de leur jeunesse.

Revenu chez lui, il essaya encore plusieurs fois le morceau de Depeche Mode. Il devait cependant se rendre à l'évidence. Cela ne fonctionnait plus.

Il resta immobile pendant des heures, s'abstenant de répondre au téléphone, absorbé en lui-même, cherchant à comprendre. Peut-être ces saloperies qu'il avait avalées, cette zopiclone, ce diazépam et cette bupivacaïne qu'on lui avait injectée dans la moelle épinière, l'avaient-elles détraqué ? Tous ces toxiques provoquaient une destruction massive de neurones qu'on ne découvrirait que dans vingt ans quand les premières victimes commenceraient à perdre la boule et intenteraient des procès aux toubibs qui les avaient soignées. Et lui, Hippolyte Sicher, il s'en était aperçu avant tout le monde en raison d'un détail insignifiant, oh, trois fois rien : avant il était capable de remonter le temps et après, ça s'était arrêté, pas de quoi en faire un drame !

Il ruminait sa rancune. Ah, elle était belle, la médecine de son pays ! Ces reproches pourtant étaient injustes. L'anesthésie faisait un bouc émissaire facile. Il voulait comprendre et il n'y avait rien à comprendre. La magie s'était évanouie et c'était tout.

Sauf qu'il ne croyait pas à la magie. S'il n'avait pas pris la peine de chercher les causes de ce qui lui était arrivé, il n'avait pas pour autant cédé à la superstition. C'était un scientifique, nom de nom ! Tout phénomène avait une explication objective, il suffisait de la trouver. Parfois, c'était un peu long. Le cheminement intellectuel qui menait des premières intuitions à la découverte pouvait prendre des siècles. Cela ne faisait pas son affaire, car dans ce cas, un autre poursuivrait sans doute le voyage dans le temps à sa place (et il ne voyait vraiment pas ce qu'un autre pourrait fiche avec Mado) (ou plutôt si, il ne le voyait que trop bien et justement, c'était inadmissible).

Il était allongé sur son canapé. Le lecteur MP3 désormais inutile gisait sur le tapis. Il ne cessait de se répéter : « Je suis un scientifique ! Je suis un scientifique ! »

Même sa complicité avec Deneb avait pour lui une signification rationnelle. Il voyait dans son étoile une projection de son esprit, un symbole dont il se servait pour accéder aux ressources de son inconscient.

Alors, où était le symbole dans le voyage temporel ? Quel était le signe caché ? Je suis un scientifique, bon sang ! Je suis un scientifique ! Il s'en voulait de s'emporter ainsi. La colère obscurcissait l'entendement, il n'y avait rien de pire pour un chercheur. Les émotions, songea-t-il, réduisent la faculté de raisonnement. Quelquefois elles permettent aussi d'en dépasser les limites. N'était-ce pas une émotion musicale qui avait tout déclenché ? Un facteur essentiel soudain lui sauta aux yeux.

L'émotion faisait tout.

Il se redressa et s'assit sur le canapé. Il sentait la solution qui pointait. Elle n'était pas loin. Il ne fallait pas qu'elle lui échappe. Il ouvrit la boîte en bois peint posée sur la table basse et en retira une cigarette à l'eucalyptus qu'il alluma.

Voyons, réfléchissons. Qu'est-ce qu'une émotion sur le plan médical ? Une réponse physiologique à une excitation nerveuse. Une chaîne de réactions provoquées par des stimuli. Le cerveau reçoit une information et celle-ci détermine des sensations qui peuvent aller du bien-être au malaise en passant par les divers registres dont dispose l'organisme pour s'exprimer. La qualité de la réaction est liée à la qualité de l'information et souvent à sa nouveauté.

Il aspirait la fumée et la rejetait en soufflant comme s'il s'agissait d'un flux épais, presque solide.

La première fois que vous voyez une image choc au cinéma, vous éprouvez une émotion de surprise, de peur ou de plaisir. La deuxième fois, ce n'est déjà plus pareil. Et au bout de plusieurs répétitions, l'information reçue n'est plus assez performante pour exciter aussi fortement votre système nerveux central.

La même usure l'avait atteint avec le morceau de Depeche Mode (il écrasa le mégot). Il était devenu insensible au frémissement que la musique avait provoqué en lui au début (il attrapa une autre cigarette). À force de répétitions, la sensation lui avait échappé (il porta la cigarette à ses lèvres). Et cela se serait passé de la même manière avec n'importe quelle autre émotion (il gratta une allumette).

N'importe quelle autre émotion ? Il resta pétrifié un temps qui lui parut interminable, mais qui, en réalité, correspondit précisément à celui que met une allumette pour se consumer d'un bout à l'autre.

Il poussa un cri (de douleur).

Puis un autre (de joie).

Il venait de recevoir deux stimuli d'une importance capitale. Le premier lui apprenait qu'une réflexion scientifique prolongée peut conduire à se brûler les doigts en moins de temps qu'il n'en faut pour aboutir à une découverte. Le second que cet inconvénient est largement compensé par la satisfaction que procure la découverte en question. Bref, il avait trouvé quelque chose.

Il s'habilla en toute hâte et descendit dans la rue. Il se précipita dans la première parfumerie qu'il trouva. Il acheta un flacon et l'emporta sans le faire emballer. Il rentra chez lui en proie à une vive excitation. Il coupa le téléphone, s'enfonça des capsules en caoutchouc dans les oreilles pour ne pas être dérangé et alla s'asseoir sur le canapé.

Là, il déboucha le flacon et en versa quelques gouttes sur un mouchoir. Il s'allongea et pressa l'étoffe odorante, pliée en quatre, sous son nez. Oh ! Ce parfum ! *Poison* de Dior. Le parfum de Mado. Une senteur inoubliable.

Il perdit aussitôt connaissance.

Le pont des Arts

Il la tient dans ses bras. Sa fragrance subtile monte jusqu'à lui. Elle porte une jupe longue plissée, noire avec de gros boutons dorés sur la hanche et le long de la cuisse ainsi qu'un chandail gris anthracite. Ses cheveux coupés au carré laissent échapper deux boucles d'oreilles, des créoles en or qui brillent au soleil.

Le printemps, cette année, a de l'avance. Ils gardent encore sur le visage le hâle acquis au Grand-Bornand. Après son accident, Hippo a rechaussé les skis dès le lendemain. Il a dévalé les pentes avec autant de fougue, mais davantage de prudence : il n'a plus laissé Mado rentrer seule au studio.

Au terme d'une semaine d'activité physique, de fondues savoyardes et de conversations passionnées, ils sont revenus à Paris plus proches que jamais, prêts à reprendre leurs études. Ils se sont remis au travail. Et déjà, les beaux jours arrivent.

Ils se sont accordé un après-midi de promenade. Ils font halte sur le pont des Arts. Il la tient dans ses bras. Le soleil joue du tison sur sa chevelure. Un rai de lumière tombe dans ses yeux. Vert liquide à l'intérieur. Il est heureux, son cœur déborde de reconnaissance. Pour la vie, pour elle, pour tout. Ils viennent d'avoir une conversation importante.

Depuis cinq mois qu'ils se connaissent, ils se sont vus tous les jours. Maintenant, ils savent. Ils sont certains. Ils sont l'un pour l'autre. Les décisions officielles viendront plus tard, les communiqués de presse, les cérémonies solennelles. Mais l'échange des consentements a eu lieu en cet instant, sur ce pont de planches au-dessus de la Seine, sous le premier soleil du printemps.

Le docteur Sicher perçoit distinctement dans le cœur d'Hippo l'éclosion de cette fleur de jeunesse qui s'éveille à elle-même dans sa perfection. Tu ne sais pas la chance que tu as, pense-t-il. Tu ne mesures pas à quel point. Cependant Hippo ignore le bonheur, ce sentiment qu'on ne perçoit que de loin. Il est tout entier dans la joie qui en est la capture, comme un film photographique qui sera développé plus tard, sur le papier glacé du souvenir.

Ils se tiennent front contre front, s'offrant par ce geste la communion de leurs pensées. Merveilleux, se dit Hippolyte. Se comprendre sans avoir besoin de se parler. Être d'accord sur tout. Et moi qui suis là pour le vivre à nouveau, quelle merveille !

« Je rêverais d'avoir quatre enfants, murmure Hippo. Fonder une grande famille avec toi.

– Quatre, tu es sûr ? demande-t-elle. Il y a une nuance d'inquiétude dans sa voix.

– Je veux dire trois, se rattrape Hippo. C'est peut-être plus raisonnable dans un premier temps.

– Et même deux, ce serait mieux.

– Exactement, deux. Je voudrais avoir deux enfants avec toi. Une famille moyenne, c'est ce dont j'ai toujours rêvé. »

Ah ah, la jeunesse ! pense Hippolyte. La découverte de la différence. Les caractères se cherchent, s'ajustent. Il faut un temps d'adaptation.

« Nous aurons d'abord un garçon, dit Hippo.

– Oh oui, un beau petit garçon ! » s'écrie Mado.

Eh bien voilà ! Ce n'est pas difficile. Quand on s'aime, mes enfants, il y a toujours un terrain d'entente.

« On l'appellera Jonathan, ajoute Hippo.

– Non, François-Xavier, répond Mado.

– François-Xavier, tu crois ?

– Oui, oui ! (elle bat des mains). Tu veux bien ? »

Il l'observe. Il est perplexe. Elle lui adresse son sourire invincible. Il finit par concéder, en souriant à son tour :

« Oui, bien sûr. François-Xavier, c'est parfait. Un très joli prénom, il n'y a pas de doute. Et puis on a tout le temps d'en reparler (il préfère Jonathan).

– Il faudra prévoir une petite chambre pour lui dans l'appartement. Une chambre bien ensoleillée avec une frise bleue et des mobiles en bois verni.

– Dans l'appartement ?

– Oui, oui, l'appartement. J'en ai vu plusieurs à louer à Saint-Cloud, pas loin de chez mes parents. Une résidence toute neuve, adorable. Tu veux bien, dis ? (elle saute sur place, elle trépigne d'enthousiasme).

– C'est-à-dire que je... l'idée est intéressante, je ne dis pas non. C'est juste que...

– Que quoi ? (elle ne comprend pas ce qu'il veut dire).

– Que je nous aurais davantage vus au centre-ville...

– Eh bien, c'est parfait, Saint-Cloud, c'est central ! (tout s'arrange, elle paraît soulagée).

– Oui, Saint-Cloud, je ne dis pas, c'est une solution. Mais j'avais pensé que, peut-être, une fois nos diplômes en poche, nous aurions pu, comment dire ? Nous aurions pu aller nous installer dans une grande ville...

– Tu veux dire Paris ? (elle n'est pas sûre de comprendre, son enthousiasme tombe un peu).

– J'avais pensé à Londres.

– Londres ? Londres, en Angleterre ? (la stupéfaction se peint sur ses traits).

– J'ai toujours rêvé d'y vivre. On dit que la demande de médecins sera énorme là-bas d'ici dix ans. C'est une ville formidable, tu verras (il s'enflamme). On pourra trouver un appart à Soho ou à Kensington. Je t'emmènerai au *Dublin Castle*, un pub rock extraordinaire à Camden Town, la plupart des groupes y ont débuté. Et puis on ira au *Marquee Club*, 90 Wardour Street. Le *Marquee !* The Cure y a donné un de ses premiers concerts en 1979, tu te rends compte ? »

Elle ne semble pas très bien se rendre compte.

« Ça fait tout de même très loin de Saint-Cloud », dit-elle à mi-voix, le regard devenu lui aussi très lointain.

Il remarque la tristesse inexplicable qui vient de fondre sur elle. Il s'étonne.

« Qu'y a-t-il ? Tu ne te sens pas bien ?

– Non, non.

– Tu as froid ? »

Ils sont en plein soleil. Imbécile, pense Hippolyte. Triple buse. Il te faudrait un sonotone. Un sonotone du cœur.

« Non, non, ne t'inquiète pas, ça va », répond-elle, en se ressaisissant. Elle secoue la tête comme pour se réveiller et lui adresse un sourire rassurant (une nuance soucieuse demeure imprimée sur son visage). Il est pris d'une soudaine inquiétude : « Mais si, mais si. Je vois bien que quelque chose te tracasse... »

Elle semble hésiter. Il insiste, plein de bonne volonté : « Parle-moi, ma chérie, tu peux tout me dire, nous n'avons pas de secrets l'un pour l'autre... »

Elle se décide : « C'est que...

– Oui ?

– Je... je ne suis pas sûre d'aimer la musique autant que toi... »

Hippo s'esclaffe : « Ah ah ah ! Ce n'est que ça, ma chérie ? Ce n'était donc que ça ? »

Pauvre garçon ! pense Hippolyte. Pauvre, pauvre garçon ! Hippo la prend par les épaules d'un air protecteur, c'est-à-dire supérieur, c'est-à-dire, au fond, drôlement rassuré. Ce qu'il a eu peur l'espace d'une minute ! Il s'était imaginé qu'elle pouvait ne pas partager son enthousiasme. Mais elle est seulement intimidée. Gênée par l'ampleur de sa culture musicale. Il faudra qu'il fasse attention à l'avenir. Qu'il soit davantage à son écoute, qu'il se montre plus délicat.

« Tu as raison, lui dit-il. Je me suis peut-être un peu emballé (elle lui jette un regard vert d'espoir). Tout le monde n'est pas forcé d'aimer The Cure (elle bat deux fois des paupières). Il y a sûrement d'autres groupes que tu rêverais de voir en concert (elle a de très longs cils, ils viennent se poser en ailes d'oiseau sur ses pommettes).

Ce qu'elle est belle ! pense Hippo. Ce qu'il est bête ! pense Hippolyte. Comment peut-on être dénué de psychologie à ce point ? Quelle indigence affective !

Elle l'a écouté, timide, presque craintive. Elle se hasarde :

« Tu sais, à vrai dire, je crois que la musique, ce n'est pas si important pour moi...

– Allons donc ! fait Hippolyte en pouffant. Ce n'est pas possible !

– Si, si, je t'assure, je peux très bien m'en passer.

– Ho ho ho, tu veux dire que tu pourrais passer une journée sans en écouter ?

– Oui, ça m'arrive souvent.

– Souvent, souvent... tu veux dire de temps en temps ?

– Non, ça veut dire tous les jours.

– Ho ho ho, je ne te crois pas.

– C'est pourtant la vérité. »

Le rire d'Hippo s'étrangle. Il a le pressentiment d'un mystère phénoménal. Une de ces énigmes qui défient l'entendement comme celle du triangle des Bermudes, des statues monumentales de l'île de Pâques ou de la civilisation disparue des Atlantes. Il veut tirer cela au clair.

Vas-y, vas-y, pense Hippolyte. Continue dans l'autisme, mon garçon. Je suppose que je n'ai aucune chance de te faire entendre raison de toute façon. Va, va. Enfonce-toi.

« C'est impossible, reprend Hippo avec un hoquet de rire. Personne ne peut rester insensible, je ne sais pas, moi... à la prodigieuse inventivité des Clash, par exemple.

– Des quoi ?

– Des Clash ! Je t'ai fait écouter leur troisième album ! Tu m'as même dit que tu trouvais ça pas mal !

– Eh bien, j'ai dû trouver ça pas mal, en effet, mais je ne m'en souviens pas.

– Tu ne te souviens pas de *London Calling*, cette synthèse magistrale du punk, du reggae, du ska et du dub ? (il a les yeux comme des soucoupes).

– Non, je suis désolée » (elle bat à nouveau des paupières avec un sourire navré).

Hippo est consterné. Quelque chose lui échappe. Il y a sans doute un malentendu. Une erreur de fréquence. Ils ne doivent pas parler de la même chose. Il ne voit pas d'autre explication.

Tu ne la vois pas pour le moment, pense Hippolyte. Mais quand tu auras quarante-quatre ans, fais-moi confiance, tu sauras très bien la trouver. Allez, va, va, continue.

Et Hippo, en effet, ne renonce pas si vite. Il se lance dans une autre tentative : « The Police ! Ne me dis pas que tu n'éprouves rien quand tu écoutes *Bring on the*

Night, l'une des plus belles chansons jamais enregistrées ! Je te mets au défi de prétendre que tu n'es pas émue par la voix de Sting ! »

Dans trois ans, ricane Hippolyte. Dans trois ans, quand Sting se sera reconverti dans une variété raffinée pour *middle-class* internationale, tu la détesteras cette voix, ô combien ! Dans trois ans à peine, souviens-toi de ça !

Hippo cependant est loin de ces considérations. Pour le moment, il est abasourdi. Mado a coché les mauvaises cases pour toutes les réponses. Elle se tient blottie dans ses bras, comme par jeu, dans la posture de l'enfant qui cherche à se faire pardonner une faute. Il sent son cœur qui palpite contre sa poitrine. Leurs mains sont jointes, leurs doigts entrelacés. Elle lève vers lui son faisceau émeraude et laisse monter un sourire malicieux sur ses lèvres. Tout cela n'est pas si grave, mon Hippo...

Il éprouve une sensation étrange. Elle veut deux enfants, il en veut quatre. Son premier garçon s'appellera François-Xavier et le sien Jonathan. Elle désire un appartement à Saint-Cloud et lui le préférerait à Londres. Jusque-là, rien de sérieux, rien de contrariant. Toutefois, soyons lucide. Rendons-nous à l'évidence. La musique ne présente pour elle aucun caractère de nécessité alors que pour lui elle est indispensable.

Il l'observe tout près, si près qu'ils pourraient se fondre, s'absorber et ne faire plus qu'un. Deux passions dominent son existence : la musique et Mado. Et l'une serait exclusive de l'autre ?

Tout pour Mado

Hippolyte avait découvert un nouveau moyen de repartir dans le passé. Il avait substitué une émotion olfactive à l'émotion musicale. Chez l'être humain, l'odorat est le sens le plus inhibé et pourtant le plus puissant vecteur de souvenirs. Le parfum de Mado que, par un heureux hasard, Hippolyte n'avait rencontré chez aucune autre femme lui était demeuré associé dans son esprit. Le retrouver après tant d'années était donc une expérience aussi forte que l'écoute d'un disque oublié et son effet était aussi rapide : il le faisait plonger instantanément plus de vingt ans en arrière.

Il savait malgré tout que cette sensation finirait par s'émousser et que tôt ou tard, *Poison* de Dior n'éveillerait plus rien en lui. L'émotion s'évanouirait, tuée par l'habitude. Que lui resterait-il alors, après l'ouïe et l'odorat ? Le goût, peut-être ? Mais quelle saveur était susceptible de vous rappeler une femme à part celle de sa peau elle-même ? Alors, la vue ? Hélas, il ne possédait plus la moindre photographie de Mado. Elles avaient toutes disparu dans le cataclysme de leur rupture. Il s'en mordait les doigts à présent, mais qu'y faire ?

C'était le surlendemain de son intervention chirurgicale. Il méditait, assis dans un fauteuil. Il avait beau chercher les moyens de parer à sa prochaine défaillance, il aboutissait toujours à la même conclusion : il ne trouverait aucun instrument aussi efficace que ceux dont il avait disposé avec la musique et le parfum. Il avait donc la triste certitude que l'aventure allait bientôt prendre fin. Cela expliquait qu'il n'ait pu revivre son passé au-delà d'une période de quatre ans.

Ce constat le plongea dans une affliction profonde. Comment goûter encore au bonheur quand on le sait condamné à disparaître ? Pire : quand on peut en égrener le compte à rebours ? Il ne pouvait imaginer de reprendre sa vie habituelle, ses relations en pointillé avec Sylvia, ses voyages scientifiques, ses recherches, toute cette agitation qui, des années durant, avait meublé le vide qui l'habitait.

Une idée finit par lui venir. Un germe d'espoir. Il lui semblait que quelque chose pouvait être tenté. Non pour empêcher le miracle de prendre fin, cela paraissait inéluctable. Mais pour le prolonger.

Ce qui érodait l'émotion, c'était sa fréquence. Il disposait encore, pour partir, d'un certain nombre de billets dont il ne connaissait pas la quantité à l'avance. À lui d'en faire bon usage. Il fallait en finir avec les voyages à la sauvette. Même ses échappées nocturnes étaient trop courtes. Il devait chercher la rentabilité maximale de chaque déplacement, la plus longue durée à chaque fois. Pour cela, il avait besoin de se ménager des plages d'absence beaucoup plus importantes qu'elles ne l'avaient été jusqu'à présent.

Il décida de ne pas reprendre ses fonctions à l'hôpital. Sa peur de ne plus revoir Mado était telle qu'il était prêt à tout lui sacrifier. Rien ne comptait plus pour lui, sinon la voir aussi longtemps que possible.

Pour la semaine en cours, il prétexterait une fatigue postopératoire. L'urologue qui l'avait opéré ne ferait aucune difficulté pour lui signer un arrêt de travail. Un simple coup de fil suffirait. Le service n'aurait pas à en souffrir. Sylvia temporiserait en reportant ses rendez-vous. Salinas saurait se montrer compréhensif.

Ensuite, les choses pouvaient se corser. S'il n'avait pas repris son activité le lundi suivant, il faudrait reporter le poids de sa clientèle sur ses collègues. Non seulement les consultations ponctuelles, mais les suivis d'hospitalisation. Ça ferait les pieds à Martinel, il ne voyait pas d'inconvénient à le charger à bloc. Cependant, Payerdji lui était sympathique et cela lui posait un problème de conscience.

Ses remords furent néanmoins de courte durée. Tous les arguments cédaient devant Mado. Il n'y avait qu'elle. Elle seulement. Et rien d'autre. On verrait bien ce qui se produirait.

En début d'après-midi, il prévint l'hôpital qu'il ne reprendrait ses fonctions que la semaine d'après. C'était un mercredi. Il avait au moins cinq jours devant lui. Il entama aussitôt les préparatifs. Ce qu'il s'apprêtait à faire ne s'improvisait pas.

Il s'organisa comme s'il allait soutenir un siège. Son corps serait l'ennemi. L'environnement, il en faisait son affaire. L'hôpital était neutralisé. La concierge serait prévenue qu'il partait en voyage, elle ne viendrait pas cogner à sa porte. Sa ligne téléphonique serait mise hors-jeu, sa sonnette débranchée. Il veillerait à programmer le thermostat pour éviter toute variation de température. Il laisserait les rideaux tirés de nuit comme de jour. Enfin, il porterait des capsules de caoutchouc dans les oreilles pour l'isoler de toute perturbation sonore.

Entre le monde extérieur et lui, le mur d'enceinte serait infranchissable. Mais entre lui et lui ? Comment se garantir des rappels à l'ordre de son propre corps ? Il y avait certaines nécessités physiologiques auxquelles il était difficile de se soustraire. La nutrition serait le premier obstacle. La fonction éliminatoire le second. Il s'agissait ni plus ni moins d'obtenir la mise au point mort de son organisme.

Il savait comment y parvenir.

Il allait se bourrer de drogues. Des drogues légales, vendues en pharmacie. Il fallait, pour les obtenir, des autorisations spéciales, mais il présentait toutes les qualifications requises.

Il partit sur-le-champ faire ses emplettes. Il éprouvait un sentiment exaltant de violence intérieure. Son corps lui-même, son corps dont il prenait soin depuis sa jeunesse, ne lui résisterait pas. Il n'y avait que Mado.

Mado seulement. Et rien d'autre.

Au diable la naturopathie, au diable ces sornettes ! Si les tisanes permettaient de voyager dans le temps, ça se saurait ! Il se sentait libéré de ses idées anciennes. Un homme qui avait survécu à une prise simultanée de zopiclone, de diazépam et de bipuvacaïne pouvait se considérer comme réconcilié avec les stupéfiants de toute nature.

Il marchait dans la rue, bouillant d'impatience. Il fit quelques achats à l'épicerie. Des conserves, des plats à cuisson rapide et à haute valeur nutritive. Il se procura le principal à la pharmacie du quartier. La pharmacienne à mise en plis l'accueillit avec un large sourire. Un sourire spécial Hippolyte Sicher (c'était une admiratrice, elle lui avait fait dédicacer son livre).

« Bonjour, docteur Sicher, deux cents grammes de millepertuis, un flacon d'anti-nerveux et deux boîtes de vitamines comme d'habitude ?

– Non, aujourd'hui, ce sera différent. Aujourd'hui, ce sera sibutramine, 10 mg, deux boîtes, et lypressine 20, quatre boîtes. »

La pharmacienne en avait eu le souffle coupé. Un puissant anorexigène indiqué pour le traitement de l'obésité et un antidiurétique prescrit dans les cas de diabète insipide. Deux produits aux effets dévastateurs, délivrés exclusivement sur ordonnance, dont l'administration était soumise à une surveillance médicale des plus rigoureuses. Et il les voulait dans un conditionnement à haut dosage.

Elle avait accusé le coup. Sa mise en plis avait paru en souffrir, ployant comme douchée sous l'effet de cette commande. Il l'avait fixée droit dans les yeux, d'un air ferme. Elle n'avait pas osé lui demander l'ordonnance.

Il avait regagné la rue Gay-Lussac à grands pas. Cette fois, il ne s'agissait plus d'accomplir de petites incursions dans le passé. L'immersion allait être totale.

Mado, Mado.

Mado seulement. Et rien d'autre.

Il gravissait l'escalier qui menait à son appartement quand une pensée émergea dans son esprit. Une pensée à laquelle il n'osait croire. Désormais il ne revivrait que les instants passés en compagnie de Mado. Dès qu'il se retrouverait seul, il irait en mode accéléré. Tant pis pour les révisions d'examen. Hippo se débrouillerait comme il pourrait pour les réussir.

Il voyait tout de suite la portée de cette décision. Cela expliquait que ses résultats universitaires soient devenus moins bons par la suite. Donc ?

Donc rien ne prouvait qu'il n'ait pas été capable d'aller jusqu'au bout. Au contraire, les nouvelles dispositions qu'il venait de prendre le lui laissaient espérer. Après on verrait, après il n'y aurait plus rien. Il aurait au moins la consolation d'avoir tout revécu une seconde fois.

Oh Mado ! Mado ! Mado seulement !

Et rien d'autre.

D'amour et d'eau fraîche

Neuf jours plus tard, Hippolyte fut dans l'obligation de sortir de chez lui. Il avait accompli des plongées successives de près de trente-six heures chacune. Des périodes énormes où son autonomie n'avait été acquise qu'au prix d'une violence extrême faite à son corps.

Grâce aux médicaments, il obtenait le blocage presque complet de ses fonctions organiques. Il s'en administrait des doses massives. La sibutramine était un coupe-faim redoutable. Il lui suffisait d'en avaler deux gélules jaunes et bleues à chaque prise, le double de la quantité recommandée, et il n'éprouvait plus la moindre sensation de faim pendant un jour et demi, parfois plus. Et quand il mangeait, la sensation de satiété était immédiate. Il éprouvait une lourdeur d'estomac, son œsophage semblait se rétrécir. Il ne pouvait plus rien avaler.

La lypressine avait, quant à elle, la propriété de provoquer la réabsorption d'eau libre dans le tubule rénal. Sa vessie se remplissant moins vite, la nécessité de se soulager devenait moins fréquente. Il utilisait le produit en traitement d'attaque : quatre-vingts milligrammes par prise, huit fois la dose usuelle. Il buvait modérément pour étancher sa soif et éliminait peu. Il ne voulait pas savoir ce que devenaient ses reins.

Des voyages de trente-six heures en temps local. Des mois de vie avec Mado. Cela méritait quelques sacrifices.

En neuf jours, il ne revint à lui que cinq fois. Il réduisait ce retour à la réalité au strict nécessaire. Il se douchait, se changeait, avalait quelques bouchées d'une boîte de conserve ou d'un plat cuisiné vite réchauffé. Il en jetait la majeure partie. Et il repartait.

Lors de son quatrième retour, il se rendit compte qu'il avait dépassé de trois jours la durée annoncée de son absence à l'hôpital. Il devait reprendre le lundi et l'on était dans la nuit du mercredi. Il vivait de si longues périodes dans le passé et de si courts moments dans le présent qu'il en avait perdu la notion du temps. Une crampe d'estomac très douloureuse venait de le réveiller. Il savait qu'il suffirait de peu pour la faire disparaître. L'ingestion d'une faible quantité de nourriture susciterait une nausée immédiate. Ses sensations digestives étaient complètement déréglées.

Lorsqu'il vit la date sur le calendrier, il se souvint qu'il était neurologue, qu'il avait des patients, un poste à l'hôpital et quelques responsabilités. Ces trois jours d'absence inexpliquée avaient dû faire souffler un vent de panique sur le service. Son téléphone était débranché, sa porte condamnée. Sylvia devait être désemparée et Salinas furieux.

Trois heures du matin. Il était trop tard pour appeler qui que ce soit. Il fallait attendre le lever du jour. Comme il n'avait pas sommeil, il prit un livre et s'installa dans un fauteuil. Les mots dansaient devant ses yeux. Lorsqu'il tournait une page, il ne se souvenait pas de ce qu'il avait lu sur celle qui précédait. Il referma le livre et alluma la télévision. Il changea de chaînes une dizaine de fois. Rien ne l'intéressait.

Il jetait des coups d'œil de plus en plus fréquents à sa montre. Le temps se traînait avec une lenteur exaspérante, tout lui paraissait insipide. Au bout d'une heure, il n'y tint plus. Il reprit sa position de voyage, se mura en lui-même et huma délicieusement le mouchoir parfumé.

L'hôpital attendrait un jour ou deux de plus. Les patients, Sylvia, Salinas, tout cela lui paraissait si abstrait, si lointain. Le sentiment de culpabilité un instant éprouvé disparut bien vite. Quelle résistance pouvait espérer opposer la gravité de l'âge mûr à la légèreté de la jeunesse ?

Le retour suivant fut provoqué par une cause inattendue. Une douleur brutale lui labourait le crâne. Il avait commencé de la ressentir alors même qu'il habitait le corps d'Hippo. C'était la seconde fois qu'il éprouvait consciemment dans le passé une sensation venue du présent. Il était à moto avec Mado, en promenade dans la vallée de Chevreuse. Elle portait un manteau en fourrure synthétique bleue. Il voyait ses bras serrés sur ses flancs, ses mains aux doigts flûtés jointes sur son ventre. Une bague en argent incrustée d'un brillant scintillait à son annulaire gauche. Il sentait contre son dos la pression de son corps et sa tête qui reposait sur lui.

Soudain, il avait perçu des perturbations. Comme des sautes de fréquences, des bruits parasites au cours d'une émission radio. Il captait encore les associations d'idées dans l'esprit d'Hippo, mais il lui semblait en perdre peu à peu le fil. Il s'en éloignait par sautes successives, alors que les images demeuraient nettes. Puis il y avait eu une sorte de coupure. Aucun son ne lui était plus parvenu et il avait décroché.

Il avait repris conscience avec des élancements terribles dans les tempes. « La tête comme un pot », aurait dit Mado. Il se sentait déprimé. Quand il se leva du canapé, il eut un éblouissement et dut s'asseoir sur l'accoudoir pour attendre que le vertige disparaisse. Son corps accusait le coup, il fallait s'y attendre. Les maux de tête étaient peut-être une conséquence des drogues qu'il avait absorbées. Il vérifia sur la notice des médicaments et y trouva la confirmation de ses craintes. Les céphalées figuraient au nombre des effets indésirables des deux produits.

Et il y avait pire. La sibutramine provoquait des palpitations et une augmentation de la tension artérielle, tandis que la lypressine présentait des risques avérés d'insuffisance coronarienne et d'infarctus du myocarde. Les effets de la combinaison des deux étaient laissés à son imagination.

Il eut une vision saisissante : lui, allongé sur le canapé dans un état de décomposition avancée, et la concierge au rez-de-chaussée répondant aux visiteurs : « M. Sicher ? Mais je vous assure qu'il est en voyage depuis trois semaines... »

Un frisson remonta le long de son épine dorsale. Il avait été d'une légèreté impardonnable. Dans sa précipitation, il n'avait pas pris la peine de lire la notice avant la première prise. Une erreur qui aurait pu lui être fatale et que, même dans son adolescence, il ne commettait jamais. En ce temps-là, il savait ce qui pouvait lui être nocif (à peu près tout ce qui se vendait en pharmacie). À présent, c'était comme si tout instinct de conservation l'avait quitté.

Cette inconséquence confirmait ce qu'il avait toujours pensé : les toubibs étaient des gens dangereux. Il venait de découvrir qu'ils pouvaient l'être aussi pour eux-mêmes. Que faire pourtant ? Renoncer à revoir Mado ? Impossible. Réduire ses voyages ? Oh, il ne savait plus.

Un chat jouait avec une pelote d'aiguilles sous son crâne.

Il fouilla sa boîte à pharmacie à la recherche d'une aspirine. Il n'en trouva pas. Il s'habilla et descendit à la pharmacie. La pharmacienne sursauta. « Docteur Sicher, vous allez bien ? » Hippolyte marmonna une réponse confuse dont le sens général était qu'il préférait couper court à la conversation. La pharmacienne n'insista pas. Elle lui délivra deux boîtes d'aspirine et le regarda s'éloigner avec un air effrayé.

En remontant la rue Gay-Lussac, il traînait les pieds. La pelote d'aiguilles brinquebalait sous son crâne. Il se sentait épuisé et avait hâte d'avaler l'analgésique.

Il entra dans l'immeuble et passa furtivement devant la loge de la concierge. L'ascenseur était bloqué. Il dut prendre les escaliers. Il s'aperçut qu'il ne pouvait plus les gravir d'une seule traite. Plusieurs pauses furent nécessaires avant qu'il atteigne son étage. Décidément, ça n'allait pas. Il s'appuyait à la rampe d'escalier, le souffle court.

En arrivant sur le palier, il vit devant sa porte une silhouette qu'il n'identifia pas au premier coup d'œil en raison de la pénombre, mais qui lui parut familière. Il déclencha la minuterie.

« Hippolyte, Dieu merci, tu es là ! Mais, *nevolja !* Qu'est-ce qui t'arrive ! Qu'est-ce qui t'a mis dans cet état ? »

Hippolyte regarda Krist avec étonnement. Il passa la main sur son visage. Il sentit le contact râpeux d'une barbe de trois jours et surtout la saillie étrange que faisaient ses pommettes, les angles de ses mâchoires, l'arête devenue dure de son nez. Son amaigrissement était spectaculaire. Ses joues étaient creusées et blêmes, ses yeux noyés de fièvre.

Il avait perdu dix kilos.

Les épaules voûtées par la fatigue, il passa devant Krist Kavaselic et ouvrit la porte de son appartement.

Le pavé yougoslave

« Tu ne peux pas continuer comme ça, mon ami. Il te faut aller voir un médecin. Et sans tarder.

– Krist, *je suis* médecin.

– Ne me raconte pas d'histoires ! Non, mais regarde-toi ! Tu as vu dans quel état tu es ! Oh, j'étais sûr qu'il y avait un problème ! J'ai essayé de t'appeler je ne sais combien de fois la semaine dernière. Pas de réponse. J'ai appelé ta secrétaire. Tout va bien, elle me dit. L'intervention s'est déroulée normalement, le docteur Sicher se repose jusqu'à lundi prochain. Elle me dit ça avec sa voix de limande. Peuh ! Sa voix de limande décolorée. Dis-moi, elle est normale, ta secrétaire ? Ça lui arrive d'éprouver quelque chose ? »

Krist fulminait. Il portait un tablier de cuisine en toile bleue. Il ouvrait et fermait les placards dans la cuisine d'Hippolyte. « Je plains le type qui partage son lit, il ne doit pas s'amuser tous les jours ! »

Hippolyte était assis sur une chaise, l'air accablé. Il venait de boire l'analgésique dilué dans un verre d'eau. Il attendait avec impatience le recul de la douleur.

« Quelle petite idiote ! Ah, elle était moins fière hier après-midi ! Disparu, le docteur Sicher ! Aux abonnés absents, le docteur Sicher ! Depuis quatre jours ! Ça avait l'air d'être une belle pagaille à l'hôpital. J'entendais des types beugler derrière elle. Il y en avait même un qui gueulait en latin ! (un vrai asile d'aliénés, soit dit en passant). »

Krist poursuivait sa perquisition avec une précision méthodique. Placard après placard. Il ouvrait, refermait, claquait les portes. Hippolyte, les coudes sur la table, se tenait la tête à deux mains.

« Hier soir, je passe chez toi. La concierge me répond que tu es en voyage. En voyage ! *Ludački !* Sans me prévenir ? Avec tes problèmes de santé ? Tu parles ! Alors, je monte. Je sonne, je frappe. Rien. C'est seulement ce matin, en me levant, que j'ai compris ce qui clochait. Ah ! La voilà ! »

Krist s'empara d'un paquet de farine qui gisait au fond d'un placard et le posa sur la table où se trouvaient déjà une tablette de beurre, cinq œufs, un bidon de lait et un sachet de levure. Il poursuivit :

« La sonnette, tu comprends ? Elle ne marchait pas. Je ne m'en suis pas aperçu tout de suite. D'habitude, on l'entend très bien de l'extérieur. »

Krist cassa quatre œufs en séparant les blancs et les jaunes. « Où est le sucre ? » Il se souvint de l'avoir vu dans l'un des placards. Il l'y débusqua derrière une pile de casseroles. Il ajouta le sucre et un œuf entier aux jaunes et commença à les mélanger.

« Je me suis dit que ce n'était pas normal, cette panne de clochette. Alors, je suis revenu ce matin, pour en avoir le cœur net. »

Krist poursuivait ses explications tout en manipulant les ingrédients et les ustensiles de cuisine. Avec des gestes sûrs, il déplia l'emballage de la plaquette de beurre et la mit à fondre dans une poêle. Sa bedaine proéminente s'encastrait dans les boutons de commande de la cuisinière.

« Mais pour l'amour du ciel, Hippolyte, pourquoi t'être enfermé comme ça ? Pourquoi ne pas m'avoir prévenu que tu étais malade ?

– Parce que je ne suis pas malade, Krist. »

Le Serbe le foudroya du regard. Il venait de mélanger le beurre fondu aux jaunes avec la farine, le lait et la levure.

« Ah, tu n'es pas malade ? Ah, tu n'es pas malade ? » Il battait les blancs en neige avec fureur. « Qu'est-ce que tu as alors ? »

Hippolyte fut pris au dépourvu. Il bafouilla, à bout de ressources, fatigué de sa dissimulation :

« Je... je suis amoureux. »

La colère s'évanouit instantanément du visage de Krist. Un sourire bienveillant vint illuminer son visage replet, faisant remonter très haut la pointe de sa barbiche. Il plissa les yeux en signe de satisfaction.

« Je le savais ! » fit-il d'un air matois.

Il avait arrêté de battre les œufs et il regardait Hippolyte avec un bon sourire, en hochant la tête. « Ça faisait un moment que j'avais remarqué... certains signes... » Il était hilare. « Elle est jolie ? » demanda-t-il en clignant d'un œil.

Cette question surprit Hippolyte. Bien sûr, il la trouvait jolie. Cependant voilà que quelqu'un l'interrogeait sur ce point et qu'il lui fallait répondre, et ce qu'il dirait donnerait à son appréciation un certain caractère d'objectivité. Il se demandait s'il avait le pouvoir de donner cette réalité à son sentiment. Était-elle *réellement* jolie ?

« Oui, répondit-il. Elle est... très belle.

– Tu en es sûr ? s'enquit Krist en riant.

– Je le sais et je... je le lis dans le regard des autres. »

Hippolyte se troubla. Krist pensa avoir gêné son ami. Il eut un sursaut de pudeur. Il prit une mine grave, se remit à battre les œufs et se concentra quelques secondes en silence sur cette activité. Puis, ne pouvant résister plus longtemps, il poursuivit :

« C'est important, Hippolyte ? »

Hippolyte leva lentement la tête et lui adressa un regard flou, un regard qui venait de loin.

« C'est très important. »

Le visage de Krist se fendit à nouveau d'un large sourire, d'une oreille à l'autre. Il leva un index vers le ciel et dit en articulant lentement chaque mot : « *Rajna če sedne da se juja, po koj če dojde da gju svali !*

– Et ça signifie ?

– "Rajna ira s'asseoir pour se balancer, quelqu'un viendra la renverser." C'est un refrain bulgare. Mais ça vaut aussi chez nous. Dans mon pays, quand un homme fait mine de renverser une femme d'une balançoire, cela équivaut à une promesse de mariage. »

Hippolyte tressaillit. L'étau autour de ses tempes s'était desserré. Il avait d'abord eu l'impression que se confier allait le soulager. Il se demandait à présent si ce n'était pas le début d'une souffrance plus grande encore. Krist n'avait pas remarqué l'ombre qui passait sur ses traits. Il terminait sa préparation culinaire. Il avait ajouté les blancs en neige à son mélange et versé le tout dans un plat préalablement beurré qu'il glissa dans le four.

« Voilà, il ne reste plus qu'à attendre. Tout est une question de patience, n'est-ce pas, Hippolyte ? Dis-moi, comment s'appelle-t-elle ?

– Mado.

– C'est joli. »

Ce n'est pas joli, pensa Hippolyte. C'est son prénom. Et parce que c'est le sien, tous les autres pâlissent près de lui. Aucun ne peut égaler sa force d'évocation. Mais un prénom différent aurait produit le même effet. C'est elle qui en fait la valeur et non l'inverse.

« Quel âge a-t-elle ? » demanda encore Krist, le dos tourné. Il nettoyait les bols et les ustensiles de cuisine dans l'évier en inox.

« Vingt ans. »

Krist se retourna d'un bloc. Une lueur égrillarde flambait dans son regard. « Vingt ans ! Hippolyte, mon ami, tu ne t'embêtes pas ! » Il laissa tomber la vaisselle et vint s'asseoir face à lui. « Évidemment, le prestige de la blouse blanche, l'autorité médicale, il faut reconnaître que tu as des atouts... Tu l'as rencontrée à l'hôpital ?

– Oui.

– Étudiante ?

– Oui. »

Hippolyte lâchait les informations avec réticence. Krist l'observait avec attention. Il scrutait son visage amaigri, ses yeux cernés, son teint à la pâleur inquiétante. Il dodelina de la tête et poussa un gros soupir.

« Bien sûr, bien sûr. Je comprends. Je comprends tout.

– Tu comprends ?

– Oh oui. Une jeune femme, je vois très bien. Quelle catastrophe ! »

Il joignit ses mains en signe de supplication, les yeux au ciel. « Tomber amoureux d'une jeune femme à ton âge, c'est une bénédiction, bien sûr, une merveille. » Il marqua un temps. Puis il ajouta en se mordant les lèvres : « Et aussi un grand malheur...

– Un grand malheur, je ne vois pas ce que...

– La différence d'âge, mon ami. La différence de rythmes, d'aptitudes, d'aspirations. La nécessité de s'adapter au-delà de ses forces. Le devoir d'être à la hauteur. L'angoisse du lendemain. Et ça joue dans les deux sens. La différence d'âge, oui, une belle saloperie. »

C'était Krist qui avait les yeux dans le vague maintenant. Hippolyte examinait son ami avec étonnement. Il ne put réprimer sa surprise.

« Différence d'âge ? De quoi tu parles ? Elle a le même âge que moi ! »

Krist sursauta, sortant d'un coup de sa rêverie. « Le même âge que toi ? Tu ne m'as pas dit qu'elle avait vingt ans ?

– Si », répondit Hippolyte, tout penaud. Une rougeur soudaine venait de monter sur ses joues jusque-là décolorées. Aïe ! songea-t-il. Les ennuis vont commencer.

Cependant, au point où il en était, il décida de lâcher le morceau. Sa confession allait être totale. On verrait bien ce qui en sortirait. Krist allait peut-être pouvoir le conseiller, après tout. Oh, il n'allait pas être aisé de le convaincre. Il connaissait le tempérament du Serbe et son goût pour la contradiction. Il allait sourire, soulever mille objections, réfuter tous ses arguments, bref s'opposer par principe à la thèse du voyage dans le temps.

Sa réaction fut très différente. Il l'écouta avec le plus grand sérieux sans l'interrompre une seule fois. Hippolyte ne lui dissimula rien ni de ce qu'il avait vécu lorsqu'il était étudiant ni de ce qui lui arrivait depuis maintenant six semaines. Lorsqu'il eut terminé, il regarda son ami avec une expression d'attente inquiète. Krist se taisait, le visage empreint de gravité. Il se lissait le bouc dans le sens de la taille. En pointe. Il semblait réfléchir, peser le pour et le contre, avant de prononcer son jugement.

« Tu dois penser que je déraille... », risqua Hippolyte.

Krist lui jeta un regard par en dessous. Sa sclérotique était jaunie sur le bord inférieur, près de la paupière. « Tu te trompes, répondit-il. Je ne crois pas que tu dérailles. »

Un temps.

« Je crois que tu es fatigué. »

Il y eut un nouveau silence. Hippolyte se passa la main dans les cheveux et lâcha d'un air découragé :

« Tu ne me crois pas. »

Silence encore. Gêne. Elle fut rompue par la sonnerie du four. Le programme de cuisson défini par Krist était arrivé à son terme. « Ah ! Ça y est ! » s'exclama le Serbe d'un air joyeux, saisissant l'occasion de détourner la conversation. Il se leva et, glissant sa main dans une manique, il retira le plat brûlant de la cuisinière. Il le posa sur la table.

« Voilà ! Le pavé yougoslave ! » Il arborait un sourire de triomphe un peu forcé. Il disposa des assiettes à dessert devant eux et commença à découper le gâteau. « Ce serait meilleur avec un nappage à la noix de coco. Je fais au mieux avec tes misérables provisions, mon cher. Une vraie cuisine de rationnement ! Mais tu m'en diras des nouvelles !

– Tu ne me crois pas », répéta Hippolyte de la même voix éteinte.

Krist feignit de ne pas l'avoir entendu. Il lui servit une volumineuse part de gâteau. « Tu as besoin de reprendre des forces, mon ami. Mange. » Hippolyte regarda le contenu de son assiette. Son estomac était noué, sa bouche sèche. Il ne pouvait rien avaler.

« Tu as besoin de reprendre le travail aussi. L'inactivité, ce n'est pas bon. Tes soucis de santé ont le champ libre. Tu te replies sur toi-même... »

Krist mastiquait sa part de gâteau tout en parlant. « On ne sait jamais ce que l'avenir nous réserve, tandis qu'on sait de quoi hier était fait. Et plus on plonge dans le passé, plus on redoute le lendemain. Crois-moi, c'est une spirale. » Il mâchonnait. « Une fuite. » Il mâchonnait. « Je connais ça, tu sais. Quand je suis rentré de Cambridge, ça n'allait pas très fort non plus... » Il mâchonnait. « J'avais laissé un rapport écrit sur mes turbines géantes... »

Il mâchonnait encore. « Eh bien, crois-moi si tu veux, mais ça n'a pas emballé mes collègues... »

Sa petite cuillère poursuivait les miettes dans son assiette. « Mais j'ai décidé de ne pas me laisser abattre (il se resservait une part de gâteau). Je me suis remis au travail. Et là, mon ami, quel feu d'artifice ! (ses traits s'animaient). C'est reparti deux fois plus fort ! (il avait la bouche pleine, il mâchait à toute vitesse). Ah ! Ah ! Tu n'as rien à boire ? Tant pis, prenons de l'eau (il se servait un grand verre). Imagine un peu : un miroir géant de deux mille kilomètres de diamètre installé dans l'espace entre la Terre et le Soleil, exactement au point de Lagrange, à l'endroit où les forces gravitationnelles des deux astres s'annulent, tu vois ça, non ? »

Hippolyte posait sur lui un regard inexpressif, un regard de secrétariat médical. Krist poursuivit avec jovialité :

« Non, bien sûr, tu ne vois pas. Il suffirait de modifier l'inclinaison de ce miroir diaphane pour laisser passer plus ou moins le rayonnement solaire. Tu commences à saisir ? Un climatiseur terrestre ! Un thermostat d'ambiance pour toute la planète ! Cosmique ! » Il éclata d'un rire sonore. « Qu'est-ce que tu en penses ?

– Tu ne me crois pas », répéta une nouvelle fois Hippolyte.

Toute trace de gaieté disparut du visage de Krist. Il cessa de manger, posa sa cuillère, parut réfléchir un instant et changea de tactique : « Cette femme, pourquoi l'as-tu quittée ? »

La figure d'Hippolyte se crispa. La question le troublait, mais permettait d'établir à nouveau le contact. Cette stratégie était la bonne. « Oui, pourquoi l'as-tu quittée ? » insista Krist. Son ami était décontenancé. Il bafouilla : « Je... je sais bien que ça paraît incroyable... je suis incapable de m'en souvenir... je me rappelle juste... une grande confusion, ma tête qui voulait éclater, de... je ne sais pas, Krist... je ne sais tout simplement pas... »

Ses yeux fuyaient. De tout ce qu'il venait de confier, cet aveu-là était celui qui lui coûtait le plus, celui qui lui paraissait le plus invraisemblable. Pourquoi l'avait-il quittée ? Comment pouvait-il seulement ne pas s'en souvenir ?

Krist comprit d'instinct qu'il devait fouiller dans cette direction. « Dans tes... tes retours en arrière... tu n'as pas été tenté de revenir ce jour-là, pour savoir ce qui s'est passé ? »

Hippolyte eut un mouvement de recul. « Je ne veux pas savoir ce qui s'est passé, Krist. Je ne veux pas revivre cette rupture. » Il secoua la tête. « Je ne retourne pas dans le passé pour la perdre. J'y vais pour la retrouver, tu comprends ? » Il avait les yeux luisants. Sa voix tremblait. Krist le fixa longuement, puis laissa tomber : « Cherche-la. »

Le visage d'Hippolyte trahit une profonde stupeur. Il n'était pas sûr d'avoir entendu. « Chercher qui ?

– Elle, cette Mado. Retrouve-la. Où qu'elle se trouve, quoi qu'elle fasse. Retrouve-la aujourd'hui. Explique-toi avec elle. Comprends ce qui s'est produit. Tu n'as pas d'autre solution.

– Retrouver Mado...

– Tu m'as bien dit que tu ne pourrais bientôt plus revenir dans le passé ?

– Je le crois, oui.

– Alors, retrouve-la. »

Hippolyte demeurait figé, les mains de part et d'autre de son assiette. Ses yeux écarquillés, agrandis par la maigreur, observaient sa part de pavé yougoslave intacte. Revoir Mado. La revoir aujourd'hui. En six semaines, il n'avait pas eu le temps d'y songer. Il n'avait pas *osé* y songer. Quel projet insensé, impossible ! Il était écartelé entre la tentation d'y croire du fait même qu'un autre le lui avait suggéré et la peur d'en concevoir concrètement la réalisation. Oui, l'avenir était terrifiant, menaçant, avec son lot d'incertitudes. Et Mado, cette fois, ferait partie de l'inconnu.

Pouvait-il considérer cette possibilité ? Pouvait-il envisager cette hypothèse ?

Il lui sembla entendre le bruit d'une feuille de papier qu'on déchire sur toute sa longueur. Il avait le sentiment que son corps s'ouvrait par le milieu, que sa cage thoracique s'écartait laissant s'échapper dans un bruissement d'ailes une nuée de volatiles. Il ne savait pas si c'était l'envol printanier d'un nid d'hirondelles ou une fuite de corbeaux quittant le pré après le festin, de ces corbeaux lourds et repus qui laissent derrière eux des dépouilles inertes de fruits décharnés.

Trop belle pour toi

Leur appartement à Saint-Cloud. Dans une résidence paisible, de construction récente, à quelques rues du pavillon où habitent les parents de Mado. Ils y ont emménagé depuis trois mois avec leurs premières rémunérations d'étudiants en médecine et les subsides que leur accorde leur famille. Ils viennent d'entrer en cinquième année. Dans deux ans, ils se marieront. Pour le moment, ils sont tout à la joie de leur nouvelle vie.

C'est samedi. Il est dix-huit heures trente. Il se barbouille le visage de savon à raser devant le miroir. Il sent la caresse du blaireau sur le menton, la bonne odeur fraîche du produit émollient. Il cherche son rasoir. Il ouvre le premier tiroir du bloc de rangement. Il est là, posé sur une enveloppe à son nom. Il la prend et décachette. Il lit le contenu. Un sourire vient sur ses lèvres. C'est de Mado.

Bien qu'ils ne se quittent presque jamais, ils s'écrivent lettre sur lettre. Des petits mots, des billets, de longues déclarations qu'ils se laissent partout dans la maison, cachés sous l'oreiller, en évidence sur la table, scotchés sur un miroir, dissimulés dans une chaussure. Les moments qu'ils ne passent pas ensemble sont encore tournés vers leur relation. Et lorsqu'ils doivent se séparer quelques heures, l'un des deux trouve toujours le moyen de téléphoner à l'autre. Seul le temps concédé au sommeil parvient à séparer leurs esprits et cette séparation-là leur demeure difficile.

Hippo enfile une chemise propre. Sur le rebord de la baignoire, il remet en place un panier en osier rempli de produits cosmétiques, de boules parfumées, de pains de savon colorés. Ils accordent beaucoup de soin à leur installation. Leur nid doit être aussi net en surface que leurs sentiments sont profonds à l'intérieur. Ils se meublent chez Habitat, chez Ikéa, chez Geneviève Lethu. Harmonie et pureté des lignes, voilà ce qu'ils recherchent.

Il rejoint Mado qui prépare le dîner. Il l'enlace et pose un baiser sur son cou. Elle sourit. Il ne lui dit rien. Elle ne lui dit rien. Dans dix minutes, deux heures ou le lendemain, elle le sait, elle trouvera quelque part une réponse à sa lettre.

Leur vie est faite de ces attentions. Le matin, il se lève avec un peu d'avance pour acheter le journal au kiosque du coin (Mado aime lire la presse en prenant son petit déjeuner). De son côté, elle est prête à se rendre à Paris à toute heure pour acheter un disque dont rêve son Hippo (comme cette édition limitée du dernier Madness qu'elle est partie chercher de toute urgence, parce qu'il n'y tenait plus).

Hippo surveille la cuisson du repas. Mado est allée s'apprêter à son tour. Dans la cuisine, tout est rose pastel. Une idée à elle, un rappel des années soixante qui les ont vus naître. De la table à la vaisselle en passant par les cadres fixés aux murs, le moindre objet en décline le coloris dans toutes ses nuances. C'est une bonbonnière joyeuse, d'une propreté impeccable. Mado aime que tout soit toujours impeccable. « Pour le coup d'œil », dit-elle en riant. « Pour les microbes », ajoute-t-il sans rire.

Au salon, Hippo a défendu une position intégriste et sans concession, d'un extrémisme radical. Il voulait un mobilier ultramoderne, en cuir noir et chrome : fauteuils sans accoudoirs, banc sans dossier, table tout acier. Murs blancs et nus, parquet ciré, stores vénitiens métalliques. Surtout, il voyait sa chaîne Bang et Olufsen au milieu de la pièce, en autel votif énorme devant lequel accomplir plusieurs fois par jour ses rites de dévotion musicale. Avec ses centaines de disques rangés dans les nombreux tiroirs de bakélite d'un meuble bas et long, une sorte de commode de mercerie futuriste qu'il avait repérée dans un catalogue.

Mado a d'emblée été d'accord sur le principe, mais elle a chipoté sur les détails. Elle redoutait de vivre dans un cabinet de dentiste. Le programme intégriste et sans concession d'Hippolyte s'est donc réalisé avec quelques menus changements : canapé et fauteuils club en tissu bleu pétrole, tapis moelleux aux couleurs vives, rideaux fleuris, ambiance cosy et la chaîne Bang et Olufsen dans un angle de la pièce, derrière un splendide ficus. Hippo a tenu bon sur l'essentiel, il est content.

Ce soir-là, ils reçoivent un ami qu'Hippo n'a pas vu depuis longtemps. Ils sont heureux de l'accueillir et de se montrer chez eux. Hippo et Mado, Mado et Hippo. Un couple officiel. Pas encore légalisé, mais c'est tout comme.

L'ami se présente à vingt heures, ponctuel et bien mis. Ils prennent un verre et quelques biscuits avant de passer à table. Mado est délicieuse. Elle porte une jupe noire et un chemisier en impression cachemire. Ses cheveux sont relevés en chignon et dégagent son regard qui fait presque mal tant ses yeux sont clairs et intenses. Elle est assise sur l'un des deux fauteuils club. L'ami est installé sur l'autre, à côté d'elle. Hippo se tient sur le canapé. Il boit un verre de jus d'orange et allume une cigarette.

L'ami rentre d'un voyage aux États-Unis. Il termine sa formation dans une école de commerce et vient d'effectuer trois mois de stage dans une société d'import-export californienne. Il décrit avec enthousiasme son séjour, ses aventures, sa perception de la culture américaine. Mado sourit, s'amuse de ses anecdotes. Et l'ami poursuit, poursuit, emporté par ses souvenirs, cela fait plaisir à voir.

Hippo est très intéressé. Les États-Unis sont le terreau sur lequel ont éclos les Doors, les Stooges, le MC5, la fleur du rock de la fin des années soixante. Il pose des questions. L'ami y répond volontiers, bien qu'à l'évidence, le rock ne l'intéresse pas. Il change aussitôt de sujet, revient à sa société d'import-export. Il est très volubile. Hippo tente d'élargir le propos, d'aborder un autre thème. L'ami retourne sans coup férir à celui qui lui convient. Un thème qui le place invariablement au centre de la conversation.

Au bout d'un moment, Hippo ressent un malaise. Un vide glacial, insidieux, qui s'étend à l'intérieur de lui. L'ami ne le regarde jamais. Il n'a d'yeux que pour Mado. Chaque fois qu'Hippo intervient, il lui lance un bref coup d'œil, histoire de montrer qu'il a perçu l'intrusion, et il répond à Mado comme s'ils étaient seuls dans la pièce. Une exclusion du regard qu'Hippo perçoit comme une violence physique. Un coup de poing au foie.

Il reprend plusieurs fois la parole pour revenir dans la conversation. Peine perdue. L'autre se détourne aussitôt et ne quitte pas Mado, ne s'adresse qu'à elle. Hippo sent une sueur froide se répandre sur sa nuque. L'ami parle, parle. *West coast*, *L.A.*, *Sunset boulevard*. Qu'a-t-il à opposer, lui, avec ses misérables disques que personne ne comprend et qui ne le font jamais voyager que sur une chaîne Bang et Olufsen derrière un ficus géant ?

Du calme, mon garçon, pense Hippolyte. Los Angeles et les États-Unis, tu connaîtras ça un jour, toi aussi, et autrement que comme stagiaire dans une boîte d'exportation de pâte dentifrice, tu peux me croire.

Hippo se sent de plus en plus mal. L'ami se pavane. Il lance plaisanterie sur plaisanterie et le pire, c'est qu'il est drôle. Mado rit, répond à ses blagues. Hippo s'efforce de donner le change. Il tire avec les muscles de ses pommettes sur les commissures de ses lèvres. Il n'arrive pas à sourire. Un mur de verre s'élève peu à peu entre eux et lui. Pourquoi Mado est-elle si réceptive ? Ne voit-elle pas que leur invité a une attitude incorrecte, insultante pour lui ? Hippo se sent perdu, Hippo se sent seul. Mado sourit, sourit, sourit à l'autre.

Trop belle pour toi, se dit-il dans un trait fulgurant.

Cette pensée le déchire de part en part. Il la connaît, elle n'est pas nouvelle. Depuis des mois, elle le meurtrit jour après jour. Hippo ne s'aime pas. Hippo ne s'est jamais senti à la hauteur. Leur rencontre tient du miracle. Passé le premier éblouissement, il n'a pu réussir à se convaincre que leur histoire allait durer. Trop belle pour toi. Avant elle, ce n'était que désastre et voilà qu'elle fait de lui l'objet exclusif de son affection. Il faudra bien que la plaisanterie cesse un jour ou l'autre.

Ne crois pas ça, fait Hippolyte. Tu deviendras quelqu'un, tu finiras par être plus sûr de toi. Pourquoi ne peux-tu l'être avec elle ?

C'est inutile. Un trou noir avale Hippo.

Trop belle, trop belle pour toi. Dans la rue, à la Fac, il voit bien les regards masculins qui se posent sur elle. Ces regards de convoitise. Elle les attire d'une façon magnétique. Qu'y peut-elle pourtant si elle crève l'écran de chacune de ses apparitions ? Même quand ils sont seuls chez eux et qu'elle s'habille à la diable, avec un vieux survêtement mou et confortable, son allure demeure éblouissante. Il en a le souffle coupé. Il s'abstient de le lui confier. C'est une banalité qui traîne trop dans le regard des hommes. Ces regards ! Cette menace ! Ces yeux qui hurlent jour après jour : Trop belle pour toi ! Trop belle pour toi !

Et l'ami, ce soir-là, qui entreprend une manœuvre de séduction sous ses yeux. Ils sont passés à table maintenant. Il continue son baratin. Il en a terminé avec les États-Unis. Il est passé à ses perspectives de carrière, aux stratégies commerciales en Europe. Mado se prête au jeu, répond à ses plaisanteries par des rires, des exclamations. Hippo est à la torture. Il ne participe plus à la conversation. Il se sent abandonné, seul au monde.

Trop, trop, trop. Trop belle.

Trop belle pour T-O-I.

Son attitude de retrait finit par devenir si manifeste qu'à la fin du dîner, l'ami ne peut éviter de la relever sans passer pour un goujat. Pour la première fois depuis le début de la soirée, il s'intéresse à Hippo. Il lui trouve un air soucieux, il n'a pas beaucoup parlé, peut-être est-il un peu fatigué ? Hippo voudrait sauver la face, montrer un visage serein, un blindage inattaquable. Cependant il ne sait pas feindre. Il nie avec une telle tension sur ses traits que sa réponse implique le contraire de ce qu'elle entend affirmer.

Une gêne s'installe.

Pas à la hauteur, pense Hippo. Pas à la hauteur, jamais. Incapable de jouer le jeu des conventions sociales.

Non, réplique Hippolyte. Non, c'est lui qui a enfreint la règle, lui qui a fait offense à ton hospitalité. Pourquoi as-tu donc si peu confiance ? Si peu confiance en toi ?

La gêne se prolonge. Mado jette un coup d'œil à Hippo. Si celui-ci n'était pas si perdu, si aveuglé par sa propre faiblesse, il y lirait ce qu'y lit aujourd'hui Hippolyte : une parfaite loyauté, une immense tendresse. Depuis longtemps, elle a perçu son malaise et si elle n'en a rien dit, c'est parce que Hippo est l'hôte et qu'elle joue pour lui ce jeu social auquel il ne peut se livrer.

À présent qu'il a manifesté plus clairement ses sentiments, elle met fin à la partie à sa place. Elle se lève et propose des jus de fruits. C'est une invitation polie au départ. L'ami a compris le message. Il décline la proposition, remercie avec courtoisie pour l'excellente soirée et prend congé en promettant d'appeler bientôt. Plus tard, Hippo saura décrypter la scène et comprendre ce qu'elle signifiait du point de vue de Mado. Pour l'instant, ses émotions l'empêchent d'en saisir les nuances.

Quand elle referme la porte et revient vers le salon, il a quitté la pièce. Il est dans la cuisine, les mains plongées dans l'évier et le produit vaisselle. Elle sait ce qu'il éprouve. Elle s'approche de lui. Elle passe les mains autour de sa poitrine et appuie sa joue sur son dos, tendrement. Elle murmure : « Enfin seuls, je suis soulagée. »

Non, ne dis pas ça, pense Hippolyte.

Mais Hippo répond : « Ce n'est pas l'impression que tu m'as donnée tout à l'heure. » Son ton est sec, sa voix tendue comme un arc. Sa dureté apparente n'est pourtant que ce point de tension extrême où se portent parfois les cordes vocales avant de dérailler. Un sanglot de dépit s'est étouffé dans sa gorge, inaudible pour elle.

Il sent l'étreinte de Mado se relâcher sur son ventre. « Que veux-tu dire ? » demande-t-elle, la voix rétive.

Tais-toi ! crie Hippolyte. Tu vas tout gâcher !

Sans se retourner, sans cesser de nettoyer les assiettes, il lâche d'une voix blanche : « Je veux dire que si ce con n'a pas eu la certitude que tu rêvais d'être seule avec lui, c'est que tu as raté ta cible.

– Quoi ? Cet... cet imbécile imbu de lui-même ! Tu... tu as pu croire que... comment, comment peux-tu ? »

Elle s'est détachée de lui. Il fait volte-face. Il voit ses yeux emplis de larmes. Ses lèvres qui tremblent. Hippo, je t'en prie, arrête ! fait Hippolyte. Arrête tant qu'il est temps !

« Tu me crois donc si aveugle ! reprend-il, ivre de douleur et de rage. Ce salaud te fait du plat toute la soirée, tu passes ton temps à lui faire du charme et tu crois que je vais accepter ça ? »

Hippolyte est horrifié. Quel mufle il fait ! Sait-il seulement à qui il s'adresse ? Sait-il qu'il parle à Mado, sa fée tombée du ciel ? Misérable crétin ! Il est contraint de repasser, impuissant, par cette scène d'orage. Il en connaît d'avance toutes les répliques. Cela fait dix fois, cela fait cent fois qu'elle se reproduit. Ils vont se disputer pendant des heures. Ils vont se jeter au visage des horreurs auxquelles ils ne croiront pas eux-mêmes et qui leur feront pourtant affreusement mal. À bout de forces, ils finiront par se réconcilier en pleurant, blottis l'un contre l'autre.

Et il devra subir cela, avec stoïcisme, incapable d'accomplir le seul geste qui revêt une réelle importance à ses yeux avec vingt ans de recul : se jeter sur-le-champ dans les bras de Mado et rire avec elle de cette tête qu'il a faite toute la soirée. Ah ah ! Une tête impayable ! La tête d'un type qui s'aperçoit qu'il s'est volé à lui-même sa jeunesse.

Trop trop trop. Trop drôle.

Trop drôle pour toi.

Le complot des compatissants

Le lundi suivant, le mois de mars arrivait et le docteur Sicher reparut à l'hôpital. Son visage émacié et livide, le flottement de son col de chemise, la vastitude subite de ses pantalons qui tire-bouchonnaient sur ses chaussures lui servirent de passeport pour la reprise du travail. Nul n'aurait osé lui reprocher son absence inexpliquée d'une semaine. Il était d'une maigreur effrayante.

Hippolyte lui-même avait pris peur. En lisant les notices des médicaments et en se voyant dans la glace, il avait compris qu'il jouait avec le feu. Ce n'était pas l'incendie qui était à craindre, mais l'extinction d'une flamme devenue soudain dangereusement vacillante. S'il continuait à ce rythme, il prenait le risque de la souffler à tout instant.

Il avait donc choisi d'arrêter les traitements et s'était rallié au conseil de Krist. À l'un de ses conseils, en tout cas. Il allait reprendre une vie normale. L'esprit usé, privé de force, il retournait à son métier. Il pensait que la motivation viendrait en travaillant. Lorsque ses idées seraient plus claires, il prendrait une décision au sujet de Mado. Sa priorité était de se refaire une santé.

C'était sans compter avec la sollicitude des autres. Tous ceux qu'il rencontrait commençaient en le découvrant par pousser un cri d'horreur. « Mon Dieu, mais qu'est-ce qu'il t'arrive ! » De la pure compassion, certes. Cependant, il n'y a rien de mieux pour enfoncer quelqu'un qui essaie de mobiliser le peu d'énergie qui lui reste pour refaire surface.

Sylvia avait été la première à lui en faire la démonstration. Le caractère discontinu de leur relation l'avait conduite à ne pas s'inquiéter outre mesure de son absence. Par principe, elle n'empiétait pas sur sa vie privée et ne prenait jamais l'initiative de leurs rencontres. Aussi s'était-elle contentée de pallier sa défaillance à l'égard des patients en suivant les consignes du chef de service et en attendant qu'il réapparaisse.

Quand Hippolyte avait fait irruption au secrétariat, elle répondait au téléphone. Un agenda ouvert devant elle, elle rayait d'un trait de plume les rendez-vous prévus pour les jours suivants. À son approche, elle avait levé les yeux et en le reconnaissant, elle les avait écarquillés de quelques millimètres, tandis que sa bouche s'arrondissait légèrement, laissant échapper un hoquet : hic. Une manifestation de stupeur d'une violence extrême.

Hippolyte avait ensuite entendu : « Mon Dieu, mais qu'est-ce qu'il t'arrive ? » Pas très fort, c'est vrai, juste un murmure, mais tout de même.

Il ne lui avait pas répondu. Elle avait fouillé dans son sac. Elle en avait sorti un bouquin qu'elle lui avait tendu sans mot dire. Un moine tibétain y expliquait comment se guérir de tout par la méditation. Hippolyte avait refusé de le prendre. Elle avait cligné deux fois des paupières. Elle avait rangé son livre. L'interrogatoire s'était arrêté là.

Les autres membres du personnel avaient été moins discrets. Ce n'étaient que cris, sursauts, mains portées devant la bouche, silences plus stridents que des hurlements. Oui, je sais, anticipait Hippolyte à partir de la cinquième scène d'épouvante, qu'est-ce qu'il m'arrive, hein ?

Il avait mis au point une suite de marmonnements qu'il voulait faire passer pour une réponse désinvolte et rassurante, et qui étaient systématiquement compris comme un aveu tragique, bien qu'incompréhensible. Ses collègues lui tapaient sur l'épaule en hochant la tête. Ils lui prodiguaient des conseils qu'il n'avait pas sollicités ou orientaient si manifestement la conversation vers la volonté de se battre et les ressources insoupçonnées de l'organisme qu'il se sentait décliner d'heure en heure.

Leurs regards douloureux, surtout, le mettaient au supplice. Ces sourcils en accent circonflexe, ces yeux humides et profonds, ces mines graves et significatives : ils allaient finir par le tuer.

Après chaque rencontre, il courait s'enfermer dans les toilettes pour vérifier son aspect dans un miroir. Son état se dégradait peut-être à l'œil nu ? Il se tirait la paupière inférieure pour examiner la conjonctive. Il retroussait les lèvres pour inspecter les muqueuses. Il se prenait la tension tous les quarts d'heure (il avait piqué un tensiomètre à piles, un gadget miniaturisé très pratique qu'on pouvait dissimuler dans une poche).

Les mesures étaient toujours bonnes. Tout était en ordre à part cette mine de déterré. Cela ne le rassurait pas. Le seul détail qui aurait été susceptible de le réconforter ne lui apparaissait pas dans sa signification évidente : il était redevenu ce bon vieil Hippolyte Sicher, terrorisé à l'idée de tomber malade, faut-il être pétant de santé pour se faire un souci pareil !

Vers la fin de matinée, il avait connu un vrai moment de réconfort grâce à Hamid-Georges. Il était tombé sur lui au service comptable où il tentait de régulariser le chaos administratif provoqué par son absence. En l'apercevant, Hamid avait conservé une maîtrise parfaite de lui-même. Il s'était précipité avec son bon sourire habituel, ses incisives en or superbes et lustrées. Ils avaient parlé de choses et d'autres, c'est-à-dire de George Clooney et de George Clooney, sur le ton le plus naturel du monde, en plaisantant. Hippolyte avait rarement éprouvé autant de bonheur à parler septième art avec un cinéphile.

En début d'après-midi, il reprit les consultations. Les patients n'étaient pas légion. Quelques-uns seulement avaient pu être rattrapés de justesse par Sylvia après qu'elle les eut décommandés. Si certains faisaient une drôle de tête en entrant dans le cabinet, la plupart le voyaient pour la première fois ou étaient trop obnubilés par leurs propres problèmes pour s'apercevoir de quelque chose.

Chaque fois que l'un d'entre eux s'asseyait devant lui avec un visage encore plus ravagé que le sien, Hippolyte se sentait revivre. Il retrouvait du plaisir à communiquer avec des êtres humains. D'avoir à les rassurer le remontait bien mieux que d'écouter les miaulements charitables qu'il subissait depuis le matin. Il ne lui venait pas à l'esprit que le même phénomène pouvait expliquer le comportement de ses collègues.

Après quelques entretiens, son inquiétude diminua d'intensité et comme son esprit n'avait guère l'habitude de rester en repos, il laissa émerger le deuxième motif de questionnement qui le travaillait en profondeur. Était-ce parce qu'il avait été si jaloux, si terriblement malheureux et jaloux de Mado qu'il avait fini par la quitter ? Il ne pouvait s'en souvenir. Leur rupture brutale, sa fuite le jour de leur mariage, l'avaient conduit à occulter tout ce qui s'y rapportait.

Aujourd'hui encore, il ne pouvait y songer sans éprouver dans l'abdomen des remous qui le convainquaient à tout coup d'éloigner de lui cet objet de douleur. Non, il préférait ne pas savoir. Cela viendrait à son heure.

Ou cela ne viendrait pas. Aurait-il seulement le temps d'aller jusqu'au bout ? Il ne pouvait plus être question, maintenant, de partir pour de longues périodes. Il lui faudrait se contenter des nuits comme avant. Et de combien de voyages disposait-il encore ? Il songea à ce que Krist lui avait dit : « Cherche-la. » Comment accomplir cette démarche, après toutes ces années ? Il s'agissait d'une question impossible à laquelle la réponse lui semblait également impossible. Aussi s'efforçait-il de se calmer, d'accepter son sort avec résignation. Et, la fatigue aidant, il y parvenait presque.

Mais cela ne devait pas durer.

Le grand art du décryptage

Alfred Houray était assis dans le fauteuil de sa chambre, en pyjama bleu ciel à rayures. Sa broussaille de poils sur sa lèvre supérieure était hirsute. Ses joues autrefois rouges, à présent décolorées et cireuses, laissaient voir par transparence un fin réseau de veines bleues. Il avait le regard fixe, la lippe pendante. À l'exception d'une crise nerveuse le vendredi précédent, il avait cessé de parler depuis plus de deux semaines.

Le docteur Sicher l'auscultait, tentait d'établir le contact, mais en vain. Le petit homme était plongé dans un état catatonique profond. On pouvait claquer des doigts devant ses yeux sans le faire ciller. L'aphasie de Wernicke se compliquait d'un problème psychiatrique sérieux.

Cette évolution n'arrangeait pas les affaires d'Hippolyte. Si une amélioration ne se dessinait pas dans les prochains jours, il n'allait pas pouvoir garder ce patient en neurologie. Il devrait demander son transfert chez Belgacem à Sainte-Anne.

Il revint dans son bureau et chercha l'enregistrement de sa dernière séance de travail avec le notaire. C'était peu de temps avant son intervention chirurgicale. Il trouva la cassette et l'introduisit dans un magnétophone. Peut-être découvrirait-il un détail significatif qui lui avait échappé et qui lui permettrait de le comprendre ? Il écouta à nouveau le jeu de questions-réponses auquel il s'était livré avec lui :

« Allez, je commence. Parole ?

– *Para bellum.*

– Conversation ?

– *In te odia conversa.* »

Il arrêta la bande. Les réponses de l'ancien juriste fusaient sans aucun temps mort. Elles venaient sans conteste du plus profond de l'inconscient. Que pouvaient-elles signifier ? Hippolyte tenta de mobiliser ses souvenirs de lycéen pour traduire les formules latines. *Para bellum*, c'était facile : « prépare la guerre ». *In te odia conversa*, la locution était plus compliquée. Voyons, voyons, *odia* : les choses odieuses, les haines... *Convertere* signifiait à peu près « retourner ». *In* suivi d'un accusatif impliquait la direction et même l'aboutissement d'un mouvement, donc *in te convertere* pouvait équivaloir à « retourner vers toi » ou mieux : « attirer sur toi ». Donc, *in te odia conversa ?*

« Les haines attirées sur toi » ! Hé hé ! Pas mal pour quelqu'un qui n'avait plus fait de latin depuis vingt-six ans !

Hippolyte eut un élan d'enthousiasme. L'excitation du chercheur sur le chemin de la découverte. Il reprit son raisonnement. Alors, pour l'ensemble de la séquence, cela donnerait le dialogue suivant :

« Parole ?

– Prépare la guerre.

– Conversation ?

– Les haines attirées sur toi. »

L'enthousiasme d'Hippolyte retomba d'un cran. Il n'était pas beaucoup plus avancé. Les réponses du notaire avaient un sens certain : elles trahissaient la lutte que menait Alfred Houray dans ses tentatives de communication avec ses semblables et l'angoisse profonde que son aphasie provoquait chez lui. Privé du langage, mis au ban de la société, détesté de tous : voilà ce qu'il éprouvait, voilà comment il se voyait. Cependant, il n'y avait là rien de nouveau. La sensation d'enfermement et le développement d'un syndrome de pseudo-paranoïa faisaient partie des effets psychiatriques bien connus de la maladie.

Le seul élément à tirer de cet entretien était qu'au-delà du dysfonctionnement classique de la parole, le patient qu'on entendait s'exprimer sur cet enregistrement entrait dans une phase régressive atypique. Bien que sophistiquée, la langue latine formait pour le juriste un système de communication archaïque où des pans entiers de réalité se résumaient à des formules toutes faites. Des tronçons de phrases, tirés du droit romain et de sa rhétorique, qui simplifiaient le réel dans son interprétation et dans les solutions à lui apporter comme autant de cas indéfiniment reproductibles.

Hippolyte ne voyait pas ce qu'il pouvait en faire sur le plan médical. La vie et le droit étaient deux choses bien différentes. Le second tentait d'établir des similitudes là où la première ne créait que de la diversité. C'était bien d'ailleurs ce qu'il reprochait à ses collègues de l'*establishment* scientifique : leur obstination de juristes à croire eux-mêmes aux lois médicales qu'ils avaient élaborées. Comme s'il y avait jamais eu au monde deux malades affectés par la même maladie !

Dans le cas d'Alfred Houray, Hippolyte se sentait néanmoins dans une impasse. Il ne voyait pas de solution pour accompagner son patient et l'aider à trouver en lui les ressources nécessaires à la victoire sur le mal. Il réappuya sur la touche lecture du magnétophone :

« Diction ?

– *De tua re dico.* »

De tua re dico ? Qu'est-ce que cela signifiait ? Voyons, ça n'avait pas l'air bien difficile... À cet instant, le téléphone sonna. Il interrompit la lecture de la bande et décrocha. C'était son collègue Payerdji.

« Hippolyte ? J'ai appris que tu avais eu quelques ennuis de santé et que tu étais revenu. Je voulais que tu saches que j'étais content que tu sois à nouveau parmi nous... »

Hippolyte tapotait sur le lecteur-enregistreur de cassettes. Par téléphone, au moins, pas de risque d'entendre le commentaire habituel sur sa mine cadavérique.

Payerdji poursuivait : « Je me suis occupé de tes patients pendant ton absence, enfin les cas les plus urgents, bien entendu... Notamment, ton notaire aphasique. Il ne va pas très fort, celui-là, je suis passé le voir presque tous les jours. Je fais rédiger une note par ma secrétaire à son sujet, elle te la communiquera demain... »

Hippolyte jouait avec les touches du magnétophone. Il éjecta machinalement la cassette et la fit circuler entre ses doigts comme une carte à jouer dans les mains d'un prestidigitateur. Un garçon sympathique, ce Payerdji. C'était gentil à lui de lui passer ce coup de fil.

Au même moment, celui-ci eut une hésitation.

« Hippolyte, hum, si je puis me permettre...

– Oui ?

– Eh bien, nom de Dieu, qu'est-ce qu'il t'arrive ? »

Hippolyte en demeura muet de stupeur. Sa main s'était crispée sur la cassette audio. Même au téléphone maintenant ! Même au téléphone, on le trouvait changé ! Est-ce que, par hasard, sa voix aussi avait maigri ?

Payerdji enchaîna :

« J'ai voulu t'en parler avant que tu ne t'absentes, je t'ai même appelé, mais je n'ai pas réussi à te joindre... Qu'est-ce qui t'a pris de prendre le parti de Martinel devant tous les collègues, tu veux donc qu'il t'écrase la tête ? »

La stupéfaction d'Hippolyte ne fit que redoubler.

« Le parti de Martinel ? Devant tous les collègues ?

– Tu n'as pas obtenu un avis favorable à la création de lits Alzheimer en CCM ?

– Si, bien sûr, mais je...

– Tu ne savais pas que c'était le projet de Martinel ?

– Le projet de Martinel ?

– Ces cinq lits, Salinas les lui a promis. Ils sont pour lui. »

En une seconde, tout devint clair dans l'esprit d'Hippolyte. Il avait été victime d'un jeu de dupes. Dans l'affaire de l'hospitalisation prolongée d'Alfred Houray, Salinas ne lui avait donné raison contre Martinel que pour lui faire servir les intérêts de ce dernier. En contrepartie de son soutien, il lui avait demandé de défendre le projet Alzheimer sans lui dire qu'il allait ainsi contribuer au succès de son rival.

À quelle farce ne s'était-il pas prêté à ses dépens ! Il devait être la risée de tous ses collègues et Martinel le premier devait se claquer les cuisses en riant des circonstances de sa victoire.

Hippolyte était blême. Il abrégea la conversation avec Payerdji. Il se leva, tremblant d'indignation et de rage. Il serrait la cassette d'Alfred Houray dans son poing. Il la fourra dans la poche intérieure de sa veste. Il était un peu plus de dix-huit heures. Il sortit dans le couloir, passa devant Sylvia sans un mot et se dirigea vers le bureau de Salinas.

Il fallait qu'il ait une explication avec lui.

Petit meurtre entre collègues

« Mon cher Sicher, je suis heureux de vous revoir ! »

Salinas avait bondi pour accueillir Hippolyte. Celui-ci était entré dans son bureau dans un état de tension extraordinaire. La révélation de la basse manœuvre dont il avait été le jouet, ajoutée à son état de fatigue, avait écorché ses nerfs au point qu'il se sentait capable de faire un esclandre jusque chez le patron. Tout prof de médecine et chef de service qu'il était, ce dernier allait apprendre qu'il fallait compter avec lui. On ne pouvait impunément se moquer d'un collègue qui, s'il n'était pas bardé de titres au sein de l'hôpital, jouissait à l'extérieur d'une notoriété non négligeable.

Mais à peine fut-il en présence de Salinas qu'Hippolyte se trouva désarmé. Le patron marcha à sa rencontre et lui serra chaleureusement la main tout en lui tapant sur l'épaule. « Asseyez-vous, mon cher, asseyez-vous. Je parlais justement de vous avec notre directeur des affaires médicales, il y a moins de dix minutes...

– Ah ?

– Oui, vous savez que l'affaire Houray est arrangée ? »

Hippolyte sentit que sa colère était court-circuitée. Elle ne pourrait plus jaillir avec l'intensité qui était encore la sienne une minute auparavant. Ses épaules, ses bras, ses jambes, demeuraient pourtant contractés et sa voix restait blanche. Il voulait se garder compact pour dire ce qu'il avait sur le cœur.

« Oui, continua Salinas. Mourron est d'accord pour une petite manipulation budgétaire. Le lit de votre patient va être provisoirement affecté en moyen séjour. Un simple jeu d'écriture, bien sûr, il ne quittera pas le service. Vous allez pouvoir le garder en observation quelques semaines de plus... »

Hippolyte se trouva dans l'obligation de remercier. Il se dandina sur le fauteuil. Il ne savait plus que penser. Il fallait tout de même qu'il tire cette histoire de lits Alzheimer au clair.

« Vous prendrez bien un verre ? » demanda Salinas.

Hippolyte fut aussitôt sur le qui-vive. Un apéritif offert par le patron à l'improviste dans son bureau ne laissait rien présager de bon. La convivialité chez lui n'était jamais gratuite. Salinas, d'ailleurs, n'avait pas attendu la réponse. Il avait ouvert le placard inférieur de sa bibliothèque-vitrine. Elle était remplie d'ouvrages médicaux. Hippolyte nota que son livre sur Sarah Weissmater y figurait en bonne place. Il était même disposé de manière à être bien vu des visiteurs. Ce détail le troubla. Se trompait-il encore sur son chef de service ? Lui faisait-il un procès d'intention en le soupçonnant de l'avoir berné ?

Salinas avait retiré deux verres ballons du placard ainsi qu'une bouteille de Martini rouge. Il servit d'autorité Hippolyte de ses mains carrées. Celui-ci regarda ses doigts musclés manipuler avec dextérité la bouteille. Ses ongles manucurés se posaient avec précision sur les objets, comme s'il s'agissait d'un protocole opératoire dont dépendait la vie ou la mort d'un patient.

« À votre santé, mon cher Sicher. Et à votre prochain livre sur l'aphasie de Wernicke ! Ah ! Ah ! Ah ! »

Salinas trinqua avec lui. Hippolyte ne put s'empêcher de répondre par un sourire. Cet homme avait décidément du charisme. Il observait son visage buriné et énergique, ses yeux qui riaient sous ses sourcils broussailleux. C'était le genre de personne pour laquelle il était difficile d'éprouver de l'aversion.

Hippolyte avala le contenu de son verre. Aussitôt des plaques rouges apparurent sur ses pommettes. Tout de même, il ne voulait pas oublier la raison pour laquelle il était venu.

« Je voulais reparler avec vous de ces lits Alzheimer...

– Ah ! Formidable ! Vous avez fait un travail formidable ! Je dois dire que je n'en espérais pas tant ! Je pensais que nous en obtiendrions deux, trois peut-être, mais cinq ! Vous m'avez soufflé... »

Hippolyte fut à nouveau désarçonné, contraint de se défendre en bredouillant quelques formules de modestie. Comme s'il pressentait les questions que dissimulait cette gêne, Salinas anticipa les réponses qu'il aurait à fournir.

« Vous avez défendu les intérêts du service d'une manière impériale, vraiment... »

Il s'était renversé sur son fauteuil. Il sirotait son Martini. « Bien sûr, maintenant que nous avons ces lits, il va falloir trouver quelqu'un pour s'en occuper... » Le regard de Salinas devint aigu. Il demanda d'une voix plus basse : « J'avais pensé les coller à Martinel. Ce serait un bon moyen pour le neutraliser, qu'en pensez-vous ? »

Au nom de Martinel, Hippolyte tressaillit. Il n'entrait pas dans ses calculs que le patron le mentionne le premier. Et pour lui demander son avis par-dessus le marché ! Il bafouilla une vague réponse dans le but de ne pas prendre position. Il devait d'abord savoir où Salinas voulait en venir. Celui-ci embraya :

« Pour ne rien vous cacher, ce Martinel commence à devenir encombrant... Il a des ambitions universitaires, paraît-il. Je crois qu'il serait temps de lui donner un os à ronger...

– Il a des ambitions universitaires ?

– Il a laissé entendre qu'il visait l'agrégation. Il a raison, d'ailleurs. Un type aussi conformiste ne peut pas ne pas la réussir. C'est pourquoi j'ai pensé qu'avec quelque chose d'aussi ennuyeux que les lits Alzheimer, il nous ficherait la paix pendant un bon bout de temps ! Ah ! Ah ! Ah !

– Il n'avait jamais parlé d'agrégation jusque-là.

– C'est pourtant ce qu'il a affirmé ici même.

– Ici même ?

– Dans ce bureau. Que voulez-vous, s'il veut devenir chef de service, je ne pourrais pas l'en empêcher. Il me reste trois ans à tirer et ensuite, il faudra bien envisager une succession. D'où l'intérêt de l'enferrer sur l'Alzheimer pendant que vous vous consacrerez aux recherches intéressantes, mon cher Sicher ! Avec votre aphasie de Wernicke, je sens que nous tenons un sujet saignant ! »

Salinas riait de bon cœur, les lèvres retroussées sur ses dents larges et saines. Son corps trapu emplissait le fauteuil et semblait rayonner. Hippolyte était abasourdi. Voilà donc ce qui se combinait. Martinel était devenu le dauphin officieux. Tout le dispositif stratégique était déjà en place pour organiser son intronisation. Depuis combien de temps cela avait-il été décidé ? Depuis combien de temps se moquait-on de lui par-derrière ?

Il était assommé par ce qu'il découvrait. La technique de laminage de Salinas était une réussite parfaite : 1°) désarmement de l'adversaire ; 2°) coup de poignard dans le dos.

Il ne manquait plus que le coup de grâce.

« Cela dit, les découvertes majeures ne se font que l'esprit dispos (Salinas avait posé son verre vide) et, permettez-moi de vous le dire (il s'était levé, entraînant

Hippolyte dans le même mouvement), je vous trouve l'air un peu fatigué (il posa une de ses mains carrées sur son épaule). Évidemment, qui ne le serait pas avec la vie que nous menons, hein ? Ah ! Ah ! Ah ! Mais je tiens à avoir dans mon équipe des chercheurs au top de la forme physique ! »

Il poussait Hippolyte insensiblement vers la porte. Brusquement, il s'arrêta et le regarda bien en face comme s'il venait d'avoir une idée. « Tenez, pourquoi ne prendriez-vous pas quelques jours de repos supplémentaires ? »

À ces mots, Hippolyte esquissa un mouvement de dénégation. Sa dernière tentative de défense contre l'entreprise de démolition douce, mais méthodique, dont il faisait l'objet. Salinas ne le laissa pas reprendre la parole.

« Non, non, non. Pas de scrupules déplacés. Voilà quatre ou cinq semaines que je vous observe, vous travaillez trop, l'épuisement se lit sur votre visage. Et puis vous avez eu ce pépin de santé dernièrement... Il faut vivre, mon cher ! L'hôpital, la recherche, c'est une chose. Mais ce ne sont pas vos patients qui vous aideront le jour où vous serez vraiment malade, croyez-moi ! »

Il avait ouvert la porte de son bureau.

« N'en faites pas un cas de conscience, le service vous doit beaucoup. Allez vous reposer une dizaine de jours, je m'occupe de votre autorisation d'absence. Nous mettrons cela sur le compte d'un colloque sur l'aphasie de Wernicke ! Ah ! Ah ! Ah ! »

Et Hippolyte se retrouva dans le couloir.

Sur le bureau de Salinas, il avait vu, en se levant, un dossier qui avait anéanti ses dernières forces. Il avait lu à l'envers l'étiquette qui en ornait la couverture. C'était la note rédigée par Payerdji au sujet d'Alfred Houray. Elle transitait par le bureau du patron avant d'arriver sur le sien demain matin. Salinas savait donc pertinemment dans quel état désespéré se trouvait le notaire et dans quelle impasse étaient les recherches d'Hippolyte.

Il n'y avait pas à s'y tromper. Il était tué, éliminé. Mis sur la touche.

Dr Sicher et Mr Hippo

Après son entrevue avec Salinas, Hippolyte rentra chez lui, se laissa choir sur son canapé et alluma sa chaîne. Il déclencha la lecture du disque déjà chargé dans le lecteur. *Nirvana Unplugged in New York*. L'une des dernières apparitions de Kurt Cobain en public. Un disque touchant, en forme d'adieux.

Hippolyte n'écoutait pas. Il n'avait mis de la musique que pour se donner l'illusion de ne pas être seul.

Il resta longtemps immobile. À défaut d'un colloque sur l'aphasie de Wernicke, il avait entrepris un colloque avec lui-même. Ainsi, il s'était fait damer le pion à l'hôpital. Avec un art consommé de la manipulation, Salinas l'avait envoyé au placard. Et pour commencer, en congé pour dix jours. Une offre pareille, cela ne se refusait pas. C'était mieux qu'un cadeau. C'était un ordre.

Il pensa à Mado. Il ne tarderait pas à prendre congé d'elle également. Tout s'en irait. Tout repartirait comme c'était venu. Il ne savait pas quel subterfuge il allait pouvoir inventer pour survivre à cela. Probablement, l'un de ceux que trouvaient la plupart des gens pour oublier de quoi leur existence était faite.

Il s'achèterait un nouveau téléviseur avec un écran encore plus grand que le précédent et un système de *sound-surround* comme au cinéma, une machine à vous décoiffer les sourcils chaque fois que quelqu'un claque une porte dans le poste. Il s'abrutirait tous les soirs en espérant que le film avec lequel il rentrerait lui proposerait deux bonnes heures d'adrénaline et de vie méritant d'être vécue.

Ou bien il se lancerait dans l'Internet. Il mettrait au point un site personnel, *The world of Hippolyte Sicher*, sur lequel il expliquerait qui il est, ce qu'il aime, ce qu'il n'aime pas, avec un livre d'or, des liens, une adresse et surtout son blog où il raconterait jour après jour combien passionnante est devenue sa petite vie maintenant qu'il dispose d'un lieu pour raconter tout ce qui ne s'y passe pas.

Ou encore il se mettrait à bâfrer sans retenue, renonçant pour de bon aux derniers vestiges de la jeunesse et à toute considération de soi, comme beaucoup des gens de son âge qui capitulent, arrivés à la quarantaine. Alors il laisserait son cou et ses joues enfler à coups de hamburgers, de chocolat, de canettes de bière. Il porterait son ventre en avant-garde comme un signe extérieur de sa défaite.

Cependant, il pouvait choisir l'option inverse, oh le monde était grand, le monde était fécond ! Pourquoi ne pas s'inscrire dans une salle de musculation, se sculpter un corps d'athlète ? Savait-il que le développement musculaire était possible quasiment sans limite d'âge, et qu'il permettait de retendre les peaux les plus fripées comme aucun lifting n'était capable de le faire ? Du moment qu'on savait multiplier les occasions de se promener en string, quel succès, quelle victoire sur l'âge et la décrépitude !

Il y avait aussi la solution du retour à la vie authentique, aux racines et à la simplicité volontaire. Il vendrait ses appareils électroniques, télé, ordinateur, téléphone portable. Il irait vivre à la campagne, à Sablé-sur-Sarthe, dans une ferme retapée. Il cultiverait des tomates et des potirons. Il ne porterait plus que du velours et des vêtements achetés par correspondance chez Somewhere.

Décidément, il n'avait pas à se plaindre. Il ne manquait pas de solutions. De moyens pour oublier. Sauf qu'il ne voulait pas oublier. Il ne voulait plus se laisser porter par les événements avec la conviction de les maîtriser alors que c'étaient toujours les circonstances qui décidaient à sa place.

Il émergea un instant de sa rêverie. Il entendit la voix mélancolique de Kurt Cobain amorcer l'une des chansons les plus émouvantes de l'album : *Come as You Are*. Il se laissa pénétrer par le son mat et rond de la basse électroacoustique. Non, rien ne serait plus comme avant et Krist avait raison.

Il devait retrouver Mado.

Après tout, n'était-il pas déjà hors du monde, rejeté par lui, mis à la marge par ses collègues de l'hôpital ? N'était-ce pas le signe qu'il était voué à frayer un autre chemin, en dehors des sentiers battus ? C'était exactement cela. Depuis toujours son destin avait été à part. Le voyage temporel en était une preuve. Et au moment où il menaçait de s'arrêter, son éviction par Salinas lui indiquait encore qu'il ne pouvait se contenter d'une vie ordinaire. Un plus grand accomplissement l'attendait. Il lui fallait retrouver Mado, aujourd'hui, par n'importe quel moyen.

Cette pensée le regonflait. Sa destinée exceptionnelle se développait en lui comme une vague énorme qui allait tout emporter. Kurt Cobain chantait : « *Come as you are – as you were – as I want you to be* », et il se sentait invincible.

Quel affranchi, cet Hippolyte !

Mais aussitôt, une voix lui tint un discours désagréable. La voix disait : et le problème moral, Hippolyte, qu'est-ce que tu fais du problème moral ? Il ne voyait pas de quoi elle parlait. La voix reprenait : est-ce que, par hasard, il t'arrive de te rappeler que c'est toi qui l'as quittée ? La voix pilonnait : et te souviens-tu des circonstances ? Le jour de ton mariage, mon cher, le jour de ton mariage !

Oui, Hippolyte le voyait mieux maintenant, le problème moral. Et alors ? se disait-il après réflexion. Je l'ai quittée. Un accident de parcours. Cela a-t-il jamais empêché les gens de se retrouver ? Eh bien, oui, je l'ai quittée. Qui n'a jamais quitté personne, hein ? On finit tous par se quitter un jour ou l'autre. C'est même pour ça qu'on a inventé les retrouvailles si je ne me trompe.

La voix cependant s'entêtait : tu crois que tu as le droit d'aller la troubler après tout ce temps ? La voix revenait à la charge : peux-tu seulement considérer la possibilité qu'elle soit heureuse sans toi ? Oui, oui, admit Hippolyte. Elle est probablement plus heureuse sans moi. Il *faut* qu'elle ait été plus heureuse sans moi. Ah, tu vois, fit la voix. Pourrais-tu avec honnêteté désirer qu'elle ait souffert pendant vingt ans et qu'elle n'attende que ta réapparition ? Non, pensait Hippolyte. Ce ne serait pas juste.

Cette idée le rendait mélancolique et l'apaisait en même temps. Kurt Cobain chantait : « *Take your time – hurry up – the choice is yours* », et il se sentait l'âme compréhensive, l'âme vaste.

Quel saint, cet Hippolyte !

Il écoutait la musique et une paix étrange, un peu douloureuse, l'envahissait. Il fallait laisser chacun à son propre destin. Le monde était le monde, avec sa beauté cruelle et inexplicable, et tout était bien. Toutefois quelqu'un en lui ne l'entendait pas de cette oreille. Quelqu'un qui disait : oui, mais si elle *n'est pas* heureuse ? S'il lui manque quelque chose ?

S'il lui manque quelque chose ? reprit aussitôt la voix avec une inflexion ironique. Tu veux dire : quelque chose que toi seul saurais lui apporter ? Quelque chose dont tu détiendrais le brevet exclusif ? Et pourquoi pas ? se rétorqua-t-il à lui-même. Quelque chose qui s'appellerait la tendresse de nos vingt ans, une complicité née de notre histoire et qui nous rend à jamais uniques l'un pour l'autre, n'est-ce pas là un bien précieux ?

Un bien précieux, sans nul doute, répondit la voix. Mais un bien qu'il est préférable de conserver sous cloche. Dans les relations humaines, il y a quelques règles de conduite à respecter. La paix sociale ne s'obtient qu'au prix de l'oubli, crois-moi. Et c'est mieux ainsi pour tout le monde.

Ces derniers mots le firent bondir. Il se martelait les cuisses à coups de poing. Le colloque avec lui-même prenait une sale tournure. Est-ce une raison pour se comporter comme des bêtes ? s'écria-t-il. Des bêtes qui s'accouplent et se séparent, à tout jamais indifférentes l'une à l'autre ? Il bondissait sur le canapé, furieux contre ses propres pensées.

Certes, fit la voix. Néanmoins, il y a une nuance entre le fait de mener une vie droite et celui de s'autoriser tous les écarts que vous dictent vos désirs. Le problème moral, mon cher, est celui de la limite. Et de limite, il me semble que tu n'en as plus.

Quoi ! explosa Hippolyte. De quel soupçon entends-tu me salir ? Me crois-tu assez de vulgarité pour ne souhaiter rien d'autre que la séduire une seconde fois ! La voler à sa vie, l'annexer à la mienne, comme si rien n'avait eu lieu, comme si je n'avais pas vécu ce que j'ai vécu, comme si elle n'avait pas vécu ce qu'elle a vécu ? Est-ce là toute l'opinion que tu as de moi au bout de quarante-quatre ans ? Oh ! Tu me blesses, Hippolyte Sicher, tu me blesses tant !

Hippolyte était cassé en deux sur le canapé, les deux bras croisés comprimant son ventre. Il se tordait de douleur. La voix en lui se radoucit : d'accord, Hippolyte, d'accord. Alors, dis-moi, que veux-tu exactement ?

La revoir ! Seulement lui parler ! Lui dire combien elle compte. Penser que je ne la reverrai jamais est au-dessus de mes forces. Imaginer que je pourrais disparaître demain ou apprendre qu'elle a cessé d'exister sans avoir pu échanger à nouveau quelques mots avec elle sous le soleil ! Quelle folie affreuse que nos existences ! Comment concevoir encore de se lever le matin, de soutenir des conversations, de souscrire des polices d'assurance, de remplir des comptes en banque ? Ne sommes-nous pas humains ? Humains !

Hippolyte se laissa retomber sur le canapé.

Kurt Cobain chantait : « *Don't be late, take a rest.* »

Hippolyte écoutait en respirant doucement.

« *As a friend, as an old memoria – memoria.* »

Il se leva et arrêta le disque. Il saisit le boîtier et scruta longuement le visage du chanteur sur la pochette. Il se sentait empli d'un sentiment nouveau. Un calme étrange.

Une joie du lendemain qui venait.

Scarifications

Il tient un couteau de cuisine dans sa main droite, un couteau au manche noir, à la lame effilée et pointue. Il l'approche de son bras gauche un peu en dessous de l'épaule. Il se lacère lentement à cinq reprises. Cinq fois, la lame se pose sur la peau et glisse horizontalement sur quatre à cinq centimètres, ouvrant la chair, libérant une petite rigole de sang. Cela ne fait pas mal. Juste une sensation désagréable. La pression de la lame, puis son glissement incisif suivi d'un picotement. Il a maintenant cinq coupures parallèles sur le bras. Il passe la lame sous le robinet pour la nettoyer, l'essuie avec un torchon et range le couteau dans un tiroir.

Il fait nuit. L'horloge rose pastel accrochée au mur de la cuisine indique une heure du matin. Mado dort dans leur chambre. Ils se sont disputés une grande partie de la soirée. Il ne sait plus comment cela a commencé. Le ton est vite monté. Ils ont crié l'un et l'autre. Mado a fait mine de le quitter. Il l'a poursuivie dans la rue. Ils se sont fait une scène en public. Les passants les regardaient comme des bêtes curieuses. Il était mort de honte, mais il lui était impossible de s'arrêter. Ils sont remontés dans l'appartement où ils ont continué à se déchirer, c'était interminable. Aucun des deux ne voulait céder. Il a fini par entrer dans un mutisme complet, refusant tout échange. La conversation étant devenue inutile, Mado est allée se coucher. Il l'a entendue sangloter dans la chambre. Il n'est pas allé la rejoindre.

Maintenant elle a dû s'endormir. Maintenant il est seul. Et il se déteste. Il se reproche de ne pas être plus fort, de ne pas savoir désamorcer ces conflits imbéciles. Il l'aime tant, sa Mado, pourquoi la vie à deux est-elle si difficile ? Il n'est pas à la hauteur, pense-t-il, une fois de plus. Et c'est pourquoi il se meurtrit. Pour se punir. Pour se souvenir. Peut-être sa chair se rappellera-t-elle mieux la prochaine fois ?

Sur son bras, les cinq rigoles dégoulinent telles des traînées de peinture fraîche. Il pense au balisage des sentiers de grande randonnée dans les Alpes. Des traits rouges superposés sur le tronc des sapins. Il va à la salle de bains désinfecter ses plaies à l'eau de Cologne. Les mortifications, c'est bien. Les bonnes résolutions, c'est mieux. Mais avec une gangrène ou une septicémie, cela ne servirait plus à grand-chose. Quand on est en cinquième année de médecine, on n'omet pas ce genre de détail.

Lorsque les cinq plaies ont cessé de saigner, il les dissimule en rabattant la manche du tee-shirt qu'il avait roulée sur l'épaule. Puis il va retrouver Mado dans la chambre plongée dans l'obscurité. Il entend le souffle régulier de sa respiration. Il s'allonge à côté d'elle. Il s'en veut horriblement. Quel crétin, il fait ! Quel pauvre type ! Il se morfond, bourrelé de remords. Il voudrait lui demander pardon, il voudrait lui dire combien il regrette.

Hippolyte est là qui suit ces pensées endolories, en spectateur impuissant. Tout est joué d'avance. Même cette lucidité tardive ne le sauvera pas du désastre. Que peut-il faire sinon suivre le cours inéluctable de son histoire, tapi dans l'ombre, la mort dans l'âme ?

À cet instant, il sent un bras s'enrouler autour de sa taille. Une main remonte avec douceur vers sa poitrine.

Mado ne dort pas. Elle accomplit le premier geste de réconciliation. Sa main à lui rejoint la sienne et la serre à la broyer. Il ne dit pas un mot. Il se retourne, la prend dans ses bras et pose un baiser sur ses lèvres. Ils demeurent un moment enlacés dans le noir. Il sent son cœur battre contre sa poitrine. Il sent le parfum de ses cheveux. Il caresse sa joue, son nez, sa bouche du bout des doigts. « Je veux voir tes yeux », dit-il. Et il allume.

Ils restent de longues minutes la tête enfouie dans l'oreiller, à se contempler en silence, le regard de l'un dans le regard de l'autre. Tout est effacé de cette horrible soirée. Il n'y a plus qu'eux, seuls au monde, comme avant. La tempête s'est enfuie, les eaux à nouveau sont dormantes. Il la serre contre lui. Il ne pourrait se passer d'elle.

Alors Mado dit : « Qu'est-ce que tu t'es fait, là ? »

Elle montre la manche gauche de son tee-shirt. Une petite tache de sang frais en imbibe le coton. Hippo devrait avouer ce qu'il vient de faire. Il sait qu'il devrait saisir l'occasion de dire la complexité de ses sentiments, la rancune empoisonnée qu'il nourrit contre lui-même. Oui, c'est le moment de lui confier sa culpabilité, cette perfection qu'il ne peut atteindre, sa folie amoureuse et la punition qu'il vient de s'infliger à la cuisine.

Mais tandis qu'il observe l'émeraude ondoyante dans le regard de Mado, il se découvre incapable de révéler sa faiblesse. En une fraction de seconde, sa douleur durcit dans son cœur comme un noyau méchant. Hippolyte perçoit ce subtil mouvement intérieur. Il voit le démon de la perversité le retourner en un éclair.

Hippo relève sa manche et d'un ton froid, détaché, laisse tomber : « Je me suis coupé avec un couteau. »

Mado est horrifiée. Elle pousse un cri : « Pourquoi as-tu fait ça ? » Il répond, aussi tranchant que la lame tout à l'heure : « Pour ne pas oublier. » Oh non ! gémit Hippolyte. Ce n'est pas ça, ce n'est pas comme ça, ce n'est pas ce que cela voulait dire !

Mado s'est écartée de lui, les yeux grands ouverts. Elle ne croit ni ce qu'elle voit ni ce qu'elle entend. Elle demande : « Tu ne voulais pas oublier quoi ? » Alors avec une volonté satanique qui ne lui appartient pas, qui s'est introduite en lui et à laquelle il s'abandonne avec fureur, Hippo lui répond en martelant ses mots : « Pour ne pas oublier ce qui s'est passé entre nous ce soir. Jamais. »

Oh par pitié ! se lamente Hippolyte. C'est tout ce que tu as trouvé pour te punir davantage ? Voilà comment on ravage tout, comment on s'assassine à vingt ans de distance !

La formule cinglante d'Hippo a atteint sa cible. Ils s'enflamment instantanément. La dispute reprend, plus violente encore qu'elle ne l'avait été dans la soirée. Hippolyte s'entend parler avec épouvante.

Il reproche à Mado de vouloir l'enfermer, le tenir en laisse. Il lui reproche les week-ends chez ses parents (comme ils lui manqueront plus tard, ses parents). Il lui reproche les samedis soir mortellement ennuyeux devant la télé (mais quel bonheur de s'ennuyer avec Mado, Hippo, tu ne te rends pas compte !). Il lui reproche l'adoration qu'elle voue à son père (un homme adorable pourtant, faut-il que tu sois bien malheureux pour en être jaloux, mon garçon).

Ils se font face. Une frénésie d'autodestruction les possède tous deux. C'est un saccage fumant où tous les coups sont permis et où l'on ne s'épargne rien. Hippolyte assiste au désastre avec un sentiment d'accablement. C'est donc cela ? C'est donc pour cela que tout s'est terminé ? Tout finira par être perdu, gâché, impossible ?

Ils sont debout maintenant. Ils tournent dans l'appartement comme des lions en cage. Hippo n'est pas en peine pour décocher des flèches, puisqu'elles sont toutes destinées à l'atteindre lui-même. Il va jusqu'à reprocher à Mado son conformisme de gauche ! Lui qui n'a pas encore découvert son conformisme de droite !

Dans ce pugilat verbal, Mado est loin d'être désarmée. Elle a l'esprit vif et un sens de la repartie qu'elle tient de son père (celui-là même dont il s'agissait d'être jaloux tout à l'heure) (mais peut-être avec raison maintenant). Elle accuse Hippo de ne pas savoir vivre (ça, c'est vrai, pense Hippolyte). Elle prétend qu'il est incapable de profiter de l'instant présent (en effet, comme c'est juste). Elle affirme qu'il ne sait pas jouir des petits plaisirs de l'existence (incroyable, elle avait donc tout compris ?). Elle diagnostique son inaptitude à voir la beauté du quotidien (quelle intelligence ! quelle finesse !).

Elle dit aussi qu'il ne sait pas ce qu'il veut (oui, oui, c'est exact !), qu'il voudrait être ici et ailleurs à la fois (elle ne croit pas si bien dire !), qu'il n'a qu'à épouser sa chaîne Bang et Olufsen, ça lui fera des vacances (ça, c'est envoyé !) et, pour finir, elle le traite de malade (bien fait ! ah ! ah ! qu'est-ce que tu dis de ça, imbécile ?).

Pendant un instant, Hippolyte oublie où il se trouve et quel est l'enjeu de la situation. Il compte les points. Il est entièrement du côté de Mado.

La réalité cependant le rappelle du seul côté où il peut se trouver. Hippo est hors de lui. Comme il a fini d'abîmer le présent, il lui reste à ruiner l'avenir. Il jette au visage de Mado qu'il n'acceptera jamais le destin dont elle rêve pour eux, une petite vie bourgeoise et médiocre, alors qu'il vise un grand accomplissement. Ses mots sont choisis pour faire mal, des mots meurtriers qui partent comme des poignards. À chaque salve, il en ressent l'impact dans son ventre. Il lui est impossible de s'arrêter. Il est fasciné par le gouffre où ils se précipitent ensemble.

Mado pleure. Elle ouvre un placard, enfile un pantalon et cette veste pied-de-poule qu'il déteste, parce qu'elle rend sa beauté encore plus éclatante et qu'il ne peut supporter le redoublement des regards masculins sur son passage. Les larmes roulent sur ses joues. Ses cheveux flamboyants, qu'elle porte bouclés depuis quelques semaines, retombent en mèches folles devant ses yeux.

Elle lui dit qu'elle s'en va, qu'elle le quitte, que tout est fini. À l'instant même. Elle part chez ses parents. À l'instant même ! Hippolyte sent une révolution s'accomplir dans son corps. Sa violence ne trouve plus d'issue. Son sang se met à bouillir dans ses veines. Sa pensée, son esprit, s'arrachent à son crâne. Des lambeaux de phrases qui s'en vont. Impossible... de... vivre ensemble... de se... quitter...

pas la... perdre... pas la...

Son crâne est en feu, son cœur cogne.

Il se jette la tête la première contre le mur. De toutes ses forces. Son front heurte la paroi. L'onde de choc fait vibrer ses mâchoires et se répand douloureusement jusqu'au fond de la gorge à travers la voûte du palais. Il se retourne, chancelle. Un sifflement dans les oreilles, un voile sur les yeux. Ses jambes cèdent.

Noir.

Hippolyte n'a pas perdu le contact, mais ne reçoit plus aucune information sensorielle. Il flotte dans un néant étrange, ténébreux et ouaté. Hippo a perdu connaissance. Une très brève syncope. En quelques secondes, il reprend ses esprits. Il ouvre les yeux et voit le visage de Mado près du sien, les yeux inondés de larmes.

« Hippo, mon Hippo, pardon, pardonne-moi. »

Sa voix douce qui sanglote. Il est allongé sur le lit. Elle lui passe un mouchoir mouillé sur le front et les tempes. Elle pose des baisers sur ses lèvres, sur son nez, sur ses joues, partout. « Pardonne-moi, Hippo, Hippo, pardonne-moi. » Il la prend dans ses bras et l'attire contre sa poitrine. « Ma Mado, ma fée d'opium, il n'y a que toi, que toi... »

Hippolyte est exténué. C'est fini pour ce soir, se dit-il. Et bientôt, ce sera fini pour toujours, mais ils ne le savent pas encore. Maintenant, c'est l'heure de la douceur, l'heure de la réconciliation, aussi magique, merveilleuse et tendre que l'affrontement a été sauvage et sanglant. Et tandis qu'Hippo s'abandonne aux baisers de Mado, Hippolyte sait ce qu'il va faire dès que son réveil sonnera et qu'il émergera du voyage.

Il va partir à sa recherche sans perdre une minute.

QUATRIÈME PARTIE

Dans la gueule du tigre

Vingt-quatre heures

Il se donnait vingt-quatre heures pour la retrouver. Vingt-quatre heures, pas une minute de plus. La raison était simple. Il pensait que c'était une question de destin. La scène qu'il avait revécue la nuit précédente l'avait convaincu qu'on ne pouvait arrêter le cours des choses. Hippo et Mado, malgré la force de leur attraction et leur volonté de rester unis, n'y étaient pas parvenus. Mais, paradoxalement, le fait qu'Hippolyte, arrivé à l'âge de quarante-quatre ans, ait eu la faculté de revenir dans le passé, prouvait qu'un lien spécial les ramenait l'un vers l'autre. Leur destin commun restait encore à découvrir, voilà ce qu'il pensait. Leur volonté se tenait là, déjà tracée. Il ne leur restait plus qu'à la reconnaître et à la suivre. C'était le sens profond de cette aventure.

Dans ce cas, vingt-quatre heures suffiraient. Il se contenterait d'aider un peu le hasard et tout allait converger vers un résultat qui était inévitable. Vingt-quatre heures, c'était même beaucoup plus de temps qu'il n'en fallait. Le réveil avait sonné à sept heures. À huit, il était sur le pied de guerre. Si à minuit il ne l'avait pas retrouvée, il arrêterait tout.

Il commença par consulter l'annuaire téléphonique. À Saint-Cloud, la mère de Mado lui avait dit que sa fille n'habitait pas très loin de chez elle. Pourtant elle ne figurait pas sur la liste pour cette localité. Il élargit sa recherche à quelques villes avoisinantes. Il ne la trouva pas non plus. Il consulta les annuaires des opérateurs privés, sans davantage de succès.

Au bout d'une heure, il se souvint que Mado était devenue médecin généraliste. Il avait vu ses résultats d'examen sur le panneau d'affichage deux ans et demi après leur rupture. Il éplucha les pages jaunes pour Paris et toutes les villes de la ceinture parisienne. Néant. Il appela l'Ordre des médecins. Il prétendit qu'il avait besoin des coordonnées de sa consœur pour un patient qu'il comptait lui adresser. La secrétaire entreprit une recherche informatique. Elle n'avait personne répondant à ce nom sur son ordinateur. Mado n'exerçait pas une activité libérale. Ou peut-être ne travaillait-elle plus ou avait-elle changé de nom après son mariage.

Il était près de dix heures et Hippolyte n'avait pas l'amorce d'une piste. Il était plus difficile qu'il n'aurait cru de s'improviser détective privé.

Il restait une solution. Frapper à la porte des parents de Mado et se présenter à eux avec la plus totale franchise. Une solution qui demandait du courage et de l'humilité, mais que pouvait-il envisager d'autre ?

Moins de trois quarts d'heure plus tard, il était à Saint-Cloud, rue Du Maurier. Il arrêta la voiture à une centaine de mètres de la maison familiale qu'il connaissait bien et décida de finir le trajet à pied pour se détendre les nerfs. Au fur et à mesure qu'il approchait, il sentait sa détermination faiblir. Lorsqu'il reconnut les piliers d'entrée, le numéro 16, le portillon, la haie, la façade du pavillon, le cœur lui manqua tout à fait. Il hésita, fit une halte, puis soupirant, revint sur ses pas.

C'était inutile. Il n'y arriverait pas.

Deux maisons plus loin, une femme sortait de chez elle. Elle relevait le courrier dans sa boîte aux lettres. Il chercha à l'identifier d'un rapide coup d'œil. Son visage ne lui disait rien. Il n'avait pas le souvenir qu'elle ait habité là autrefois. Il s'approcha d'elle, prétendit avoir une livraison à effectuer et donna le nom de Mado. Il n'avait pas l'allure d'un livreur. Cependant, quinze années de consultations médicales lui avaient appris à inspirer confiance par le regard et le ton de la voix.

La voisine s'y laissa prendre. Elle lui répondit que seuls les parents vivaient là, au bout de la rue, ce qu'il savait déjà. Elle ajouta qu'à sa connaissance, la fille de la maison résidait à Boulogne, mais qu'elle n'en savait pas davantage, car elle ne fréquentait pas cette famille. Le mieux était d'aller leur demander. Il remercia poliment, fit mine d'emprunter la direction indiquée par la dame, et dès qu'elle eut disparu chez elle, il fonça vers sa voiture.

Un peu plus tard, il était à Boulogne, effrayé par l'ampleur de la tâche. C'est que c'est grand, Boulogne ! Il venait d'entrer en trombe dans un bureau de poste comme il aurait fait irruption dans un PMU avec un tiercé gagnant. Il avait demandé le Bottin, persuadé qu'il allait cette fois trouver ce qu'il cherchait. Mais toujours pas de Mado.

Il appela les renseignements et l'opératrice lui confirma qu'elle ne figurait pas au nombre des abonnés. Comme elle ne dit rien d'une éventuelle inscription sur liste rouge, il en conclut qu'elle avait bien changé de nom en se mariant.

À présent, il était au volant de sa voiture devant l'hôtel de ville. Il tournait le problème dans sa tête. Que ferait un détective pour retrouver une personne disparue ? Sachant qu'il faut respecter les formes légales, qu'un privé n'a pas plus de pouvoirs qu'un individu ordinaire ? Ça ne devait pas être si compliqué, il suffisait d'un peu de bon sens.

L'état civil ? Sûrement pas. Pour des individus vivants, c'était du confidentiel défense. Impossible en

France de consulter les registres sans déclencher la Troisième Guerre mondiale. Alors ? Où laissons-nous forcément des traces ? Des traces officielles, des traces administratives ? De bonnes vieilles traces de citoyen ?

Son regard, qui errait d'un point à l'autre du décor, s'arrêta sur l'enseigne de la mairie. Un sourire monta sur ses lèvres.

Il était midi moins dix. Il se rua vers les bâtiments municipaux, arriva à un guichet et présenta sa requête. Il voulait consulter les listes électorales. L'employé lui jeta un regard méfiant. Encore un de ces sales journalistes ! Ou un mauvais coucheur, adversaire de la majorité ! Et d'ailleurs, la consultation des listes n'était pas libre. Hippolyte insista. Si, si, je vous assure. N'importe qui peut en prendre connaissance. Il l'avait lu dans le journal, il était certain de ses droits.

Devant sa ténacité, la résistance de l'employé ne tarda pas à céder. Il s'absenta un instant pour se renseigner, puis il revint, l'air fataliste. Oui, c'était vrai, il pouvait consulter les listes. Il conduisit Hippolyte jusqu'à une salle où il lui désigna de gros classeurs alignés sur des étagères.

« Voilà. Amusez-vous bien. »

Hippolyte se mit aussitôt à l'ouvrage. Il commença à compulser les volumes avec enthousiasme. L'action confortait sa conviction qu'il allait trouver Mado avant le coucher du soleil. Elle était là quelque part sur ces pages.

Il ignorait son nom d'épouse, cela n'avait aucune importance. Les électrices étaient enregistrées sous leur nom de jeune fille. Comme il ne connaissait pas le bureau de vote dont elle dépendait, il lui fallait aller de classeur en classeur, circonscription par circonscription. Il découvrit assez vite que certains noms, inscrits depuis un an ou deux, étaient rajoutés en fin de volume sans respect du classement alphabétique. Cela multipliait d'autant le nombre de pages qu'il devait déchiffrer.

Il en parcourait les colonnes à toute vitesse. Quelques secondes par page à peine et il tournait. Mais que de noms ! Des centaines, des milliers ! Au bout d'une heure, il commença à déchanter. Ses yeux étaient concentrés sur un point toujours fuyant. De haut en bas, de haut en bas, page suivante. De haut en bas, de haut en bas, page suivante. Oh tous ces noms ! Il en avait le tournis. Les lettres et les chiffres grouillaient. Il n'avait rien avalé depuis le matin et n'avait pas faim. Un effet prolongé de la sibutramine malgré l'arrêt du traitement.

Il semblait qu'on l'avait oublié dans ce bureau où personne ne venait. Les employés avaient dû s'absenter pour aller déjeuner. Pas un bruit ne troublait le silence.

Quatorze heures trente. Il tournait et tournait les pages, les yeux usés par tous ces noms. Ne la trouverait-il jamais ? Une heure de recherche supplémentaire et le découragement était proche. Il ne restait qu'un classeur à vérifier.

Il le passa au peigne fin. Il tourna la dernière page. C'était fini. Elle n'habitait pas à Boulogne. Ou, du moins, elle ne s'était pas fait inscrire sur les listes.

Retour à la case départ.

Il était comme saoul, son attention à la dérive. Il sentit une présence derrière lui. C'était une employée. Il ne l'avait pas entendue approcher. « Excusez-moi, lui dit-elle. Je suis passée plusieurs fois dans le couloir et j'ai vu que vous cherchiez quelque chose. Je peux peut-être vous aider ? »

Elle avait un visage intelligent et aimable. Hippolyte reprit espoir. « Je cherche quelqu'un, expliqua-t-il. Une personne que j'ai perdue de vue depuis longtemps. »

Il guetta sa réaction. Il comprit d'instinct qu'il devait mieux se justifier. Il ajouta : « C'est ma sœur adoptive. Nous avons été séparés. C'est important pour moi de la retrouver, vous comprenez ? » Elle lui adressa un sourire en signe d'acquiescement.

« Il est possible que votre sœur se soit inscrite et que vous ne la trouviez pas sur ces registres, lui dit-elle.

– Ah bon ? répondit-il, dépité, en considérant les dizaines de volumes qu'il venait de dépouiller inutilement.

– Les listes électorales ne sont révisées qu'à dates fixes tous les ans et, pour être enregistré, il faut avoir déposé sa demande avant le 31 décembre. Il suffit qu'elle se soit inscrite le 2 janvier et son nom n'apparaîtra pas avant l'année prochaine... »

Stupéfaction d'Hippolyte. « Mais... Vous devez posséder la liste des nouveaux inscrits, il faut bien qu'ils aient été notés quelque part...

– Oui, c'est vrai, nous disposons des demandes d'inscription, mais ce n'est pas la liste officielle. En tout cas, elle n'est pas consultable...

– Et vous ne pourriez pas...

– Je suis navrée, je n'y ai pas accès moi-même. »

Il sentit ses épaules s'affaisser. Il était plus de quinze heures trente et il n'avait toujours rien. L'employée de mairie lui adressa un clin d'œil.

« Toutefois, je peux peut-être vous indiquer un autre moyen de la retrouver...

– Vraiment ? » Le visage d'Hippolyte s'éclaira à nouveau.

« Si votre sœur est propriétaire de son logement, elle est enregistrée au cadastre...

– Et ?

– Il peut également être consulté par n'importe qui. »

Il faillit la prendre dans ses bras et l'embrasser sur les deux joues. Bien sûr, il était probable que Mado soit propriétaire de son logement ! Formidable ! La vie d'un détective était pleine de rebondissements !

La vie de détective

Quelques minutes plus tard, il était planté devant le guichet du cadastre, les traits décomposés. Des coordonnées de propriétaires ? lui avait-on dit. Pas de problème. Quelle parcelle ?

Que, quoi ? avait-il répondu. Une parcelle ? Qu'est-ce que vous entendez par parcelle ? Eh bien, cher monsieur, nous ne pouvons vous apprendre l'identité des propriétaires d'un logement que si vous avez la bonté de nous indiquer au préalable à quel endroit ils résident. D'où la question : quelle parcelle ?

Hippolyte n'avait pas saisi tout de suite l'ampleur du problème. Vous voulez dire que vous ne possédez pas une liste nominative des propriétaires ? L'employé avait émis un rire distingué. Si, bien sûr, nous avons cette liste dans la matrice, notre répertoire général. Mais si vous vouliez juste savoir où ces personnes habitent, cher monsieur, il fallait le dire tout de suite. C'est à quel nom, je vous prie ?

Hippolyte poussa un soupir de soulagement. Il donna le nom de jeune fille de Mado. Il précisa qu'elle était mariée. L'employé le regarda en biais. Vous n'avez pas son nom d'épouse ? Un sourire goguenard naissait sur ses lèvres. Euh non, répondit Hippolyte. Je ne le connais pas. C'est gênant ?

L'employé s'était mordu les lèvres pour ne pas rire. Des pattes-d'oie marquaient le coin de ses yeux. Gênant ? Oh non, il n'y a rien de gênant, cher monsieur. Seulement, pour les propriétés indivises, c'est le nom du mari qui sert de base au classement alphabétique. Celui de sa femme ne figure qu'au-dessous. J'espère que vous avez tout votre temps. Quant à nous, nous fermons à dix-sept heures.

Hippolyte s'était une nouvelle fois retrouvé devant une ribambelle de gros classeurs. Il y en avait des dizaines. Vous voulez quand même les consulter ? avait demandé l'autre en tirant vers le bas, du pouce et de l'index, les commissures de ses lèvres. Attendez, avait fait Hippolyte. Vous voulez dire qu'il n'y a aucun moyen d'accéder directement au nom de jeune fille ? Vous voulez dire que je vais devoir dépouiller tous ces volumes *intégralement ?*

L'employé avait pouffé. « Cher monsieur, savez-vous combien de propriétés bâties compte Boulogne et quel est leur taux de circulation sur le marché immobilier ? Comment voulez-vous que nous tenions un registre qui concurrence l'état civil avec des milliers de propriétaires dont un pourcentage important change d'une année sur l'autre ? »

Hippolyte avait senti un coup de massue s'abattre sur son crâne. Il apprenait beaucoup depuis le matin. Beaucoup de subtilités administratives. Une vraie formation d'enquêteur en accéléré. Et maintenant, il était là, devant ce guichet, et il était découragé. Si découragé qu'il ne voulut pas jeter un regard aux documents qu'on lui offrait d'examiner.

Il restait à peine une heure avant la fermeture. Il n'aurait jamais le temps de les dépouiller. Allait-il demander à consulter le rôle des contribuables ? À quoi bon ? Il lui faudrait communiquer le numéro siret de Mado ou bien il comprendrait après un vain épluchage qu'elle avait cessé de travailler et qu'elle ne déclarait pas de revenus...

C'était ça, la vie de détective. Un labeur de rat de bibliothèque. Il était profondément déprimé. Il n'allait pas y arriver. Il ne la retrouverait pas. C'était perdu d'avance.

Il regagna la rue. Il laissa voguer ses yeux sur la vie qui passait, les humains qui couraient, l'amble joyeux des chiens renifleurs de réverbères. Il monta dans sa voiture et reprit la direction de Paris. Quand il eut franchi les grands boulevards, une tristesse compacte fondit sur lui. Il éprouva le besoin d'un remontant. Il s'arrêta dans un bistrot et commanda un double citron pressé. Il l'avala cul sec. Ce que c'était fort !

Ce qu'il s'en fichait.

Il regardait les clients autour de lui, qui consommaient, assis au comptoir, qui jouaient au billard électrique, au baby-foot. Cette solitude ! Tout n'avait donc été qu'un rêve. Un mensonge de son esprit. Il n'avait pas de destin en définitive. Pas de destin commun avec Mado en tout cas. C'était pure coïncidence si sa mère l'avait rencontré à Saint-Cloud près de sept semaines auparavant. Pure coïncidence, oui. Un hasard. Même si elle était proche de sa fille...

Même très pr...

Il bondit de sa chaise. Il régla sa consommation et sortit du café comme une tornade. Il se jeta sur sa voiture et, dès cet instant, pied au plancher jusqu'à Boulogne, hôtel de ville, service du cadastre. Il brûlait les feux, prenait les virages à angle droit, doublait sans visibilité, l'œil rivé sur sa montre. Seize heures trente. Seize heures trente-cinq. Seize heures quarante. Pourvu qu'il arrive avant la fermeture !

Boulogne. Seize heures cinquante-cinq. Il abandonna son véhicule en double file. Il courut, courut. Courut encore. Il arriva au guichet, les yeux exorbités, ses poumons sur la langue. « S'il vous plaît (reuh, reuh, reuh), finalement je voudrais savoir (reuh, reuh) si vous avez une parcelle correspondant (reuh) au nom que je vous ai donné tout à l'heure. »

L'employé jeta un regard à l'horloge murale, l'air revêche. Il restait deux minutes. Deux minutes légales, deux minutes administratives. Il n'avait plus envie de pouffer.

« Ce n'est plus son nom de jeune fille maintenant ? lâcha-t-il sur un ton hargneux.

– Euh non, bafouilla Hippolyte. Enfin si. Euh, c'est-à-dire, c'est pour vérifier. »

L'employé visa à nouveau l'horloge. Ses pattes-d'oie griffaient le coin de ses yeux. « Qu'est-ce que vous voulez savoir ? demanda-t-il avec un soupir d'exaspération.

– Juste l'adresse s'il y en a une, un simple coup d'œil, ce sera très rapide. »

L'employé se leva de mauvaise grâce, disparut dans une arrière-salle et revint avec un registre cadastral. « Voilà le classeur correspondant au nom que vous m'avez donné. Dépêchez-vous, je n'ai pas que ça à faire. »

Hippolyte feuilleta le volume à toute vitesse. Il suivait du doigt la liste dans le classement alphabétique. Soudain, il poussa un cri de joie. Il avait trouvé le renseignement qu'il cherchait. Un renseignement sur lequel il avait compté à l'aveuglette comme on joue un coup de poker.

Et c'était gagné.

Il était tombé sur le nom du père de Mado.

Un nom facile à trouver, inscrit sous la rubrique qui correspondait à son initiale. Il n'avait pas songé à cette éventualité tout à l'heure. Les parents de Mado étaient propriétaires d'un logement secondaire, à Boulogne.

Parcelle 634, Section ACV. Un F4, situé au numéro 51 de la rue Richard-Collier, 2e étage.

Nom de Dieu, il se dit. Nom de Dieu de nom de Dieu ! Ils lui ont acheté un appartement ! Ah ah, c'est ça, la vie de détective ! De la méthode, de solides connaissances. Et surtout de la sensibilité ! Trente pour cent de rigueur, soixante-dix pour cent d'intuition pure, c'est la garantie du succès.

Au 51 de la rue Richard-Collier, toutefois, l'intuition pure d'Hippolyte se heurta à un mur. Un mur percé d'une porte, certes. D'une porte qui s'ouvrit au troisième coup de sonnette, certes. Mais qui s'ouvrit sur le visage d'une dame d'un certain âge s'apprêtant à sortir (costume en soie noire et brillante, pantalons vaporeux, escarpins vernis, sac à main assorti – il était déjà dix-huit heures, l'heure du bridge).

Hippolyte, qui retenait son souffle, prêt à affronter la surprise de Mado, se dégonfla comme une baudruche. « Ah mais, je... c'est-à-dire que je... » Il jeta un coup d'œil sur la sonnette. Il n'y avait pas de nom. Peut-être était-ce la porte d'à côté ? Il se confondit en excuses, dit qu'il avait dû se tromper. À tout hasard, il lâcha le nom de Mado. La dame savait-elle si elle habitait l'immeuble ?

« Ça ne me dit rien, répondit-elle. Chéri, tu la connais, toi ? » Un homme portant un blazer bleu marine, un pantalon de flanelle et une cravate à écusson fit irruption dans l'encadrement de la porte. La soixantaine souriante. Une couronne brillait au coin de la bouche. Un bon partenaire pour le bridge, pensa Hippolyte.

« Je me demande si ce n'est pas la fille des propriétaires, fit-il. Ce nom me rappelle quelque chose. » Son visage avenant s'étoilait de rides. Il avait une chevelure bien peignée, raie sur le côté, mèche grisonnante, disciplinée à grand renfort de parfum. « En réalité, on loue à une agence, mais il me semble que, oui, c'est le nom des propriétaires. Leur fille habitait ici avec son mari avant notre arrivée, l'année dernière. »

Il s'adressait à son épouse : « Tu te rappelles, nous l'avons vue une fois quand nous avons visité l'appartement... »

L'épouse acquiesça. Hippolyte était tendu comme une arbalète. Le moment était critique. Allait-il à nouveau perdre la piste ou aboutir enfin à une information sérieuse ? Il demanda, la voix frémissante : « Et vous ne sauriez pas où elle habite, par hasard ? »

Il ne put empêcher ses genoux de s'entrechoquer. Il posa une main sur le mur du couloir d'un air faussement nonchalant.

« Il me semble, répondit l'homme. Il me semble qu'elle nous a dit qu'elle avait acheté une maison à Boulogne... Oui, ça me revient. Elle avait même précisé : aux Glycines. Tu te souviens ? Le quartier chic... »

Sa dame hocha la tête avec une moue experte.

Oui, Les Glycines. Les beaux quartiers de Boulogne.

Hippolyte ne se tenait plus de joie. Bien sûr, il lui manquait encore la rue. Cela prendrait du temps avant de la trouver. Une bagatelle quand il n'est que dix-huit heures, qu'on dispose de six belles heures devant soi et qu'on possède des quantités industrielles d'intuition en réserve !

Destins croisés

Le quartier des Glycines était beaucoup plus grand qu'Hippolyte ne l'aurait imaginé. Comme il lui fallait en parcourir chaque rue et vérifier habitation par habitation le nom des habitants, il était hors de question de le sillonner en voiture. Il abandonna son véhicule et entreprit ses recherches à pied. Il le fit avec un redoublement d'énergie dû à un sentiment d'imminence de la découverte. Et avec un certain aveuglement comme il devait bientôt s'en apercevoir.

Nombre d'appartements et de maisons ne précisaient pas le nom de leurs occupants sur les sonnettes et les boîtes aux lettres. D'autres étaient protégés par des digicodes. Hippolyte avait donc repris son rôle de livreur. Il avait acheté un gâteau dans une pâtisserie. Il le gardait emballé dans une boîte en carton, au fond d'un sac en papier, et il s'en servait pour se justifier chaque fois qu'il devait sonner quelque part.

Après une heure et demie de galopade, il comprit qu'il avait entrepris un travail colossal et absurde. Il la cherchait toujours sous son nom de jeune fille, alors qu'elle n'était sans doute plus connue sous celui-ci.

La nuit arrivant, l'argument du colis à livrer allait devenir de moins en moins crédible. Et s'il se débarrassait du sac en papier ? Il pouvait tenir le gâteau dans sa boîte plate et laisser croire que c'était une pizza. Non, invraisemblable. Il jeta le gâteau dans une poubelle.

Il se mit à errer dans les rues.

Je ne peux pas avoir fait tout ça pour rien, se disait-il. Trente pour cent de méthode, soixante-dix pour cent d'intuition, je n'en démords pas. Je vais tomber sur elle, c'est inévitable. Mais il ne tombait sur personne. Sauf peut-être de fatigue. Il commençait à tituber. La journée avait été bien remplie depuis qu'il avait démarré. Une sacrée journée pour un toubib détective plus léger de dix kilos que ne l'aurait voulu son poids de forme.

Les idées tournicotaient dans sa tête. Réceptif, je dois être réceptif. Mes pas me guident mieux que ne saurait le faire ma pensée. Ils me conduisent où je dois aller. Elle est là, dehors, comme moi. Nos chemins se rejoignent sans que nous le sachions.

Il marchait. Vingt heures trente. À cette heure, les gens très occupés rentrent du travail ou sortent pour la soirée. Il pouvait la cueillir au vol. Elle allait apparaître d'un instant à l'autre.

Il marchait. De temps en temps, une silhouette. Une ombre vite révélée par le halo d'un réverbère. Fausse joie. Fausse inquiétude. Ce n'était pas elle. Et il marchait. Il déambulait avec ses jambes molles, de plus en plus difficiles à coordonner.

Vingt et une heures trente. Plus aucune chance de la retrouver à présent. À moins de déclencher une alerte générale et de faire évacuer le quartier. Pauvre type, pensa-t-il. Tu es ridicule. Tu t'abaisses en dessous de ta dignité. Une phrase lui revint en mémoire. « Injurie-toi, mon âme, injurie-toi ! Tu n'auras plus l'occasion de t'honorer. » D'où cela venait-il ? C'était de Marc Aurèle. Un souvenir du lycée, il y avait plus de vingt-six ans.

Une forme avançait dans l'obscurité.

Il eut un coup au cœur. C'était elle.

Il ralentit l'allure. Il eut envie de s'arrêter, de faire demi-tour, de fuir. Il ne pourrait pas, non, il ne pourrait pas. Elle arrivait sur lui. Elle tenait un chien en laisse, un scottish-terrier noir qui trottinait dans le caniveau. Elle fumait une cigarette. Il voyait la pointe incandescente qui rougeoyait dans l'ombre. Et sa silhouette fine qui se mouvait vers lui.

Elle passa dans la tache claire d'un réverbère. Elle n'avait pas changé. Ces traits purs, cette même allure. Elle avait un peu maigri. Ses cheveux lumineux étaient relevés en chignon derrière sa tête, comme autrefois. Elle portait un imperméable blanc serré à la taille par une ceinture. Ils n'allaient pas tarder à se croiser. Elle ne l'avait pas aperçu encore. Il avait peur. Ses jambes flageolaient.

Il se figea, respiration suspendue. Elle arrivait à sa hauteur. Ses longs doigts portaient sa cigarette avec lenteur à ses lèvres. Elle avait un pli soucieux entre les sourcils. Des petites rides marquaient le coin de ses paupières. Elle n'a pas l'air d'être heureuse, se dit-il. Elle marchait le regard baissé, elle suivait le parcours du chien dans le caniveau.

Elle n'a pas l'air d'être heureuse, se répéta-t-il. Et cette pensée le remplissait d'une joie étrange.

Elle le croisa sans lever les yeux. Il se retourna. « Mado. » Sa voix mourut dans sa gorge. La rattraper ? Mais que dire, comment faire ? Il la suivit à bonne distance. Elle bifurqua dans une ruelle qui menait hors du quartier des Glycines, vers une artère plus animée. Il y avait quelques commerces et un petit hôtel à l'enseigne discrète.

Elle traversa l'avenue et gravit les deux marches du perron d'une maison bourgeoise. Elle fit jouer les clefs dans la serrure. Ce devait être chez elle. Les volets blancs étaient ouverts. Il y avait de la lumière à l'intérieur. Il l'avait trouvée. Son cœur battait à tout rompre. Il voulut attirer son attention. Il ouvrit la bouche, tendit la main dans sa direction. Mais déjà elle avait disparu.

Il traversa à son tour. C'est seulement en gagnant le trottoir qu'il s'aperçut qu'il y avait une plaque posée sur le mur, à côté de la porte. Une de ces plaques de médecin noires et gravées de lettres d'or. Tiens, pensa-t-il, elle exerce donc en réalité. Et comment s'appelle-t-elle maintenant ? L'inscription n'était pas visible d'où il était.

Il s'approcha pour la lire et ce qu'il vit le cloua sur place. Sur la plaque, il y avait écrit : « Docteur Hippolyte Sicher. Médecine générale. »

La face de l'autre

Hippolyte passa une partie de la nuit éveillé. Il tournait en rond dans une chambre qu'il ne connaissait pas. Deux tables de chevet, un bureau, une penderie et un petit téléviseur posé en hauteur sur une tablette d'angle en constituaient tout le mobilier. La tapisserie en balle d'avoine avait été fraîchement repeinte. Une aquarelle impersonnelle égayait le mur entre deux appliques au-dessus du lit.

Il faisait les cent pas dans l'espace réduit de la pièce. À intervalles réguliers, il allait à la fenêtre, écartait les rideaux et regardait au-dehors comme si les réponses aux questions qu'il se posait allaient y apparaître. Puis il reprenait son va-et-vient, les mains dans les poches, les sourcils froncés, le visage traversé d'expressions contrastées qui traduisaient un vif débat intérieur.

À la vue de la maison de Mado et du nom gravé sur la plaque, il avait été estomaqué. Il était resté indécis devant la porte, se demandant ce que cela signifiait et quelle attitude adopter. Qui était cet homonyme qui, non content d'être médecin, vivait avec Mado ? Et comment celle-ci avait-elle pu concevoir d'épouser un homme qui portait le même nom que lui ?

Cette découverte l'avait fauché dans son élan. Une seconde auparavant, il était prêt à appuyer sur la sonnette et à se présenter à Mado, humble et dépouillé.

Elle aurait pu l'accueillir comme une relation oubliée, devenue sans importance, et il aurait dit oui. Elle aurait pu lui fermer sa porte, lui signifier par là son statut de mauvais souvenir, et il aurait dit oui. Il n'avait que sa vulnérabilité à lui offrir. Sa nudité d'être humain.

Maintenant, il ne savait plus. Il était ébranlé. Était-ce cette seule homonymie ou le fait que Mado ait pu le remplacer par cette substitution de personnes sans changement d'état civil ? À moins qu'elle n'ait cherché à le retrouver elle aussi, mais à travers un autre ? Il éprouvait un malaise dont il ne pouvait cerner l'exacte étendue et qui le privait de volonté. Il ne se sentait plus capable de lui parler ce soir. Moins capable encore de retourner chez lui.

Cette journée frénétique avait gravé dans son esprit des impressions violentes et des images qui défilaient encore sur sa rétine. Cette course éperdue, ces coups de téléphone, ces services administratifs. Ces centaines de noms, ces dizaines de rues.

Le choc de revoir Mado.

Le choc de cette plaque.

Il s'était senti chanceler. Il avait avisé l'enseigne lumineuse de l'hôtel de l'autre côté de l'avenue. Il y était entré. Une chambre, vite. Un lieu où se reposer sans s'éloigner d'elle. Sans s'éloigner de l'énigme qui, cette fois, n'était plus seulement la sienne. Il y avait du nouveau, n'est-ce pas ? Désormais, un mystère les réunissait. Un mystère centré sur un nom, le sien. Hippolyte Sicher.

Il avait donné une fausse identité au réceptionniste. Il craignait que celui-ci ne connaisse le médecin installé en face et que la similitude d'identité ne suscite des questions. Il avait demandé à loger sur la rue. Il ne savait pas encore ce qu'il allait faire. Il voulait juste garder sous les yeux le foyer de Mado, se réconforter de la certitude de sa présence.

« Cette chambre vous convient-elle ? » s'était enquis l'hôtelier. Il était allé à la fenêtre. La maison était nettement visible. À une distance qui ne permettait aucune indiscrétion, car l'avenue était large. Il avait pris le logement et, depuis, il tournait en rond, formulant des hypothèses, réfutant ses propres arguments, incapable de se décider quant à la conduite à tenir.

Vers le milieu de la nuit, une chape de plomb s'abattit sur ses épaules. Il s'allongea sans se déshabiller et s'abîma sur-le-champ dans un sommeil pesant. Lorsqu'il se réveilla, il était dix heures. Il se précipita vers la fenêtre. En face, rien ne bougeait. Il se fit servir le petit déjeuner dans la chambre. Il but un café au lait, un grand verre de jus d'orange et mangea deux croissants. Les forces lui revenaient et avec elles une vision plus nette du plan à mettre en œuvre.

Il ne bougerait pas d'ici tant qu'il n'aurait pas parlé à Mado. Et il ne parlerait pas à Mado tant qu'il n'en saurait pas davantage sur l'homme qu'elle avait épousé.

Il passa la fin de la matinée devant la fenêtre. Vers onze heures, elle sortit avec le scottish-terrier. À la vue de son imperméable blanc, de ses cheveux de feu attachés à la diable, de sa démarche légère, il fut à nouveau bouleversé. Il eut envie de se précipiter derrière elle. Il suffisait de l'attraper par la manche, de la forcer à se retourner, de plonger son regard dans le sien et de lui dire que... de lui dire que...

Il la laissa s'éloigner. Il saisit le téléphone et demanda les coordonnées téléphoniques de cet autre Hippolyte Sicher qui était généraliste à Boulogne. Une voix électronique lui délivra l'information, puis le mit en relation avec le numéro. Il entendit le déclic d'un répondeur. Le docteur Sicher effectuait actuellement ses visites et consultait sans rendez-vous à son cabinet à partir de quatorze heures. On pouvait laisser un message en cas d'urgence.

Hippolyte raccrocha. Il s'était levé trop tard pour surprendre son homonyme au moment du départ. Or, il voulait le voir. Il lui importait de découvrir son visage, son âge, ce que son apparence trahissait de sa personnalité. Il était convaincu que sa physionomie et son allure seraient révélatrices. Elles lui apprendraient ce qu'était devenue Mado en lui montrant avec qui elle avait choisi de se lier.

Peu avant midi, le passage d'une femme de chambre le contraignit à quitter son poste d'observation quelques minutes. Lorsqu'il se réinstalla devant sa fenêtre, il ne remarqua pas davantage de mouvement dans la maison. Pourtant, en début d'après-midi, les patients commencèrent à pousser la porte et à ressortir à intervalles réguliers. Il en conclut que son confrère avait dû regagner son domicile sans qu'il s'en aperçoive et qu'il avait commencé ses consultations.

Vers seize heures, Mado rentra chez elle, les bras encombrés de paquets, le scottish-terrier trottinant à sa suite. Elle ne reparut plus et Hippolyte commença à s'impatienter. Il estima le nombre de personnes qu'il avait vues s'introduire dans le cabinet et jugea qu'il n'avait guère de chance d'apercevoir le médecin avant la fin de la journée.

Il quitta l'hôtel pour se dégourdir les jambes.

Dans une boutique, il se procura du linge de rechange, de quoi se raser, faire un brin de toilette. Il acheta aussi deux sandwichs, une bouteille d'eau minérale et, dans une pharmacie, un tube de vitamine C. Le tout ne lui prit pas plus d'une heure. Sur le chemin du retour, son regard se posa sur des jumelles dans la vitrine d'un bureau de tabac. Il en fit également l'acquisition.

La perspective de jouer les voyeurs ne le séduisait guère. Cependant, l'énigme à laquelle il était confronté sortait de l'ordinaire. La résoudre pouvait justifier de recourir à des moyens exceptionnels. Si son homonyme ne voulait pas se montrer d'ici la nuit, il passerait la vitesse supérieure. Il entrerait dans son intimité, de fenêtre à fenêtre, par l'intermédiaire d'une lorgnette.

Mais bien sûr, il ne s'y résignerait qu'en toute dernière extrémité.

Blam ! Blam !

Hippolyte épiait à travers la vitre ce qui se passait dans la maison d'en face. La nuit était tombée. Il tenait les jumelles devant ses yeux et scrutait la fenêtre sans rideaux d'un salon dont les volets étaient ouverts. Il regardait à l'intérieur, dans une perspective plongeante. La pièce était éclairée par les lumières mouvantes et bleutées qu'un téléviseur projetait alentour. La décoration était élégante, le mobilier moderne, aux lignes épurées. L'ensemble dégageait une impression d'harmonie et d'aisance.

Il y avait un homme de dos, assis dans un canapé. Une canette de bière était posée sur une table basse à côté de l'emballage vide d'une tablette de chocolat. Sur l'écran, une femme blonde entraînait un jeune homme à fuir après l'avoir poussé à un acte criminel.

Une multitude de détails frappèrent Hippolyte sans qu'il ait le temps de les isoler les uns et des autres et de les analyser. Par exemple, la chaîne Bang et Olufsen. Une chaîne dernier cri, à chargement frontal, qui occupait un angle de la pièce. Elle était à demi dissimulée par un ficus géant. Par exemple, le téléviseur à écran ultraplat équipé d'un système de *sound-surround*. Cinq enceintes et un caisson de basse étaient cachés parmi les meubles et restituaient sans doute un son d'ambiance de qualité cinématographique.

Sur un mur, la photographie grand format d'un paysage de campagne montrait des prés verts bordés de bosquets feuillus, denses et ronds. La nature géométrique de Sablé-sur-Sarthe. Et au centre de l'image, nichée au milieu des arbres, on distinguait la pierre blanche et l'ardoise d'une ferme retapée.

Le scottish-terrier entra dans le salon, suivi par Mado. Elle portait un chemisier blanc et un jean noir étroit. Elle arborait ce même air soucieux, peut-être contrarié, qu'il avait remarqué la veille. Il y avait aussi une expression plus profonde, comme un voile de tristesse sur son visage. À nouveau, il en éprouva un sentiment diffus de satisfaction.

Mado se mit à parler. Il n'entendait que les vrombissements des moteurs dans la rue. L'homme lui répondit sans se retourner. Le chien rongeait un jouet en plastique. Sur l'écran, une voiture suivait en caméra subjective la ligne discontinue d'une route noyée dans la nuit. Ils ne regardaient pas les images. Le ton montait entre eux. Cela se comprenait à leur attitude. Ils paraissaient reprendre une conversation déjà commencée, une de ces conversations empoisonnées dont les braises se rallument au moindre souffle de vent.

Hippolyte ouvrit sa fenêtre. Il lui sembla percevoir des éclats de voix. Il voyait le visage de Mado s'animer. Il voyait le chien jouer sur le tapis, le crâne de l'homme et ses épaules qui bougeaient. Le téléviseur projetait sur la scène des reflets chauds et changeants. Sur l'écran, le couple de fuyards faisait l'amour au bord d'une route, à même le sol. Le paysage désertique, écrasé de nuit, n'était meublé que par leur voiture arrêtée et par une baraque en planches qui se dressait derrière eux sur des pilotis.

La dispute se poursuivait. Les yeux de Mado maintenant lançaient de la foudre. Elle cria quelque chose, une phrase inaudible qui parut percer le double vitrage. Elle fit volte-face et quitta la pièce. Elle semblait à bout de nerfs. Hippolyte eut le temps de voir ses lèvres se contracter, au bord des larmes. Alors, l'homme se leva d'un bond et il lui apparut distinctement.

C'était lui-même. C'était Hippolyte Sicher.

Même visage, même regard, même contenance.

Hippolyte s'attendait dans son for intérieur à une découverte de ce genre. Cependant, durant les quelques minutes passées derrière la fenêtre, jumelles au poing, cette intuition ne put émerger à sa conscience. Confronté à l'inconcevable, l'esprit ne peut que se désagréger ou se suspendre. Le sien avait choisi de se taire.

L'homme qui vivait dans ce pavillon avec Mado, c'était lui. Il ne pouvait détacher son regard de son double, fasciné par ce tableau vertigineux et impossible. C'était tout autant la ressemblance que les différences subtiles qui rendaient cette image inquiétante, comme une distorsion de la réalité. Cet individu avait ses traits, mais il était légèrement empâté. Son cou s'était épaissi, son abdomen laissait apparaître un début d'embonpoint. Surtout, il avait lui aussi ce voile de tristesse sur le visage. Cette expression d'un homme qui a renoncé à sa propre existence.

Il était debout à présent. Il portait des vêtements en velours, couleur terre. Il tremblait de rage. Il marqua un temps d'hésitation, puis il se lança à la poursuite de Mado.

Hippolyte resta immobile, saisi d'effroi.

Le scottish-terrier mâchonnait son jouet sur le tapis. Sur l'écran du téléviseur, la baraque sur pilotis était en flammes.

Il fut tiré de son hébétude par des cris, distincts maintenant, qui provenaient de la maison. Des cris violents, des cris d'altercation. Son cœur se mit à cogner très fort. Il lâcha ses jumelles, sortit de l'hôtel en courant et traversa l'avenue sans réfléchir. Il s'approcha du perron. Mado était là et ce... cet homme... Mado souffrait, sa Mado. Il devait intervenir, il devait... Les cris redoublaient à l'intérieur. La porte était devant lui. Il leva le poing pour frapper.

Deux détonations sourdes, brutales.

Blam ! Blam !

Son sang ne fit qu'un tour. Mado. Il posa la main sur la poignée. La porte était ouverte. À l'intérieur, rien ne lui était familier. Un vestibule, un vestiaire, un scriban. Un bouquet de fleurs séchées, la laisse du chien. Mado. Toutes les lumières étaient allumées. Le silence était total. Mado, Mado.

À gauche, le salon, plongé dans l'obscurité, où dansaient les lueurs bleutées projetées par l'écran. À droite, une cuisine. Déserte. L'immobilité du décor était menaçante. Mado. Où était Mado ?

Un escalier montait vers les étages. Il l'emprunta.

Il trouva un couloir qui distribuait plusieurs pièces. Il marchait à grandes enjambées. Personne. Et toujours ce silence. Mado ne devait pas être loin. Pourquoi n'entendait-il plus rien ? Il passa devant un bureau sur lequel était installé un ordinateur. Des documents, des photographies, des notes, étaient épinglés sur un rectangle de liège accroché au mur. Il eut le temps de lire un texte tiré à l'imprimante : *The world of Hippolyte Sicher*. Plus loin, il vit une chambre, vide. Une salle de bains, vide. Un autre bureau, vide lui aussi.

Enfin, il la trouva. Dans la dernière chambre au fond du couloir. Elle était allongée sur le lit. Les avant-bras remontés, coudes à hauteur des épaules dans la position qu'adoptent parfois les enfants pour dormir. Sa tête était tournée de côté, ses cheveux détachés lui cachaient le visage. Son chemisier était étoilé sur la poitrine. Une fleur sanglante qui allait s'élargissant.

Il fut incapable de bouger.

Il savait qu'elle avait cessé de vivre. Il sentit une contraction dans la profondeur de sa gorge. Sa respiration s'accéléra, il perdit le souffle, la voix étranglée. Il s'appuya au montant de la porte. Tout tournait autour de lui. Sa Mado, sa fée d'opium. Il était arrivé trop tard. Son épouse tombée du ciel.

Il la regardait, avec cette fleur rouge qui grandissait sur son chemisier blanc. Il n'osait la toucher. Il aurait voulu poser ses lèvres sur les siennes. La mort lui faisait peur. La vie lui faisait peur. Il fallait faire quelque chose. Il fallait appeler la police. Il devait dire ce qu'il avait vu. Il savait qui était le coupable.

Le coupable était Hippolyte Sicher.

Cette pensée fut comme une décharge électrique. Il se rappela que l'homme avait disparu et qu'il était maintenant seul dans la pièce, peut-être dans la maison. Il se souvint qu'il s'était trouvé ce soir dans une position peu avouable. Il se remémora tout ce qu'il avait fait la veille, ces services administratifs où des témoins l'avaient vu, cette enquête qu'il avait menée et qu'il aurait le plus grand mal à justifier.

C'est alors qu'il remarqua le revolver abandonné au pied du lit. Il se mit à trembler. Du calme, toubib, du calme. Dans ce cas-là, au cinéma, le type a toujours la bonne idée d'attraper l'arme du crime pour y laisser ses empreintes. Seulement toi, tu n'es pas au cinéma. Tu ne vas pas commettre cette erreur. Tu vas agir rationnellement, sortir de ce guêpier sans faire de faute et réfléchir à tout ça à tête reposée.

Alors Hippolyte Sicher se retourna rationnellement, courut dans le couloir sans faire de faute et dévala les escaliers à tête presque reposée. Dans le vestibule, il trébucha cependant sur un grain de sable. Un grain de sable qui fit « kiaï » et qui lui mordit férocement le mollet. Le temps nécessaire pour se saisir la jambe sous l'effet de la douleur et pour envoyer le grain de sable rouler à l'autre bout de la pièce, un fait nouveau s'était produit. Un fait qui aurait été sans conséquence si Hippolyte n'était resté trois secondes de trop à l'intérieur.

L'un des voisins, alerté par les détonations, avait observé la bâtisse depuis sa fenêtre. Il avait remarqué que la porte d'entrée était restée ouverte et qu'elle laissait échapper un flot de lumière. Comme personne n'apparaissait sur le seuil ni ne venait la refermer, il avait jugé la situation anormale et s'était décidé à aller vérifier que tout allait bien.

Lorsque Hippolyte sortit de la maison, il se trouva nez à nez avec lui. Le voisin eut le temps de voir son visage et il le prit pour le médecin généraliste qui avait épousé Mado. Il nota son expression effarée, ses yeux hagards, ses traits fatigués et amaigris, bref tous les stigmates du crime qu'il allait décrire à la police quelques minutes plus tard.

Hippolyte, quant à lui, ne trouva d'autre issue que de le bousculer et de s'enfuir dans la rue en courant comme un dératé.

La théorie des catastrophes

Si l'on veut bien considérer qu'Hippolyte Sicher avait accompli en l'espace de six semaines et demie une somme de découvertes qui en faisait une sorte de Magellan ou de Christophe Colomb du voyage dans le temps, alors il faudra admettre que les surprises du jour suivant allaient le transformer en l'équivalent d'un Neil Armstrong, le premier homme à avoir posé le pied sur la Lune.

En fait de surprises, ce fut une succession d'événements plus catastrophiques les uns que les autres. Sauf, bien sûr, pour celui qui considère que perdre ses biens, son travail, ses amis et jusqu'à son identité en l'espace de quelques heures ne constitue pas un événement catastrophique. Mais ce n'était pas le cas d'Hippolyte Sicher.

Il ne pouvait certes rien lui arriver de pire que ce qu'il avait vu dans cette chambre, au premier étage de cette maison inconnue à Boulogne. C'est pourquoi la première catastrophe qui suivit ne lui apparut pas comme catastrophique à proprement parler.

Et pourtant elle l'était.

Il ne devait le comprendre que plus tard.

Après avoir quitté la maison, il avait couru à perdre haleine vers le quartier des Glycines pour retrouver sa voiture. Elle ne se trouvait plus à l'endroit où il l'avait laissée le soir précédent. Il fouilla les rues adjacentes, pensant que sa mémoire, sous l'effet de l'émotion, lui jouait des tours. Mais la voiture avait disparu. On avait dû la lui voler. En d'autres temps, cela l'aurait mis hors de lui. Cependant, il était si secoué par ce qui venait de se produire que la disparition de l'Aston Martin lui sembla un désagrément mineur.

Il avait tort. C'était une authentique catastrophe.

La deuxième survint une demi-heure plus tard. Il était monté dans un taxi qui l'avait déposé rue Gay-Lussac. Lorsqu'il voulut ouvrir la porte de l'immeuble, la petite diode verte du digicode refusa de s'allumer. C'était la rouge qui avait clignoté. Il crut s'être trompé de numéro. Il recommença l'opération. Ses mains tremblaient, il avait des spasmes dans les bras et les jambes. Il ne pensait qu'à Mado. Il voyait ses cheveux flamboyants jetés sur son visage, ses bras relevés et cette fleur rouge dévorante sur le corsage blanc. Le chiffre qu'il composa n'eut pas davantage de succès. L'appareil électronique refusait de déclencher l'ouverture de la porte.

Il tapa le code de secours qui était censé provoquer une sonnerie dans la loge de la concierge. Il attendit. Personne ne vint. Il essaya une nouvelle fois, en vain. Tous les numéros avaient été changés sans qu'il en soit prévenu. Il était près de minuit et n'avait aucun moyen de se faire ouvrir. Il y avait de quoi se mettre en colère. Seulement, comme il avait besoin de compagnie, il ne vit dans cet embarras qu'un prétexte pour ne pas passer la nuit chez lui.

Là encore, il s'aveuglait. Il lui fallut attendre la troisième catastrophe, la plus évidente de toutes, pour comprendre avec netteté la nature des deux premières.

Il remonta à pied la rue Gay-Lussac et prit le métro au Luxembourg. Il se rendit chez Krist Kavaselic. Le digicode de celui-ci ne refusa pas de fonctionner, parce que Krist Kavaselic n'avait pas de digicode. Son interphone ne fit pas davantage de difficulté, parce que son logement n'en était pas muni non plus.

Hippolyte n'avait qu'à gravir les cinq étages d'escaliers raides et étroits pour atteindre le palier où habitait son ami. Il lui suffisait de reprendre son souffle, puis de frapper trois coups secs pour penser qu'il allait pouvoir trouver un peu de réconfort auprès du Serbe enthousiaste qu'il connaissait depuis dix ans.

Cependant, il ne trouva pas de réconfort. Il ne trouva pas de Serbe enthousiaste. Il ne trouva pas d'ami de dix ans.

Lorsque la porte s'ouvrit, il vit apparaître le visage d'une femme brune d'une trentaine d'années, aux cheveux courts, aux traits sains, à l'allure sportive. Elle leva sur lui un regard interrogateur où perçait une nuance de reproche : « Monsieur ? » Elle était habillée d'un jean délavé et d'un pull très ample. Hippolyte supposa que Krist donnait une réception. Il voulut s'excuser de son irruption intempestive.

« Je crois que je tombe mal. Pardonnez-moi de surgir si tard et à l'improviste... J'ai besoin de parler à Krist, je...

– Je vous demande pardon ? Monsieur ? »

Elle le regardait avec méfiance. Hippolyte perdit contenance. Qui était cette femme qui s'autorisait pareille incorrection à la porte de Krist ? Il n'était pas d'humeur à ferrailler sur le chapitre des bonnes manières.

« Je suis Hippolyte Sicher, soupira-t-il. Un ami de Krist...

– Ah. Il ne m'a jamais parlé de vous. »

Le ton était peu amène. Celui d'une femme dérangée sur le coup de minuit par un étranger venu cogner à sa porte. Son arrogance mit les nerfs d'Hippolyte à vif.

« Moi non plus, il ne m'a jamais parlé de vous, cingla-t-il. Je ne crois pas vous avoir vue à la *slava*...

– La *slava* ?

– La fête traditionnelle serbe, il y a trois semaines. Vous n'étiez pas invitée ?

– De quoi parlez-vous ? Ça fait des années que Krist a laissé tomber ces superstitions archaïques. »

Hippolyte la fixa, interloqué. Était-ce une farce ? Krist était-il dissimulé derrière la porte et s'amusait-il à ses dépens ? Il ne trouvait pas la mystification très drôle. Il était vraiment à bout. « Écoutez, je suis fatigué et j'ai des ennuis. Pourriez-vous dire à Krist que je voudrais le voir ? » Mais elle bloquait la porte d'un air de plus en plus méfiant.

« Il n'est pas là.

– Il n'est pas encore rentré ?

– Non, il est en voyage. »

Hippolyte la considérait avec un trouble croissant. Elle ne plaisantait pas. Krist n'avait pourtant pas informé son ami d'une nouvelle absence. Et depuis quand confiait-il les clefs de son appartement à une inconnue ? Désorienté, il posa une question de pure forme :

« Il est en mission pour l'Institut ?

– L'Institut ? Quel Institut ? »

Elle écarquillait les yeux. Elle ne sait pas où il travaille, pensa-t-il. D'où peut-elle bien sortir ? Il précisa sur un ton las : « L'Institut des sciences de l'environnement global, c'est la boîte où il mène ses recherches.

– Sûrement pas. Il n'y a jamais mis les pieds. »

Hippolyte haussa les sourcils. Cette fois, on se moquait ouvertement de lui. Sa réponse fusa :

« Il n'y a jamais mis les pieds ? Vous plaisantez ! J'y ai appuyé sa candidature auprès d'une de mes relations, il y a huit ans... »

Ce fut au tour de la femme d'être désarçonnée. Elle jeta un coup d'œil inquiet à Hippolyte, puis un autre dans le couloir pour voir s'il n'y avait personne. Elle amorça discrètement un mouvement de recul.

« Je crois que vous faites erreur, monsieur. Krist travaille au GIEC. Vous devez le prendre pour quelqu'un d'autre.

– Le GIEC ?

– Le Groupement international d'experts sur le climat. Nous nous y sommes rencontrés. »

Hippolyte eut un pressentiment funeste. Il se passait quelque chose d'anormal. La femme paraissait avoir peur. Elle tenta de refermer la porte.

« Veuillez m'excuser, il est tard... »

Il bloqua le battant avec le pied. La situation était suspecte. Une inconnue occupait l'appartement de Krist. Elle tenait à son sujet des propos aberrants et n'avait pas l'air d'avoir la conscience tranquille. « Attendez... », fit-il d'une voix soupçonneuse. Elle essayait de refermer et il l'en empêchait. « Qui êtes-vous exactement ?

– Moi ? » Elle avait une expression incrédule. Elle semblait offusquée par l'outrecuidance de la question. « Moi, je suis sa femme.

– Sa *femme ?*

– Depuis quatre ans. Mais enfin, me direz-vous ce que signifie cet interrogatoire ? »

Hippolyte devint blanc comme un linge. Il retira son pied de l'encoignure de la porte. Celle-ci claqua. Il demeura pétrifié, le sang glacé dans ses veines. Puis il crut remarquer une lueur dans l'œilleton. La femme l'épiait comme un intrus, un individu dangereux.

Un assassin.

Alors, il se détourna, dévala les escaliers quatre à quatre et se mit à courir dans la rue avec au cœur un sentiment d'épouvante.

Scrupules du scientifique

Hippolyte passa le reste de la nuit dans une brasserie place Clichy. Quand le jour fut levé, il alla acheter un journal dans un kiosque. Il le feuilleta rapidement. L'information qu'il cherchait se trouvait en page sept. Un entrefilet de quelques lignes à la rubrique des faits-divers : « Crime passionnel à Boulogne. Hier soir, vers vingt-deux heures, le docteur Hippolyte Sicher, médecin généraliste, a tué son épouse, Mado Sicher, sans profession, de deux coups de revolver. Il semble que le drame ait été provoqué par une dispute survenue à leur domicile. »

Le reste de l'article ne lui apprenait rien de plus sinon que la mésentente du couple était connue de son entourage et que la police disposait des témoignages d'un voisin et d'un chauffeur de taxi à partir desquels elle espérait retrouver le meurtrier en fuite dans les meilleurs délais.

Hippolyte lut ce texte avec horreur. Il ne faisait que confirmer la vérité qui avait commencé de se faire jour dans son esprit après son entretien avec l'inconnue qui vivait chez Krist Kavaselic. Il restait une vérification à effectuer. Il attendit l'heure d'ouverture des magasins. Dès que les premiers rideaux d'acier furent levés, il entra dans une librairie. « Auriez-vous, je vous prie, le livre du docteur Hippolyte Sicher sur le cas de Sarah Weissmater ?

– Qui ?

– Sarah Weissmater.

– Non, l'auteur...

– Docteur Hippolyte Sicher.

– Je ne vois pas.

– Mais si, ça a fait un best-seller, il y a deux ans, on en a parlé partout... »

Yeux ronds de la libraire. « Je suis navrée, je n'ai jamais entendu ce nom. » Hippolyte n'était pas surpris. Il n'était plus surpris par rien. Il aurait pu s'en tenir là. Toutefois, il voulait une certitude absolue. « Ça vous ennuierait de vérifier... » Elle pianota sur son ordinateur. Tous les fichiers électroniques demeurèrent muets. Le livre du docteur Hippolyte Sicher n'avait jamais été publié. « Il doit y avoir une erreur sur le titre, dit la libraire. Ou plus probablement sur le nom de l'auteur. Vous devriez vous renseigner... »

Mais Hippolyte était déjà sorti.

Il savait ce qu'il avait à savoir. Le docteur Hippolyte Sicher, neurologue, n'existait plus. Son appartement était probablement occupé par quelqu'un d'autre et à l'hôpital, un toubib qu'il ne connaissait pas devait être installé dans son bureau à sa place. L'Hippolyte Sicher qu'il avait observé la veille n'était ni un homonyme ni un sosie. C'était lui-même.

Il s'arrêta, inspiré par une autre idée. Il entra dans une cabine téléphonique et composa trois numéros à la file.

Le premier était le sien, rue Gay-Lussac. Il tomba sur l'annonce d'un répondeur. La voix enregistrée était celle d'une jeune femme qu'il n'avait jamais entendue. Le second numéro était celui du standard de l'hôpital. Il demanda le docteur Sicher, en neurologie. On lui répondit qu'il n'y avait personne de ce nom-là dans le personnel de l'établissement. Le troisième était celui de l'hôtel depuis lequel il avait observé la maison de Mado la veille. Il se présenta sous la fausse identité qu'il avait fournie et prétendit avoir oublié sa montre dans un tiroir de la table de chevet. L'hôtelier déclara ne pas le connaître et n'avoir pas eu de nouveaux clients depuis trois jours.

Il sortit de la cabine et longea le boulevard des Batignolles, sans gouverne, sans direction. Que faire à présent ? Où aller ? Il était désorienté. Une catastrophe avait eu lieu et son explication le terrifiait. Une explication insensée, impossible, la seule pourtant qu'il trouvait. À force de jouer avec le temps, un accident s'était produit. L'homme qu'il avait vu dans ce salon, à Boulogne, était une autre version de lui-même. Il était celui qu'il serait devenu s'il n'avait pas quitté Mado le jour de leur mariage. Homme triste, médecin triste, époux triste.

Amoureux triste d'une femme qu'il aurait rendue triste.

Et qu'il aurait fini par tuer à bout de désespoir.

Et maintenant, Hippolyte avait pris sa place.

Il atteignait le boulevard de Courcelles. L'air était vif. Un groupe de pigeons s'égaillaient devant lui. Tout cela était-il réel ? Il avait l'impression d'évoluer dans un rêve éveillé. De l'autre côté de la rue, une patrouille de police opérait une vérification d'identité en face du parc Monceau.

À dix mètres, l'un des flics leva le regard vers lui. Quelque chose s'alluma aussitôt dans ses yeux. Une lueur qui n'échappa pas à Hippolyte. Le flic donna un coup de coude à son collègue qui, à son tour, l'avisa. Ils rendirent ses papiers au passant et se mirent en marche dans sa direction. Sa réaction fut instinctive. Il prit ses jambes à son cou et bifurqua dans une rue à gauche. Le premier flic se lança à sa poursuite. Le deuxième rebroussa chemin vers sa moto et s'empara du radiotéléphone.

Hippolyte s'engagea dans la rue Velasquez et entra dans le parc Monceau. Le flic était toujours sur ses talons. Il traversa la pelouse, passa derrière des fourrés, zigzagua sous les arbres. Enfin, il trouva la grille du parc, l'escalada et se retrouva boulevard de Courcelles face à une bouche de métro dans laquelle il s'engouffra. Il était préférable de ne pas traîner dans le coin. Dans quelques minutes, il serait infesté d'agents de police.

Il ne sortit de terre qu'à Barbès. Les rues grouillaient de monde. Il avait semé ses poursuivants. Néanmoins, il n'avait pas réglé son problème. Tout ce qui lui arrivait était-il réel, oui ou non ? Scientifiquement, il avait besoin d'une vérification supplémentaire. Rien ne serait probant tant qu'il se fierait à son seul jugement. Les flics pouvaient l'avoir pris pour un autre, ou l'avoir simplement soupçonné d'être en situation irrégulière. Il lui fallait un témoin objectif.

Il regarda alentour.

Il remarqua un distributeur de monnaie.

Il s'en approcha, inséra sa carte de crédit et composa son code confidentiel sur le clavier. « Code erroné », afficha l'écran. « Aïe », fit une voix derrière lui. C'était un pépé à casquette qui attendait son tour. Aïe, tu parles ! pensa Hippolyte. « Code erroné », cela ne voulait rien dire. Il pouvait s'être trompé de numéro, cela arrive souvent.

Il essaya une seconde fois. L'écran répéta : « Code erroné. » « Aïe, aïe ! » refit le pépé à casquette. Hippolyte se retourna et le toisa. Le pépé se mordait les lèvres et prenait part à son infortune. Tu parles ! pensa Hippolyte. Lui aussi, il vient peut-être d'une autre réalité. Un pépé à casquette, tu parles ! Il lui tourna le dos et réitéra l'opération.

La troisième fois, la machine avala sa carte et refusa de la restituer. « Aïe, aïe, aïe ! » fit le pépé d'un air navré. Hippolyte eut un petit rire victorieux. La machine ne pouvait pas avoir menti. Tout à l'heure, il avait une carte de crédit et maintenant il n'en avait plus. C'était un fait incontestable. Il se retourna et s'éloigna du distributeur en gloussant sous les yeux médusés du pépé à casquette (mais il venait d'ailleurs de toute façon).

Ce coup-ci, il était fixé. Cette carte bancaire ne devait pas exister sur les registres de la banque et le compte correspondant n'avait sans doute jamais été attribué.

Un accident s'était bel et bien produit et avait entraîné des conséquences en chaîne. Hippolyte avait voulu de toutes ses forces retrouver Mado dans le passé, puis dans le présent. Et de la combinaison de ces deux volontés était né un monstre, une réalité parallèle. Sans le savoir, il avait créé un monde où Mado et lui étaient restés ensemble. Et cette réalité seconde avait fusionné avec la réalité tout court.

Le fait de croiser Mado dans cette rue à Boulogne avait constitué le point de non-retour. La permutation des réalités, le lendemain, n'avait pris que quelques minutes. Le temps d'une crise conjugale, de deux coups de feu, de la découverte d'un corps dans une chambre et la vie du docteur Sicher, neurologue, avait été effacée de l'histoire du monde. Son double s'était volatilisé et il s'était substitué à lui. Désormais, il n'était plus qu'un toubib généraliste, le seul qui ait jamais existé.

Un toubib recherché par la police pour le meurtre de sa femme.

Le dernier verre du condamné

Le seul endroit où Hippolyte Sicher pensait pouvoir trouver refuge était l'appartement de Sylvia à la Bastille. À cette heure-ci, elle travaillait à l'hôpital et ne rentrerait que le soir. Il savait où elle dissimulait sa clef : dans la coupelle d'un pot de fleurs, à l'intérieur d'une niche située à l'entresol. Il irait se cacher chez elle pour la journée. Personne ne viendrait l'y chercher. Il disposerait d'un temps de répit pour réfléchir et se reposer. Il faudrait toutefois décamper avant le retour de son ex-secrétaire qui, dans la nouvelle réalité, ne l'avait jamais rencontré.

Dans le métro, il se heurta à deux opérations de contrôle. Contrôle des titres de transport en apparence, mais rien ne prouvait que ce n'était pas lui que cherchaient les agents de la RATP. Des flics pouvaient se trouver parmi eux, munis de sa photo.

Il rebroussa chemin par deux fois, se mêlant à la foule. Il se demandait avec inquiétude si le fait de ne pas être devenu neurologue pouvait aussi avoir modifié le destin de Sylvia. Était-elle employée à l'hôpital à présent ? Si ce n'était plus le cas et qu'elle se trouvait chez elle, il n'y avait aucune chance pour qu'elle lui ouvre sa porte. Du reste, habitait-elle seulement au même endroit ?

Pour se tranquilliser, il se répétait que ce n'était pas lui qui l'avait recrutée. Elle devait être entrée au service de neurologie de toute façon et y travailler encore, mais probablement pour quelqu'un d'autre. Il n'y avait pas non plus de raison pour qu'elle soit allée vivre ailleurs.

Il parvint chez elle en fin de matinée. Il entra dans l'immeuble à la faveur du passage du facteur. Sur la boîte aux lettres, il fut rassuré de lire son nom sur l'étiquette. À l'entresol, lorsqu'il plongea sa main dans la niche et tâtonna sur la coupelle, autour du pot de fleurs, il eut un pincement au cœur. Peut-être que Sylvia n'avait plus l'habitude d'y dissimuler sa clef ? Dans ce cas, tout était perdu. Il était à la rue, sans aucun abri pour souffler.

Il sentit le contact du métal froid et poussa un soupir de soulagement. C'était la clef.

Dans l'appartement, rien ne paraissait avoir changé. Les fauteuils en rotin, la couveuse, les coussins aux couleurs chatoyantes. Le *zafu* de méditation. Le meuble indonésien aux innombrables petits tiroirs empilés. Le pouf ocre jaune en cuir capitonné. La grande affiche de *Gone with the Wind* dans un sous-verre au-dessus de la cheminée. Voilà au moins un fragment de la réalité que j'ai connue, qui n'a pas été modifié par les événements, constata-t-il. Il passa dans la chambre pour se reposer.

Un détail le frappa immédiatement. Sur la coiffeuse, près du lit, il y avait une photo dans un cadre. La photo d'un homme qui ne lui était pas inconnu, posée à côté d'un cône porte-encens. Il la saisit pour mieux l'examiner. Brushing impeccable, raie au bistouri, sourire au cordeau. C'était Martinel. Ça alors ! pensa Hippolyte. Si ce n'était pas moi, ça devait donc être ce crétin ! Très flatteur !

Comme il reposait le cadre sur la tablette, il avisa une lettre pliée en trois qui y avait été abandonnée. Les premiers mots, lus machinalement, retinrent son attention :

« Ma chérie, tu parles de ma carrière, mais moi je... » Il ne put réprimer sa curiosité. Il s'empara du courrier et le déplia. « ... mais moi je veux te parler de nous. Peu m'importe ce que Salinas dira de notre liaison, peu m'importe ce qu'en penseront les collègues, peu m'importent les conséquences professionnelles s'il doit y en avoir. Je suis tombé amoureux de ma secrétaire et cela seul compte pour moi. Ne peux-tu voir à quel point ma vie a été transformée depuis que je... »

Un sursaut de pudeur lui fit interrompre sa lecture. Il replia la lettre et la remit à sa place. Il était perplexe, déstabilisé par les mots qu'il venait de lire. Martinel n'était pas si mauvais, en définitive. Quelque part en lui, un germe d'humanité ne demandait qu'à éclore. Dans l'autre réalité, il était resté sec. Ce n'était qu'une question de circonstances, de rencontres. Cette fois-ci, son rival n'était pas passé à côté de sa vie.

Hippolyte se laissa choir sur le lit sans enlever sa veste. Il regarda ses mains posées sur ses cuisses. Quelque chose s'effondra dans sa poitrine. Et lui, que lui restait-il ? Avoir perdu sa place sur terre n'était rien. Mais avoir perdu Mado ! Il avait commis le pire des crimes. Il avait tué la femme qu'il aimait. Il n'était pourtant pas responsable, n'est-ce pas, ce n'était pas lui qui l'avait fait ? Oh il voulait mourir. Il l'avait supprimée, il l'avait éteinte comme on souffle une bougie ! Maintenant elle avait disparu et il ne la reverrait jamais ! Il voulait mourir, il voulait mourir. Le visage de Mado se matérialisait devant ses yeux. Ses cheveux-flammes, ses yeux comme la mer. Son épouse tombée du...

Il voulait mourir.

Il se dirigea vers le cabinet de toilette. Sylvia avait toujours une boîte de gardénal dans sa pharmacie. Elle en prenait un comprimé de temps en temps lorsqu'elle n'arrivait pas à dormir. Il s'empara du flacon et, passant dans la cuisine, il chercha un verre et une bouteille d'alcool. Du rhum, cela ferait l'affaire. Il revint dans la chambre.

Il se servit un grand verre et le but cul sec en retenant sa respiration. Une première rasade sans comprimé pour se donner du courage. Après quoi, il remettrait ça en avalant la totalité du flacon de barbituriques.

Le breuvage déchira son œsophage jusqu'à l'estomac. Une brûlure qui le fit frissonner. C'était agréable. C'était mauvais pour la santé. Cela n'avait plus d'importance.

Il sentit une bouffée de chaleur et des picotements sur ses pommettes. Il commençait à flotter, ses émotions à fleur de poitrine. Les sanglots dansaient à la surface de son souffle comme des dos bleus de dauphins émergeant de la mer.

Où était-elle, sa Mado, maintenant ? Dans quel néant l'avait-il projetée ? Oh, le son infernal de l'irréparable ! Le son du « plus jamais ». Plus jamais l'un contre l'autre sur le pont des Arts. Plus jamais les yeux dans les yeux au Carafon. Plus jamais de mots doux murmurés contre sa joue, à son oreille. Plus jamais, plus jamais, plus jamais !

Et le plus jamais suprême, le plus jamais du plus jamais : plus jamais la possibilité de se murmurer avant de s'endormir « demain ! demain peut-être ! »

Plus rien, non, plus-ja-mais.

Il se tordait sur le lit. Il se frappait la poitrine comme on bat sa coulpe. C'est ma faute, c'est ma très grande faute. Et maintenant, il faut payer, docteur Sicher, il faut payer. C'est ça, la justice immanente. Il cognait son ventre. Il cognait son sternum. Cela faisait mal, ah ah. Cela faisait mal. Drôle comme ça faisait mal. Il cognait sa poitrine à droite. Il cognait sa poitrine à gauche. Mal, mal, ça faisait mal.

Son poing sur sa veste rendit un son mat. Un bruit de plastique creux. Il interrompit son lamento. Il fouilla dans sa veste. Ses doigts étaient malhabiles, sa main tremblait. Il y avait une cassette audio dans la poche intérieure. Elle ne portait aucune précision quant à son contenu.

De la musique ? Il y avait bien longtemps qu'il n'écoutait plus de bandes magnétiques. Il se pencha vers la coiffeuse. Sylvia laissait toujours une chaîne portative sur sa tablette inférieure. Il avait un léger tournis. Il tâtonna pour enfoncer la cassette dans le tiroir de chargement. Puis il attrapa le flacon de gardénal et un verre de rhum plein à ras bord.

Il était temps d'en finir. Alors, pourquoi pas en musique ? Il ouvrit grande la bouche et y déversa la moitié du flacon de barbituriques. Plusieurs dizaines de comprimés. Il enclencha la touche lecture sur l'appareil. Il portait le verre à ses lèvres pour avaler lorsqu'il entendit : « *De tua re dico*. »

Il recracha les comprimés qui retombèrent en pluie sur le lit et dans le verre de rhum. Les mots qui venaient de sortir du magnétophone l'avaient d'un seul coup dégrisé.

Il avait reconnu la voix d'Alfred Houray.

Il s'agissait du dernier entretien qu'il avait eu avec lui à l'hôpital. Il avait dû glisser la cassette dans sa poche par inadvertance. Ce vestige de sa vie de neurologue prouvait qu'il avait bien exercé ses fonctions à Cochin et qu'il y avait soigné le notaire.

Mais c'étaient surtout les mots d'Alfred Houray qui l'avaient percuté. Des mots devenus aussi clairs que de l'eau de roche ou qu'un verre de rhum avant l'adjonction de barbituriques. Des mots étranges, prononcés d'une voix lointaine et absente, des mots qui disaient : *De tua re dico*.

« Je te parle de ton affaire. »

Ce que dit l'oracle

Hippolyte était assis sur le bord du lit dans l'appartement de Sylvia. Il venait de rembobiner la cassette et de réécouter la bande. Il n'en croyait pas ses oreilles. Une fois traduit, l'enregistrement de la séance de travail avec Alfred Houray donnait ceci :

« Parole ?

– Prépare la guerre.

– Conversation ?

– Les haines attirées sur toi.

– Diction ?

– Je te parle de ton affaire. »

De toute évidence, le notaire tenait un discours qui avait sa propre cohérence. Les questions qu'Hippolyte lui posait n'étaient que la trame prétexte sur laquelle il articulait un message qui lui était destiné. Et ce message était ahurissant. Non seulement il s'adressait spécifiquement au docteur Sicher, mais encore il semblait témoigner d'un savoir dont ce dernier ne disposait pas au moment où il l'avait reçu. Les propos d'Alfred Houray avaient tout l'air d'une mise en garde. Hippolyte ne pouvait pas ne pas les mettre en corrélation avec ce qui lui était arrivé depuis.

Oui, il était en guerre. Oui, les haines avaient été attirées sur lui. Toutes les polices de Paris étaient à ses trousses.

Pas de doute, le notaire lui parlait bien de son affaire.

Quelle explication donner à cela ? L'aphasie empêchait cet homme de verbaliser sa pensée dans sa langue maternelle et il se réfugiait mécaniquement dans une langue première à partir de laquelle il reconstruisait un discours sur un mode archaïque. Cependant, ce qui pouvait passer pour un charabia décousu à la première écoute se révélait répondre à une volonté de communication parfaitement ordonnée. Alfred Houray avait accès à des connaissances qui excédaient la raison ordinaire et dont Hippolyte ignorait tout.

Il y avait cette autre phrase. La toute dernière prononcée par le notaire à la fin de l'entretien. Hippolyte avait demandé : « Quelle solution allons-nous trouver, Alfred ? Où se trouve la solution ? » Et le petit homme avait répondu : « *Uxor non est proprie socia sed mox erit.* » Une locution qu'Hippolyte ne savait pas traduire. Il avait toutefois le pressentiment qu'elle revêtait une signification importante. Deux mots seulement étaient évocateurs pour lui. Deux mots qui éveillaient ses souvenirs de lycéen. *Uxor*, c'était l'épouse. Et *socia*, un adjectif qui traduisait le fait de partager ou d'être associé. Il ne pouvait s'agir que de Mado et de lui, oh il en était sûr ! Il devait à tout prix découvrir le sens de cette phrase !

Pour cela, il lui fallait sortir. Il commença par manger quelques biscuits qui traînaient à la cuisine, puis il fit un brin de toilette pour ne pas attirer l'attention. Dans la salle de bains, il avait remarqué un rasoir à main. Il se rasa en songeant combien Martinel, dans une autre vie, aurait été furieux d'apprendre qu'il lui avait emprunté cet instrument.

Dans un placard, il prit un imperméable bleu marine qui appartenait à Sylvia et abandonna sa veste. Il lui fallait changer d'allure, son signalement avait dû être diffusé. Le vêtement était neutre et assez ample pour sa carrure. Il compta l'argent liquide qui lui restait. Il disposait encore d'une forte somme. Il pourrait tenir quelques jours.

Il fila à la Sorbonne où il arriva en début d'après-midi. Il se rendit à la bibliothèque. Là, il consulta un dictionnaire Gaffiot ainsi qu'un manuel de syntaxe latine au milieu des étudiants qui préparaient leurs examens.

Tandis qu'il tournait les pages, il vit, assis à une table, le visage d'un homme qui lui était familier. Il compulsait un gros ouvrage à la lumière d'une lampe individuelle. Hippolyte n'arrivait pas à se rappeler où il l'avait rencontré. Malgré l'urgence dans laquelle il se trouvait, il l'aborda à voix basse : « Je vous demande pardon, vous ne travaillez pas en milieu hospitalier, par hasard ? »

Il remarqua alors le titre de l'ouvrage sur lequel l'homme travaillait : *Vivant, fils de l'Éveillé* par Ibn Tufayl, dit Abubacer, philosophe et vizir du calife almohade de Cordoue au XIIe siècle.

Je suis ridicule, pensa-t-il. Comment cet homme pourrait-il travailler à l'hôpital ? Mais l'autre lui adressa un large sourire : « À l'hôpital Cochin, oui. Vous y avez été hospitalisé ? »

Ce sourire ! La mémoire lui revint. C'était Hamid-Georges, l'agent du service d'entretien. Cependant, il n'avait plus ses deux dents en or au milieu de la bouche. Il arborait à présent des incisives en céramique d'une discrétion parfaite.

« Oui, répondit Hippolyte. J'y étais, il y a quelque temps. Vous ne vous souvenez pas de moi ?

– Je suis désolé, répondit Hamid. Vous savez, on voit passer tellement de monde...

– Nous avions parlé de George Clooney, essaya encore Hippolyte.

– De George Clooney ?

– L'acteur. Vous ne vous intéressez plus au cinéma ?

– Ah, le cinéma. Non, je n'ai pas trop le temps d'y aller. J'ai commencé des études de philo, il y a quelques années. Alors, après le travail, j'ai beaucoup à faire, les cours à rattraper, les révisions...

– Vous faites de la philosophie ? demanda Hippolyte, sidéré.

– Oui, j'ai découvert ça sur le tard... Je ne viens pas d'un milieu très instruit, vous comprenez, alors il a fallu un petit coup de pouce du hasard... Et maintenant, j'ai ce concours dans un mois...

– Vous allez quitter l'hôpital ?

– Si le sort m'est favorable, oui, j'aimerais enseigner. »

Hippolyte le quitta, éberlué. Se pouvait-il que sa seule disparition ait entraîné autant de conséquences ? Était-ce sa faute si, dans l'autre version de la réalité, Hamid n'avait pas découvert sa vocation et s'était cantonné dans son rôle d'imitateur de George Clooney ? Il se souvint que c'était lui qui lui avait affirmé un jour, pour rire, qu'il ressemblait à l'acteur. Il se souvint aussi comme Hamid essayait d'attirer son attention chaque fois qu'il le croisait dans les couloirs de l'hôpital.

C'était vertigineux. Il préféra ne pas approfondir cette question. Deux heures plus tard, il était de retour à la Bastille. Il avait dépensé presque tout l'argent qui lui restait pour acheter un nouveau flacon de *Poison* de Dior. L'autre était resté rue Gay-Lussac. Autant dire qu'il n'avait jamais existé.

Il réintégra l'appartement avec une conscience nette de ce qu'il devait entreprendre. Cela ne lui apportait aucun réconfort. Toutefois, il devait le faire.

Il avait réussi à traduire la phrase du notaire. Elle signifiait en substance : « L'épouse n'est pas à proprement parler associée, mais elle le sera bientôt. » Une phrase sibylline, certes. Son sens n'était pas évident.

Alfred Houray s'exprimait avec les formules latines qu'il possédait et c'était à Hippolyte de savoir les interpréter. En l'occurrence, il avait compris assez vite. Le moment où l'épouse n'était pas encore associée, mais allait le devenir, c'était le jour du mariage.

Quand Hippolyte avait demandé au notaire où était la solution, celui-ci avait voulu dire qu'elle se trouvait au jour des noces.

Tout était clair maintenant. Il devait accomplir un ultime voyage dans le temps pour provoquer la rupture avec Mado. C'était le seul moyen de faire disparaître la réalité dans laquelle il se trouvait enfermé. Le seul moyen de faire en sorte que le drame de Boulogne ne se soit jamais produit.

Oui, il allait retourner au jour de son mariage. Il allait prendre le contrôle d'Hippo et provoquer ce désastre-là pour empêcher qu'un autre, plus terrible encore, ne se produise vingt ans plus tard.

Il consulta sa montre. Il était dix-sept heures. Sylvia, selon toute vraisemblance, ne rentrerait pas avant une heure. Il avait le temps d'agir. Il s'allongea sur le lit avec un mouchoir et le flacon de parfum.

La logique de la situation s'était emparée de lui. Il n'avait aucun doute sur le succès de l'entreprise. Il allait dévaster son mariage comme on se plonge un couteau dans le ventre. Il allait commettre cet acte contre nature, parce qu'il n'avait pas le choix. Parce que c'était écrit de toute éternité et qu'il était condamné à l'accomplir.

Il était allongé sur le couvre-lit, la tête mollement enfoncée dans l'oreiller. Il songeait à cette énigme. C'était donc pour cela qu'il l'avait quittée. Parce que son moi de quarante-quatre ans avait assisté à quelque chose et qu'il avait imposé à son moi de vingt-quatre la décision nécessaire pour que cela n'arrive pas.

Il s'apprêtait à accomplir ce geste dont il était lui-même la conséquence. Il enleva le bouchon du flacon et le renversa sur le mouchoir plié en quatre. Des bulles remontèrent dans la bouteille. Le tissu blanc s'imbiba rapidement. Une auréole s'élargit autour du goulot, tandis qu'une fragrance subtile emplissait la pièce.

Il allait falloir souffrir et faire souffrir.

Il allait falloir y aller.

Il avait les traits contractés, livides. De toute façon, cela avait déjà eu lieu. Il suffisait de faire advenir cette douleur une seconde fois pour restaurer la seule réalité qui ait jamais existé. Le reste n'était qu'une fausse route vouée à disparaître.

D'ici une heure, il se réveillerait dans la chambre de Sylvia. Le portrait et la lettre de Martinel auraient disparu sur la coiffeuse. Il retournerait travailler à l'hôpital. Il retrouverait Krist autour d'un plat serbe. Il continuerait d'ignorer où se trouve Mado, ce qu'elle fait, comment elle se porte. Du moins, il la saurait vivante.

Sous les étoiles en même temps que lui.

Les ailes du papillon

« Qu'est-ce que vous fichez ici ? »

Sylvia avait un air ébahi, pas vraiment apeuré, plutôt étonné avec une légère nuance d'offuscation. Elle avait quitté l'hôpital une heure plus tôt qu'à l'ordinaire et elle venait de découvrir un inconnu allongé sur son lit. Hippolyte avait été surpris au moment précis où il allait basculer dans le voyage temporel.

« Écoutez, dit-il précipitamment. Je sais que ça peut paraître incroyable... (l'empêcher de crier, l'empêcher de donner l'alerte). Il tendait les mains vers elle en signe de paix.

– Incroyable, c'est le moins qu'on puisse dire. Je répète ma question : qu'est-ce que vous fichez chez moi ? (elle faisait des yeux ronds, mais cette situation semblait davantage l'intriguer que l'inquiéter).

– Euh... vous croyez à la transmission de pensée ? »

Hippolyte tentait le tout pour le tout. Il fallait éviter un scandale et il avait besoin d'aide. Serait-il capable de la convaincre de ne pas le jeter dehors ? Il se souvenait qu'elle s'intéressait de près à l'ésotérisme et à la spiritualité. Il allait devoir jouer serré, faire preuve de finesse.

« Oui, mais je ne vois pas ce que...

– J'ai rêvé de vous. »

Elle eut un petit rire charmant qui illumina son visage. « De moi ? » Hippolyte pensa qu'il était sur la bonne voie. Il sourit à son tour pour se montrer aussi rassurant que possible. Au moindre faux pas, la situation pouvait déraper. Si elle venait à lui prêter de mauvaises intentions, elle allait prendre peur et se mettre à crier.

« Oui, j'ai rêvé de vous. Je sais que ça paraît invraisemblable étant donné que nous ne nous connaissons pas...

– Et vous avez rêvé quoi ? »

Elle se tenait sur le pas de la porte, dans une attitude détendue. Elle jouait avec son trousseau de clefs. Elle semblait trouver l'aventure amusante. Hippolyte s'aperçut combien elle avait changé. Elle était, comment dire ? plus spontanée, plus vivante. Voilà, c'était cela. Plus vivante.

« J'ai rêvé que vous étiez dans cet appartement, assise sur ce coussin de méditation, là, en position de demi-lotus, un bâtonnet d'encens en train de se consumer derrière vous.

– Ça, ce n'est pas difficile à imaginer maintenant que vous avez vu ce qu'il y avait dans la pièce...

– J'ai rêvé aussi que vous laissiez votre clef dans la niche...

– Un détail moins facile à connaître, c'est vrai. Mais je suppose qu'un cambrioleur un peu astucieux... »

À l'évidence, elle prenait plaisir à ce petit jeu. Hippolyte lui apparaissait comme un hurluberlu inoffensif et elle était d'accord pour prolonger la fantaisie de cette rencontre en poursuivant leur joute sur le mode plaisant.

« J'ai aussi rêvé que vous étiez secrétaire médicale, ajouta-t-il d'un air grave et pénétré. À l'hôpital Cochin. »

Sylvia écarquilla les yeux comme un enfant qui ne peut dissimuler sa surprise. Il décida de conserver l'avantage et d'emporter sa conviction en frappant fort. Aussi fort que ses souvenirs le lui permettraient en espérant ne pas évoquer des détails disparus.

« Vous êtes la plus jeune d'une famille de quatre enfants. Vous avez une tache claire, une légère décoloration de la peau en forme d'hippocampe sur la hanche droite. Vous aimez la musique dodécaphonique, parce que votre père, un Polonais, vous y a initiée. Vous aimez les carnets de pèlerinage de Svâmi Ramdas et les livres sur le zen de Taisen Deshimaru que vous a offerts votre premier fiancé. Vous aimez aussi le thé au gingembre, parce que ça brûle le palais. Vous avez peur des araignées et des scolopendres, vous adorez regarder un orage derrière votre fenêtre et vous rêvez d'aller en Inde. »

Hippolyte avait débité sa tirade d'une voix assurée et très calme. Elle le fixait, bouche bée. Elle finit par revenir à elle.

« Incroyable ! Tout est vrai, à part l'Inde, j'y suis allé à Noël avec mon ami. Comment vous savez tout ça ? »

Martinel l'a emmenée en Inde ? pensa Hippolyte, stupéfait. Le docteur Martinel, le jeune loup aux dents longues, a emmené sa secrétaire en voyage d'amoureux en Inde ? C'est ça qui est incroyable.

« Je vous l'ai dit, reprit-il. Je sais beaucoup de choses, parce que je les ai rêvées. J'ai un don pour voyager dans mes rêves. Je visite la vie des gens. Je veux dire, des gens qui ont quelque chose de spécial... »

Elle lui jetait un regard fasciné. Ses yeux bleu pâle étaient pétillants. Son visage respirait la vivacité, l'intelligence, l'espièglerie. Comme elle a changé, pensait Hippolyte. Que lui est-il arrivé ? Se peut-il que ce soit Martinel qui ait provoqué cette métamorphose ?

« Quelque chose de spécial ? »

Elle éclata de rire. « Je ne vois pas ce que j'ai de spécial...

– Oh mais si. Vous êtes sensible à l'éveil spirituel...

– Vous savez cela aussi ?

– Cela et un certain nombre d'autres choses.

– Mais qui êtes-vous ?

– Je m'appelle Hippolyte Sicher. Sur un autre plan de... de réalité, je vous connais assez bien. »

Elle se laissa tomber sur un pouf, pensive. Il était resté assis sur le lit. Il ne disait plus un mot. Il attendait. Il devait lui laisser le temps. Le temps de s'habituer à lui. Le temps de lui faire entièrement confiance.

Elle releva les yeux dans sa direction. Un éclat vif dans le regard. « Pourquoi moi ?

– Parce que j'ai besoin d'aide.

– Quel genre d'aide ?

– Il me faut un toit. »

Il lui sembla voir une fugitive expression de méfiance passer sur le visage de la jeune femme. Il s'empressa d'ajouter : « Pour cette nuit seulement. Après, je vous laisse tranquille. »

Elle parut réfléchir, peser le pour et le contre. Elle était piquante, son minois respirait la fraîcheur. Elle n'avait plus rien de la blonde fade et inexpressive qu'il avait connue. Elle lui demanda avec un brin de provocation malicieuse :

« Qu'est-ce qui vous fait croire que je vais vous aider ? »

Hippolyte décida de jouer son va-tout. Il reprit son souffle et de la même voix ferme, il déclara d'un air sentencieux :

« Quand vous aviez dix-huit ans, vous êtes venue à Paris chercher du travail. Au bout de dix jours, vous n'aviez plus un sou en poche et nul endroit pour vous loger. Un vieux gardien du Luxembourg vous a trouvée sur un banc. Il vous a accueillie dans sa famille pendant une semaine sans rien vous demander en échange. »

Elle le fixait, interdite. Elle se mit à hocher la tête, tandis qu'un sourire montait lentement sur ses lèvres.

« D'accord, lui dit-elle. D'accord. Mais pour cette nuit seulement et sur le canapé du salon. Je ne suis pas gardien au Luxembourg et je me marie l'été prochain. Je ne veux pas d'ennui avec mon fiancé...

– Vous allez épouser Mar... » Il se reprit : « Je veux dire, vous allez épouser le docteur Martinel ? »

Elle se mit à rire. « Bien sûr ! Vous savez ça également. Vous êtes très fort. Vraiment très fort. » Étonnant, se dit Hippolyte, et même renversant. Le docteur Martinel, le champion du blitzkrieg hospitalier, l'Attila des chambres Alzheimer. Un type qui n'avait que sa carrière comme horizon personnel, le genre à afficher sa courbe de progression sur papier millimétré au-dessus de son lit. Céder ainsi à l'inclination de son cœur... Je l'aurais plutôt vu faire un mariage de raison avec la fille d'un mandarin...

Sylvia le tira de ses pensées : « Pour prix de mon hospitalité, il faudra m'expliquer comment vous faites pour savoir tout ça, d'accord ? »

Déjà, elle rangeait ses affaires, son sac indien à franges, qu'elle accrochait au portemanteau. L'affaire était réglée. Il était accueilli jusqu'au lendemain.

« Oui, je vous dirai tout. Mais seulement demain matin. Pour l'instant, il faut que je dorme. »

Elle se retourna et le regarda d'un air interrogatif.

« Je vous ai dit que je voyageais beaucoup dans mes rêves. » Il regarda sa montre. Il n'était que dix-huit heures. « Mais ça pourra attendre ce soir, bien sûr. » Elle parut tranquillisée. Elle avait dû craindre une minute d'être tombée sur un hypersomniaque.

« Et en attendant, je vais faire le dîner, ajouta-t-il. Vous aimez les pâtes ? (il connaissait la réponse).

– Oh oui, j'adore ça.

– Vous en avez ? (il savait exactement où).

– Des tas.

– Linguinis aux petits pois et aux champignons, ça vous dit ? (c'était son plat préféré).

– Ne me dites pas que vous êtes aussi au courant ?

– Au courant de quoi ? » (tout, il savait tout).

Elle rit, ne le croyant qu'à moitié. Et c'est ainsi qu'ils firent passer le temps jusqu'au moment de se coucher, elle dans sa chambre, lui sur le canapé du salon. Avant de refermer la porte qui séparait les deux pièces, elle lui rappela sa promesse : « N'oubliez pas, demain, vous me racontez votre secret, n'est-ce pas ? » Il acquiesça avec un sourire entendu en installant coussins et couvertures.

Lorsqu'il s'allongea et qu'il imbiba son mouchoir de parfum pour la deuxième fois de la journée, il songea au voyage qu'il allait accomplir. Un voyage dont dépendaient l'avenir et le passé d'un certain nombre de personnes maintenant. Il ne s'agissait plus seulement de Mado et de lui. Il s'agissait de Sylvia, de Martinel, de Krist, d'Hamid. Jamais auparavant il n'avait perçu à quel point leurs existences étaient enchevêtrées et combien chacun, à chaque instant, était redevable aux autres de ce qu'il était.

Il en éprouva un intense sentiment de responsabilité. D'une certaine manière, il tenait leurs vies entre ses mains. Il dépendait de lui que certains changements majeurs y soient intervenus ou non. Simplement par le fait d'être apparu sur leur route, d'y avoir dit ou fait certaines choses anodines. Comme le battement des ailes d'un papillon.

Il était étendu sur le canapé, une couverture remontée à mi-poitrine. Il appliqua le mouchoir sur son visage. Il allait s'expédier vingt ans en arrière. Et demain, il n'aurait plus rien à expliquer à Sylvia.

Prise de contrôle

Noir. Il n'éprouve rien. Il ne voit rien. Il n'entend rien. Corps absent, ondes cérébrales à basse fréquence, pas de pensée. Sommeil lent. Il dort. Conversion brutale. Mouvements oculaires rapides, paralysie de tout le corps, activité cérébrale intense. Sommeil paradoxal. Il rêve.

Maintenant ! pense Hippolyte. Il forme des images, des pensées qu'il infuse à Hippo. Maintenant ! Des visions, des souvenirs. Maintenant !

La pression sanguine d'Hippo s'élève, son rythme cardiaque s'accélère. Hippolyte insuffle toute la puissance de sa volonté dans l'esprit du jeune homme. Maintenant ! Hippo s'agite, dodeline de la tête, geint. La sueur mouille ses cheveux sur ses tempes et sa nuque. Maintenant !

Hippo pousse un cri et se dresse sur son séant. Il a ouvert les yeux. Son cœur bat à tout rompre. Une douleur fulgurante lui déchire le crâne. Il a vingt-quatre ans. Il est dans sa chambre d'enfant chez ses parents. C'est le jour de son mariage. Mado et lui ont délaissé leur appartement à Saint-Cloud et sont venus passer cette dernière nuit dans leur maison familiale respective.

Hippo porte les mains à ses tempes. Elles sont prises dans un étau à les broyer. Il vient de faire un cauchemar.

Il se trouvait dans une maison inconnue, il faisait nuit. Il regardait sur un écran de télévision un film inquiétant dont il n'avait jamais entendu parler. Mado entrait dans la pièce, précédée d'un petit chien noir. Des détails dans son apparence étaient modifiés. Elle semblait plus âgée et elle avait cette expression terrible, comme une douleur profonde, indélébile, imprimée sur le visage. Il avait peur. Ils commençaient à se disputer. Ils se lançaient des mots durs qui leur échappaient. Des mots prononcés des centaines de fois. Il avait de plus en plus peur. Le ton montait, très violent. Il la poursuivait jusque dans la chambre. Oh, comme il avait peur ! Et là, elle lui disait quelque chose qu'il ne pouvait pas supporter et il se jetait sur une table de chevet et il sortait un revolver d'un tiroir et non ! non ! non !

Hippo halète, assis sur son lit, le dos moite de transpiration. Le sang pulse à ses tempes. Des éclairs douloureux passent devant ses yeux. Il a la nausée, des sanglots bloqués au fond de la gorge.

Hippolyte concentre toute son attention sur la pensée du jeune homme. Il pèse sur elle de toute sa force. Ce n'est rien, ce n'est qu'un rêve..., se dit Hippo. Non, fait Hippolyte. Ce n'est qu'un r... Non ! fait Hippolyte. Ce n'est qu'un... NON ! fait Hippolyte.

Hippo a mal au crâne, si mal. Des éclairs lacèrent ses globes oculaires, lui percent les tempes. Il fait une autre tentative. Un autre essai pour rationaliser, pour se récupérer lui-même. Il pense : aujourd'hui, c'est le jour de mon mar... NON ! fait Hippolyte qui détruit cette phrase, la tue dans l'œuf avant qu'elle ne s'achève.

Hippo résiste, se tient la tête à deux mains. Aujourd'hui, je vais me mar... Une douleur insupportable le parasite. Un flash d'une blancheur aveuglante. Un crash qui sature ses tympans.

Il se laisse aller à la renverse sur son lit, les paumes sur les paupières. C'est le moment. Le moment de la plus grande faiblesse. Fais-le ! crie Hippolyte. Hippo gémit en se cachant les yeux. Il souffre tant qu'il ne peut plus penser. Fais-le ! Il roule sur le lit, à droite, à gauche, sa tête va exploser. Fais-le ! Il veut juste que ça cesse. Fais-le !

Fais-le maintenant !

Hippolyte prend le contrôle d'Hippo. Celui-ci se lève dans un mouvement mécanique. Le jour filtre à travers les persiennes. Il est près de huit heures. Il a vingt-quatre ans. C'est le jour de son mariage.

Hippo sort de la chambre comme un automate, se dirige vers le guéridon dans le vestibule, décroche le téléphone, les yeux hagards. Il compose le numéro du service des télégrammes. Il dicte un message qui sera communiqué à Mado dans la minute. Il lui demande trois jours, trois jours de vide et de silence. Il faut tout annuler. Remettre la cérémonie à plus tard. Il doit réfléchir, savoir où il en est. Il signe : Hippo.

Il ne sait pas pourquoi il a dicté ce télégramme. Un autre que lui – qui est lui, qui est un autre – l'a fait à sa place. Il raccroche, un vide béant dans la poitrine. Il ne pense plus, il ne s'appartient plus. Il retourne dans sa chambre. Son crâne continue de hurler, de flash en flash, de crash en crash.

Il est un peu plus de huit heures. Il a vingt-quatre ans. C'est le jour de son mariage. La douleur envahit tout.

De temps en temps, des pans de réalité émergent à la surface. Il les regarde venir à lui, hébété, sans les comprendre. Tout à l'heure, le téléphone va sonner et il entendra la voix incrédule, puis en pleurs de Mado. Tout à l'heure, il la verra surgir chez ses parents, le visage défait. Tout à l'heure, il sentira ses bras autour de son cou et ses larmes sur ses joues, tandis que, prostré, il ne saura que répondre, sa pensée butant sur un mur de NON. Et de seconde en seconde, de minute en minute, d'heure en heure, de jour en jour, il glissera vers une situation irréversible, le tournant de son existence.

Et tous ces îlots de réalité sortant des flots de sa stupeur seront impuissants à le réveiller. Il demeurera lointain, les contemplant, les enregistrant sans être capable de se laisser atteindre. Sa sensibilité anesthésiée, son jugement obscurci. Sa lucidité en dehors de lui-même.

Il y aura la mine ébahie, puis furieuse, puis inquiète de ses parents. Il y aura l'appel de ce médecin qu'il entendra en sourdine, comme dans un rêve. Il y aura sa fuite dans les rues, ce taxi, ce train dans lequel il montera sans savoir, cette semaine d'errance, ce bouquet de fleurs qu'il enverra à Mado, tous ces actes, ces gestes, ces ébats de noyé qu'il se verra accomplir de l'extérieur, comme si ce n'était pas lui, comme si plus rien n'avait d'importance, comme si tout était perdu et qu'il était trop tard.

Tous ces actes, ces gestes, ces ébats.

Cette folie d'autodestruction qu'il n'avait pas décidée et qu'il avait voulue quand même.

Lui, Hippolyte Sicher.

Mort et né à vingt-quatre ans le jour de son mariage.

Le retour

« Mais qu'est-ce que tu fais là ? »

Sylvia se penchait vers lui, le visage embrumé de sommeil. Elle portait une nuisette qui laissait apparaître ses cuisses blanches et fines. Ses cheveux blonds tombaient en bataille sur ses épaules. Une mèche plongeait en spirale vers son menton où elle semblait vouloir remonter comme un hameçon défiant la pesanteur.

Il était allongé sur le canapé, une couverture hissée à mi-poitrine. Il tenait un mouchoir blanc dans son poing. Un flacon de parfum gisait sur le tapis.

« Je ne voulais pas te réveiller », lui dit-il.

Elle lui passa la main sur le front. Son visage était peu mobile, presque inexpressif.

« Tu as travaillé tard à l'hôpital ? »

Il mit un moment à rassembler ses idées. Il était sous le choc de son dernier voyage et des événements des jours précédents.

« Oui, en sortant, j'ai eu envie de te voir...

– Pourquoi tu n'as pas sonné ?

– Je ne sais pas, des remords, je suppose. J'ai pris la clef dans le pot de fleurs et je me suis couché sans faire de bruit...

– Pauvre chou, allez viens. »

Il était deux heures du matin. Sylvia regagna sa chambre en lui faisant signe de la rejoindre. Ce n'était pas la première fois qu'il se réfugiait chez elle quand il se sentait seul. En dehors de ses jambes interminables, elle avait l'atout incontestable de posséder un excellent caractère.

Il se coucha à côté d'elle dans le lit. Elle passa les bras autour de sa taille et comme il ne réagit pas, elle n'en demanda pas davantage. Au bout de quelques minutes, il entendit sa respiration régulière. Elle s'était rendormie.

La pièce était plongée dans une demi-pénombre. Il demeura sans bouger, les yeux ouverts, jusqu'aux premières lueurs de l'aube. Peu à peu, les murs, les objets, les meubles se réchauffèrent, retrouvèrent des contours distincts.

Il n'y avait pas de cadre porte-photo sur la coiffeuse.

CINQUIÈME PARTIE

Un soupir pour les étoiles

La vie sans elle

Dans les semaines qui suivirent, Hippolyte put constater que tout était rentré dans l'ordre ou plutôt que l'ordre ancien avait repris ses droits. Car que pouvait bien signifier l'expression « rentrer dans l'ordre » ? C'était le printemps. Il revenait d'une aventure qu'il ne pourrait jamais raconter à personne. Il avait récupéré son appartement rue Gay-Lussac, sa voiture, sa carte de crédit. Il avait retrouvé ses fonctions à l'hôpital, sa rivalité avec Martinel et ses relations en pointillé avec une Sylvia toujours aussi impassible.

La seule confirmation de la réalité de ce qu'il avait vécu lui vint de Krist. Le Serbe n'avait pas oublié les confidences que lui avait faites son ami le jour où, inquiet, il l'avait trouvé chez lui dans un état pitoyable. À plusieurs reprises, il s'enquit des suites de cette crise et lui demanda s'il avait tenté de revoir la femme dont il lui avait parlé. Hippolyte lui mentit pour la bonne cause. Il affirma ne pas avoir réussi à retrouver sa trace tout en précisant que le fait de l'avoir cherchée l'avait guéri de sa nostalgie. Il allait bien mieux à présent. Il avait traversé une période difficile. Mais c'était terminé.

Krist parut satisfait et cessa d'évoquer ce sujet. Il travaillait toujours à l'Institut des sciences de l'environnement global et continuait de mettre au point les projets les plus farfelus pour limiter le réchauffement de la planète (le dernier en date : le piégeage de milliards de tonnes de CO_2 sous forme de pains de glace carbonique à balancer dans les abîmes océaniques – une sorte de limonade géante *on the rocks*, disait-il en hurlant de rire).

Tout était redevenu comme avant. Tout ce qui était censé avoir toujours existé. La vie d'Hippolyte et celle de Mado distinctes, séparées par un mur qu'il savait désormais infranchissable. Lui, ici. Elle, ailleurs. Il lui fallait s'y réhabituer. C'était la vie. La vie sans elle.

Dès qu'il se fut remis des épreuves qu'il avait fait endurer à son corps, il tenta à nouveau de revenir dans son passé. Il espérait effectuer encore quelques séjours dans les années radieuses de sa jeunesse. Il s'y essaya à deux ou trois reprises au cours du printemps. Mais il ne put y parvenir. Ni le parfum ni la musique ne suscitaient plus de choc émotionnel en lui. Le procédé s'était usé. Il avait perdu le pouvoir de voyager dans le temps.

Une fois que tout avait été accompli, le miracle avait cessé.

Et sa joie avait fui avec lui.

La vie sans elle ? Quelle vie sans elle ? Il n'y avait pas de vie sans elle. Il accomplissait les gestes du quotidien sans éprouver de plaisir à leur réalisation. Ni d'ailleurs aucun intérêt véritable pour quoi que ce soit. Il travaillait par nécessité, il fréquentait des gens par habitude. Il était mort à l'intérieur. Il se disait que ce n'était rien. Rien d'autre que le montant de la facture. Le prix à payer pour avoir regardé en face les contradictions de l'existence.

Sa seule consolation venait des clins d'œil qu'il s'adressait à lui-même. Un jour qu'il déjeunait avec Krist dans un restaurant non loin de l'hôpital, il lui avait lancé tout à trac : « Dis-moi, Krist, tu connais le GIEC ?

– Le Groupement international d'experts sur le climat ? *Nevolja !* Bien sûr que je connais ! Une secte de fanatiques, des environnementalistes à l'ancienne ! Le genre à vouloir collecter les milliards de tonnes de gaz carbonique superflu avec des réservoirs de chaux ou en cultivant du phytoplancton sous la mer, tu imagines un peu le tableau ! La révolution écologique en marche !

– J'ai pourtant entendu dire qu'il y avait des gens très bien dans cette équipe. Tu devrais te renseigner...

– Me renseigner pour quoi faire ?

– Pour t'y faire nommer. Il paraît qu'il y a une place vacante. Tu veux que j'en parle à mon ami Vessner ? Il est toujours bien placé au ministère, il doit pouvoir faire quelque chose... »

Krist l'avait fixé avec des yeux ronds. Hippolyte n'avait pas insisté pour cette fois. Mais il reviendrait à la charge plus tard et il obtiendrait satisfaction. Il savait ce qu'il faisait. Il savait où devait aller la vie de Krist.

Et celle de quelques autres personnes de son entourage.

Un matin, à l'hôpital, il avait croisé Hamid qui nettoyait le couloir avec son balai à réglette. Du plus loin qu'il l'avait vu, l'agent d'entretien était venu à sa rencontre avec un large sourire.

« Bonjour, docteur. Vous avez vu ma barbe ?

– Votre barbe ?

– Oui, regardez, une barbe piquante de trois jours. Je me suis acheté une tondeuse spéciale, neuf hauteurs de coupe. Alors, hein ? George Clooney tout craché, pas vrai ? »

Hippolyte avait regardé ses cheveux frisottés, enduits de gel, ses deux dents en or qui brillaient fièrement au milieu de son sourire. Il s'était souvenu de l'Hamid qu'il avait rencontré à la Sorbonne. Cela lui avait donné une idée.

Le lendemain, il était allé vers lui et lui avait tendu un paquet.

« Oh merci, docteur, qu'est-ce que c'est ?

– C'est pour vous.

– Un livre ? Pour moi ?

– Oui, Hamid. Pour vous.

– *Vie d'Ibn Rushd, dit Averroès, philosophe arabe du XIIe siècle*. Mais vous êtes sûr, docteur, que...

– Tout à fait sûr. Ça va vous plaire, Hamid. Faites-moi confiance, ça va vous plaire. »

Et il l'avait planté là, médusé, avec son ouvrage érudit entre les mains. On ne savait jamais, avec les livres aussi, il y avait quelquefois d'heureuses rencontres.

C'était cependant avec Martinel qu'il avait réussi son plus joli coup. Son collègue était entré un jour dans son bureau, brushing ultra-laqué, raie à l'équerre, sourire au laser. Il avait attaqué bille en tête avec le problème du temps d'occupation des lits dans le service :

« Dis-moi, mon cher, je ne suis pas sûr de pouvoir défendre longtemps tes méthodes devant Mourron. Tu sais, la direction m'a fait savoir qu'il était temps de rationaliser la gestion du service... »

Martinel était devenu le dauphin en titre, promis à succéder à Salinas. En réalité, il manquait de confiance en lui. Il lui fallait s'assurer que son ancien rival ne redeviendrait pas une menace pour ses objectifs de carrière.

Hippolyte coupa court à son offensive. Cette agressivité dissimulée sous un masque de civilité ne prenait plus avec lui. Il savait maintenant qui était Martinel. Au lieu de réagir comme à l'ordinaire en usant des armes qu'avait choisies l'adversaire, il lui offrit sa poignée de main et un visage avenant.

« Je suis d'accord avec toi, il faut faire quelque chose. Et si nous nous voyions un de ces jours en dehors de l'hôpital pour en discuter ? »

L'autre avait été soufflé. Il lui avait serré la main avec une mollesse peu coutumière, comme s'il était vidé de sa substance. Hippolyte ne lui avait pas laissé le temps de se ressaisir :

« Tu pourrais venir dîner à la maison, par exemple demain soir ? Je ne me défends pas mal avec les pâtes, si ça ne te déplaît pas. Des tagliatelles aux légumes rôtis et au sauté de veau, qu'est-ce que tu en dis ? Ça pourrait être sympathique. Et puis j'en profiterais pour te présenter une amie... »

Martinel, désarmé, n'avait pu refuser. Le lendemain, Hippolyte l'accueillait chez lui en même temps que Sylvia. Pendant toute la soirée, Martinel n'avait eu d'yeux que pour elle. Curieux qu'il ne l'ait jamais remarquée à l'hôpital, pensa Hippolyte. Question de contexte sans doute. Sylvia elle aussi avait l'air troublée. Son visage d'ordinaire impassible s'animait d'une lueur intérieure qu'Hippolyte n'avait jamais vue chez elle que le temps de leur brève rencontre dans une autre réalité.

Il les avait observés pendant le repas, empruntés et gauches, riant de la moindre de leurs plaisanteries, s'excusant sans arrêt, poussant des cris de stupéfaction chaque fois qu'ils tombaient d'accord.

Deux jours plus tard, Sylvia lui avait téléphoné, un peu gênée. Martinel venait de l'inviter à sortir. Elle le trouvait sympathique et ne savait que lui répondre. Il l'avait encouragée à accepter. Là aussi, il savait ce qu'il faisait et où devaient aller leurs vies à tous deux.

Seule la sienne lui paraissait sans but. Lorsque le mois d'août arriva, il se sentit écrasé par sa solitude. Le service fonctionnait au ralenti avec un secrétariat tournant. Sylvia était en voyage en Inde avec Martinel, Krist en mission de recherche à l'étranger pour le compte du GIEC qu'il venait d'intégrer. Hippolyte n'avait pas eu le courage de partir seul. Il vaquait à ses occupations. Il consultait les quelques malades qui n'avaient pas mis leur dépression ou leurs troubles entre parenthèses pour la période estivale.

Il se promenait dans les rues de Montmartre, noyées de soleil. C'était un quartier où il avait beaucoup déambulé du temps de sa jeunesse. Il passait devant le Moulin de la Galette où Toulouse-Lautrec venait boire un saladier de vin chaud à la cannelle avant d'aller s'encanailler. Il longeait la balustrade de l'allée des Brouillards et ses pavillons à hauts murs croulant sous le lierre. Quand il rentrait chez lui, il écoutait le dernier album de Placebo. Il trouvait à la voix androgyne de Brian Molko des accents tragiques en accord avec sa désolation intérieure.

De temps en temps, il rendait visite à Alfred Houray à l'hôpital Sainte-Anne. Le notaire n'était plus ressorti de l'état catatonique dans lequel il avait sombré des mois auparavant. Il demeurait avachi toute la journée sur une chaise, le regard éteint. Son aphasie s'était révélée la couverture d'une démence sévère. Hippolyte avait dû admettre qu'il était plus raisonnable de procéder à son internement dans un service spécialisé.

Il pensait toujours qu'Alfred Houray avait eu accès, comme lui, à un autre ordre de réalité. Un plan de conscience où passé, présent et futur pouvaient être simultanés, où il existait des mondes et des vies parallèles, où leurs frontières, loin d'être imperméables, arrivaient à communiquer.

Il ne désespérait pas de percer son secret et c'est pourquoi il allait le voir à l'asile.

Un jour particulièrement torride, il resta de longues minutes dans sa chambre à essayer de le stimuler par des questions, des mots encourageants, de légères pressions de la main. Mais c'était voué à l'échec. Le petit homme demeurait sans réaction. Il avait beaucoup maigri. Ses joues pâles avaient perdu leur aspect rubicond et s'étaient creusées. Sa moustache mal taillée grisonnait et une barbe de deux jours bleuissait son menton.

Hippolyte finit par déclarer forfait. « Au revoir, Alfred », murmura-t-il en lui tapotant l'épaule. Il ouvrit la porte de la chambre pour quitter la pièce. Dehors, le monde immense, le monde indifférent vibrionnait.

Il allait sortir quand une voix éraillée retentit dans son dos.

Il se retourna d'un bloc, comme électrisé. Le notaire avait prononcé une phrase, une seule, avant de retomber dans sa léthargie. « *Tu patere legem quam fecisti.* »

Hippolyte l'avait distinctement entendue. Et ce coup-ci, pas besoin de dictionnaire. Il savait ce qu'elle signifiait. Elle signifiait : « Tu dois supporter la loi que tu as faite. »

Changer le monde

Cette nuit d'été était ouatée et lourde. Il sortit sur sa terrasse pour regarder le ciel. Au nord-est, la constellation du Cygne était bien visible avec sa forme de croix renversée. Deneb brillait dans la queue de l'oiseau et formait un point lumineux aisément repérable. Il pensa à tout ce que cette étoile avait signifié pour lui autrefois, à l'énergie qu'elle lui avait permis de mobiliser dans le tréfonds de lui-même.

Un sentiment de révolte émergea dans son cœur. Pourquoi se laisserait-il vaincre ? Pourquoi abandonnerait-il si facilement la partie ? Ce n'était pas dans les habitudes d'Hippolyte Sicher. N'avait-il pas toujours triomphé, surmonté tous les obstacles, conquis de haute lutte sa position dans le monde ? Sa volonté puissante n'avait-elle pas été jusqu'à ce jour ce qui l'avait constitué tel qu'il était : un homme respecté et aimé pour l'énergie profuse qui l'avait fait réussir ?

Tu patere legem quam fecisti, tu parles ! Les lois étaient faites pour être changées, sinon violées, ce n'était pas un ancien notaire qui allait lui dire le contraire !

Et s'il devait se soumettre à la loi qu'il avait écrite, autant qu'elle lui convienne tout à fait. Changer la règle du jeu, changer l'avenir *pour lui*. Voilà l'objectif, mais comment y parvenir ? S'il trouvait... Si seulement il trouvait le moyen de retourner aux jours qui avaient suivi sa rupture avec Mado. S'il arrivait à lui parler, à lui expliquer, s'il était possible de lui laisser un message qui ne prendrait effet que plus tard !

Appuyé à la balustrade, il observait son étoile aux mille feux. Elle semblait pulser dans le ciel. Tu déralles, se disait-il. Tu dérailles complètement, tu recommences. D'abord, tu ne peux plus voyager dans le temps, tu as oublié ce détail ? Ensuite, tu n'as plus jamais revu Mado après votre séparation, comment voudrais-tu t'adresser à elle ? Va plutôt prendre une bonne douche. Et écouter un peu de musique. Un morceau de Joy Division, par exemple, *Love Will Tear Us Apart*, tiens, ça te fera du bien.

Deneb brillait, brillait. Elle paraissait lui adresser des clins d'œil, une invitation complice.

« Attends, toubib ! Je me souviens tout à coup ! Je l'ai revue une fois, sans qu'elle le sache. Plusieurs mois après, à la Fac. J'étais dans une salle de cours en train de prendre des notes et, soudain, par la fenêtre, je l'ai aperçue qui passait à l'extérieur, devant l'université. Je me rappelle très bien maintenant. J'en ai eu un coup au cœur. Cela a duré une seconde et j'ai replongé dans mes notes pour ne plus la voir.

– Et alors ? Quelle importance, puisque tu ne peux pas y revenir ! Tu es vraiment incorrigible, toubib ! Mon Dieu, qu'est-ce que tu vas devenir ! Je m'inquiète pour toi, tu sais. Tu me parais incurable !

– Incurable toi-même ! Tu ne vois donc pas comme elle brille ?

– Comme elle brille ? Qui ça ?

– Mais Deneb ! Regarde un peu : elle scintille, elle éclate comme à ses plus belles nuits. Ne sais-tu pas ce que cela veut dire ? As-tu tout oublié ? "Là où il y a une volonté, il y a un chemin." Je ne sais plus qui a dit ça, je crois que c'était un peintre. En tout cas, il avait rudement raison. Ne l'avons-nous pas vérifié des dizaines de fois, toi et moi, depuis quarante-quatre ans que nous cohabitons ensemble ?

– Je n'en disconviens pas. Toutefois, ce coup-ci, le projet devient himalayen, je ne sais pas si tu en as conscience. Nous avons eu de beaux succès, je te l'accorde. Mais de là à penser que tu peux encore revenir dans le passé et, par un simple claquement de doigts, y provoquer une modification qui ne prendrait effet qu'aujourd'hui... Et comment comptes-tu t'y prendre ?

– Je ne sais pas, je vais improviser. Il suffit de vouloir, mon vieux. De vouloir intensément. Rappelle-toi la théorie des catastrophes, le battement des ailes du papillon, le nez de Cléopâtre. Un sourire, un regard pour changer le monde !

– Pauvre garçon.

– Un sourire, un regard, tu vas voir !

– Pauvre, pauvre garçon ! »

Hippolyte leva le visage vers les étoiles. Deneb semblait clignoter et l'attendre. Il l'interpella comme il ne l'avait jamais fait auparavant. Il se lança dans une invocation sauvage, un appel animal, une contraction de toutes ses fibres. « Le dernier jour, Deneb. Je veux aller au dernier jour où je l'ai vue. »

Sa volonté se concentrait dans son regard, un regard fixe que la tension rendait presque solide, comme un lien physique entre l'étoile et lui. « Le dernier jour. » Il resta longtemps focalisé sur cette pensée. Une pensée rocheuse, un bloc monolithique qui poussait, pareil à une excroissance dans son cerveau.

Il ne bougeait plus.

Il projetait toute sa force hors de lui par les yeux.

Au bout d'une heure, il éprouva une grande faiblesse. Il rentra dans l'appartement, s'allongea sur le canapé et ferma les paupières.

Regarde-la

Une salle de cours, de larges baies vitrées. Devant lui, des têtes penchées sur des pupitres. Une odeur de papier neuf, d'encre, de feutre. La voix monotone d'un prof qui dicte au fond de la pièce devant un tableau blanc. Il prend des notes à toute vitesse. Sa plume crisse sur la feuille. Il écoute, il est concentré. Un je-ne-sais-quoi lui fait lever la tête. Il jette un coup d'œil par la fenêtre.

Son cœur fait un écart violent dans sa poitrine. À travers la baie vitrée, il vient d'apercevoir Mado. Il ne l'a pas vue depuis six mois. Elle marche sur le trottoir, devant l'université. Elle porte un manteau rouge. Ses cheveux sont coupés court. Une rafale de vent soulève sa mèche assez haut, puis elle retombe, caressante, sur son front. Il détourne le regard. Vision difficile à soutenir. Il se remet à écrire.

Regarde-la, fait Hippolyte.

Mais Hippo ne relève pas la tête.

Regarde-la, nom de Dieu.

Toujours aucun mouvement.

Tu n'as plus qu'une seconde, elle va disparaître !

Il ne bouge pas. Il ne veut rien entendre.

C'est fini. Elle est sortie du cadre. Il a laissé échapper sa chance. Il a laissé échapper l'occasion, la dernière. Il va continuer de prendre son cours jusqu'à la fin. Il se remémorera deux ou trois fois cette apparition dans la journée et encore le lendemain et la semaine suivante, puis il l'enfouira dans sa mémoire et leurs routes ne se recroiseront plus jamais.

Voilà comment les choses se sont passées, pense Hippolyte. Voilà comment je ne *veux* pas qu'elles se passent. Un regard pour changer le monde, Deneb, tu te rappelles ? Tu ne m'as tout de même pas ramené ici pour échouer, je ne veux pas le croire !

Il fait machine arrière. Une minute plus tôt.

Hippo écrit sous la dictée du prof. Il lève la tête. Il regarde par la fenêtre. Coup au cœur. Mado est là dans la rue. Elle traverse en manteau rouge. Une rafale de vent soulève sa mèche. Arrêt sur image.

L'expression dans les yeux de Mado. Cette tristesse dans le regard, signe involontaire d'une plaie qui n'est pas encore refermée. Cette douleur intime à revenir sur des lieux qu'elle a fréquentés six ans avec quelqu'un qu'elle n'a pas oublié. Ce supplice insupportable qui consiste à marcher seul sur les traces de son passé, peux-tu concevoir une chose pareille ? Hippo, mon petit, peux-tu sentir cela ?

La mèche de Mado retombe sur son front. Hippo se détourne et se remet à écrire. Mado sort du cadre. Elle a disparu une seconde fois. Merde et merde et merde ! fulmine Hippolyte. Il n'y a donc rien à faire !

Hippo redresse la tête. Ce n'est pas pour regarder par la fenêtre. Ce n'est pas pour regarder le prof. Ce n'est pas pour mieux entendre le cours. Ses yeux sont absents.

Quelque chose.

Quelque chose frémit en lui. Une boule dans la gorge. Il a vu Mado. Elle était là, tout près. Il a perçu un détail dans ses yeux. Un sentiment qui, oui, ne doit pas être très différent de celui qu'il éprouve. Son cœur soudain bat plus vite. Il a une bouffée de chaleur, un vertige.

Il est touché.

Il se lève précipitamment. Il abandonne ses notes, son stylo sur la table, sa veste, son cartable sur le sol. Il sort de la salle en courant, dans un grand vacarme. Certains de ses condisciples le toisent d'un air offusqué, d'autres avec pitié, le croyant malade. Il s'en fiche absolument.

Oui, mon petit, oui ! s'exclame Hippolyte.

Hippo court à perdre haleine. Il y a beaucoup de monde dans les couloirs. Il joue des épaules, il bouscule professeurs et élèves. Il tourne à droite, puis à gauche. Une femme corpulente bloque le passage. D'un coup de coude, il la force à s'écarter. Son geste produit un son creux, blop. Plus loin, il se heurte à un petit gars à lunettes, le genre à tergiverser pendant deux heures pour savoir s'il doit vous contourner par la droite ou par la gauche. Hippo le prend de face. Un choc sourd qui laisse le type derrière lui, les quatre fers en l'air, les bésicles de travers en guise de mentonnière.

Oui, mon petit ! Fonce ! crie Hippolyte.

Ne la rate surtout pas !

Le hall de la Fac. Salle monumentale. Foule considérable. Où est-elle ? Où est-elle ? Il court vers l'entrée, vers les portes vitrées. Il tourne ses yeux de tous côtés pour vérifier qu'elle n'est pas déjà dans le bâtiment. Tous ces visages, ces mains, ces bras, ces corps qui bougent. Ce bruit. Où est-elle donc ?

Soudain, une tache rouge.

Au fond, qui pousse une des portes vitrées. La tache de son manteau, cachée par instants par les silhouettes d'autres étudiants qui passent entre eux deux. Elle est là. Elle ne peut pas lui échapper. Il se précipite. Surgir devant elle, lui expliquer. La prendre dans ses bras.

Oui ! Oui ! Oui ! acquiesce Hippolyte. Mais une difficulté survient. D'abord un détail. Cela vient du plafond.

Le plafond est en train de tomber.

Il ne s'effondre pas à proprement parler. C'est sa perspective qui s'affaisse. L'image se décolore, les lignes de la corniche intérieure se disloquent. Elles se plient sur elles-mêmes comme une règle de géomètre que quelqu'un s'amuserait à ranger.

Hippo, sans cesser de courir, jette des coups d'œil autour de lui. Personne ne paraît s'inquiéter de la destruction prochaine du plafond. De cette masse de béton qui va s'écrouler sur eux dans un fracas de plâtre et de verre. Mado est entrée. Elle marche dans sa direction, elle ne l'a pas encore vu. Son manteau rouge est l'unique tache de couleur dans un décor qui ne cesse de pâlir.

Il regarde au-dessus de sa tête. Le plafond s'est volatilisé, découvrant un espace immense et blanc, un vide sans dimensions. Sur les côtés, ce sont les murs qui maintenant s'écartent, se défont, s'ouvrent sur ce même trou d'une blancheur aveuglante. Il ne comprend pas ce qui se passe. Il veut atteindre Mado. Elle ne l'a pas remarqué. Personne n'a rien remarqué. Tous ces gens. Il veut la rejoindre, la prendre dans ses bras et tout sera dit. Mais tous ces gens.

Tous ces gens qui s'effacent.

Leurs silhouettes deviennent imprécises. Au milieu de ces ombres de plus en plus claires, il voit la tache rouge du manteau de Mado. Mon Dieu, que lui arrive-t-il ? Le monde se retire. Le monde se résorbe dans une flaque laiteuse. Il court, il court vers elle.

La tache du manteau sur ce lac. Blanc.

La tache de la fleur sur son chemisier. Rouge.

Où ? Où a-t-il vu ça ? Tout ce blanc. Tout ce sang.

Hippolyte, lui, sait d'où cela vient. Il sait d'où surgit cette perturbation, cette interférence des temps. Regarde-la ! hurle-t-il. Il crie de toutes ses forces. Je t'en supplie, REGARDE-LA !

Mais tout s'en va. Hippo court dans un silence blanc vers une tache rouge qui commence à s'atténuer. Au moment où elle va, à son tour, s'évanouir, Mado l'aperçoit. Elle n'est plus qu'à quelques mètres de lui. Dans ses yeux, il lit une surprise profonde. Une vague d'incrédulité comme si elle ne pouvait l'identifier. S'efface-t-il également ? Est-ce l'univers qui disparaît pour lui ou lui qui disparaît de l'univers ?

La flamme verte dans le regard de Mado s'intensifie. Il lui semble qu'elle l'a reconnu. Oui, ses yeux lui sourient. Elle l'a reconnu. Ses yeux brillent, brillent, brillent.

Comme deux étoiles.

La blancheur avale tout.

Dernier soupir

Hippolyte reprit conscience et vit les canapés en cuir noir, la bibliothèque aux montants chromés, le bar pivotant, le Kandinsky accroché au mur, sa collection de disques, le tapis bleu, les piles de livres posés sur le sol. C'était son appartement, rue Gay-Lussac.

Cela n'avait pas marché.

Il n'avait pas réussi à lui parler.

Il n'avait été tiré de son dernier voyage par aucune perturbation extérieure. Ni sonnerie de réveil, ni sensation organique, ni bruit d'aucune sorte. Il savait que c'était fini. Il ne pourrait plus revenir en arrière. La courbe du temps ne lui avait permis de jouer qu'aussi longtemps qu'elle l'avait décidé. Il n'avait jamais été question qu'il puisse agir à sa guise.

Il sortit une nouvelle fois sur la terrasse. Il était tard. La lune s'était levée. Elle lui apparut, pleine et puissante. Elle crevait le ciel, étincelante dans un écrin de nuages. Dans son orbe, il vit apparaître le visage de Mado, son visage du dernier jour, qui lui souriait. Il se dessinait comme superposé à la clarté de l'astre.

Il sentit sa poitrine se serrer. Elle l'observait, Mado, sa Mado, avec un sourire bienveillant, une lueur de compréhension dans le regard. Il voyait ses yeux de roche serpentine, sa bouche de velours. Elle inclinait la tête dans une attitude attendrie. Elle semblait lui dire :

« Ce n'est pas grave, mon Hippo. » Et lui, touché au cœur, il écoutait son murmure. Il l'écoutait lui dire : « Je suis avec toi, je suis en toi. » Il écoutait sa douceur, la merveille étrange de sa jeunesse qui durait. Il écoutait son souffle, sa voix tendre : « Je suis en toi jusqu'à la fin des temps. »

Il entendit l'écho de ces mots qui, quelque part, résonnaient. Alors il sut qu'elle vivait à l'intérieur de lui et qu'elle y vivrait toujours dans l'innocence de ses jeunes années. Il sut qu'il ne pourrait jamais la perdre, parce qu'elle lui appartenait dans la région de ses vingt ans. Il sut que tous ces souvenirs n'étaient pas vains et inutiles, mais qu'ils le nourrissaient et que, depuis toujours, ils charriaient en lui la force qui le maintenait en vie et qui faisait de lui cette biologie complexe connue chez les hommes sous le nom d'Hippolyte Sicher.

En un instant, il vit tout cela et il reconnut combien peu Mado l'avait quitté malgré leur séparation, combien les absents habitent le présent de ceux qui s'en souviennent et combien jusque dans le silence ils peuvent les faire grandir.

Il éprouva une bouffée de gratitude pour elle, pour ses parents qui lui avaient donné le jour, pour les bancs de cette Faculté sur lesquels ils s'étaient rencontrés, pour ce fameux 8 novembre qui avait scellé leur destin, pour tous les lieux qui avaient enregistré leur présence à ce moment unique et fugitif de l'histoire de l'univers : Le Carafon, le pont des Arts, les rues de Paris, leur appartement à Saint-Cloud, les pistes enneigées du Grand-Bornand, la plage de sable fin des Saintes-Maries-de-la-Mer.

Il rendit grâce à l'inextricable conjonction de hasards, de menues décisions, de faits innombrables et infimes qui, depuis le jour de leur naissance, avait conduit à cet événement inouï et singulier : leur rencontre. Et il se sentit proche de ces millions d'êtres qui avaient connu avant lui le même éblouissement, cette même sensation de vivre une expérience unique. Comme lui, ils avaient participé de l'enchantement du monde. Comme lui, ils avaient contemplé le ciel, ce même dispositif d'étoiles, et ils avaient trouvé dans sa magnificence le reflet intime de leurs émotions. Comme lui, ils y avaient vu le spectacle éternel d'une énigme qu'il ne leur serait pas donné de résoudre, mais seulement de vivre avec leurs capacités limitées d'êtres humains.

Il observait la lune où rayonnait le visage de Mado. « C'est bien, semblait-elle lui dire. Tu as compris, tu as enfin compris. » Et il sentait sa poitrine se dilater, s'ouvrir comme si le ciel nocturne tout entier s'en échappait. Il en émanait un fourmillement de lumières. Une onde de douceur qui l'enveloppait, l'élevait au-dessus de lui-même.

Son esprit léger montait, montait vers le champ constellé. Il s'appelait Hippolyte Sicher. Il avait quarante-quatre ans. Il n'était pas différent des autres hommes.

Et ils pensaient à eux tous. Il songeait à Krist, Sylvia, Hamid, Martinel, Salinas, Mourron, Alfred Houray, Grace O'Ivy, Sarah Weissmater. Tous cherchaient ou avaient cherché à se frayer un chemin heureux dans la nuit impénétrable. Ils y arrivaient ou y étaient arrivés plus ou moins, plus ou moins bien. Mais la nuit était chaude, la nuit était aimante pour ceux qui acceptaient de s'y abandonner.

Hippolyte sentit que quelque chose lâchait en lui. Une douleur tenace, une vieille tension. Son refus de l'ordre naturel, de la loi du changement, des lendemains sans retour. Il regardait la voûte étoilée et il y avait ce sentiment d'évidence paisible qui s'installait dans la profondeur. Il se tenait dans l'abside du monde. Il voyait tout, il voyait les autres, il se voyait lui-même avec indulgence et amour. Toute cette agitation, cette souffrance inutile ! Alors que c'était si simple ! Il suffisait de vivre. Rien d'autre, rien d'autre que la vie tant qu'elle venait !

Il ferma les yeux. Il goûtait cette effusion, cette jouissance magnifique de l'abandon. Son mélodrame personnel s'en allait, prenait congé de lui. Sa volonté était rendue à elle-même, elle s'enfuyait vers le ciel, elle se dissolvait dans les cercles d'étoiles. Il était Hippolyte Sicher, une poussière dans l'univers. Livré à son flux, au bonheur intarissable de lui appartenir.

Il rouvrit les paupières. La lune était énorme et virginale au-dessus de sa tête. Il en distinguait les ombres, les cratères, les reliefs fantastiques et les mers éclatantes. Tout visage en avait disparu. C'était un astre gigantesque. Seulement un astre qui tournait autour de la Terre depuis des milliers d'années.

TABLE

RÉALISATION : GRAPHIC HAINAUT À CONDÉ-SUR-L'ESCAUT

GROUPE CPI

Achevé d'imprimer en janvier 2007
par **BUSSIÈRE**
à Saint-Amand-Montrond (Cher)
N° d'édition : 88210. - N° d'impression : 62506.
Dépôt légal : février 2007.
Imprimé en France